爱·情·物·语

# 另一只眼看爱情

古保祥 著

中国社会出版社
国家一级出版社★全国百佳图书出版单位

**图书在版编目（CIP）数据**

另一只眼看爱情 / 古保祥著. —北京：中国社会出版社，2013.3

ISBN 987-7-5087-4308-0

I.①另… II.①古… III.①散文集－中国－当代 ②随笔－作品集－中国－当代 IV. ①I267

中国版本图书馆CIP数据核字（2013）第019503号

---

**书　　名：** 另一只眼看爱情
**著　　者：** 古保祥
**责任编辑：** 侯　钰

---

**出版发行：** 中国社会出版社　　**邮政编码：** 100032
**通联方法：** 北京市西城区二龙路甲33号
编辑部电话：010-66080360
邮购部：010-66061078
销售部：010-66080300 / 66085300　传真：010-66051713
010-66083600 / 66080880　010-66080880
**网　　址：** www.shcbs.com.cn
**经　　销：** 各地新华书店

---

**印刷装订：** 北京市优美印刷有限责任公司
**开　　本：** 145mm×210mm　1/32
**印　　张：** 9.5
**字　　数：** 230千字
**版　　次：** 2013年7月第1版
**印　　次：** 2013年7月第1次印刷
**定　　价：** 26.00元

# 爱·情·物·语系列
## 编委会

# CONTENTS | 目 录

JINGPINZHENCANG

# 第一辑

## 他未老，她不能老

原来爱情走了，自己再好的容颜也无了看客，那些为了他保持了多年的斗志与年轻也随风飘逝。原来的她是不会老的，她要始终保持良好的心态与他站在一块儿，这样在众人的眼中，才称为般配。现在他已经走了，再多的坚持也成为一种无助，就像春花再也无法面对春月，秋雨再也禁不住初冬寒冷的纠缠。

# 他未老，她不能老

这是一场只有三个人参加的婚礼。在这个边陲小镇，在三十年前，街谈巷议的都是这一桩奇怪的爱情买卖。男人比女人小了整整二十岁，女人小时候是抱着这个男娃子长大的。男人家徒四壁，女人在家里一直帮扶他家，一来二去的，女人的艳闻传遍四方，好不容易找了个人家只生活了两天便以失败而告终。女人索性不再嫁了，心累了，想找个地方好好歇歇脚。女人打工供男人上大学，直至学完归来进了机关事业单位，成了女人眼里的“抢手货”。

二十几岁的年纪，风华正茂，如阿里山的牛一样壮实，媒人踏破了门槛，宾客如云。

但男人却铁了心，要报答女人的恩情，情愿照顾女人一辈子。

感恩与爱情本来就是两码事，岂能混为一谈。一时间，亲戚、朋友和同事轮流劝慰，就是无法改变男人的恒心，后来竟然为此丢了“铁饭碗”，大家直替他惋惜。

婚礼没有人参加，双方的父母早逝，只有一个请来的司仪，面对着满院的清辉象征性地念着几句背了十来年的台词。但他们却十分当真，认真地拜堂，认真地接吻，直至春风入怀，万树梨花开。

大家都觉得这样的婚姻不可能长久，就像过年的烟花一样，灿烂一阵后便会被世俗的风吹到九霄云外。

但大家看走了眼，两人时常在傍晚时分，在小镇的大街上散步。众人不理睬他们，他们却主动与大家打招呼。男人殷勤，女人善良，帮助大家干各种各样的活计,直至你的目光中不得不包含一丝一毫的感谢与感动。

女人为了与男人站在一条起跑线,爱美容,天天将自己打扮得活色生香的,胭脂从不离身,飘扬的裙摆在小镇上成了一道特立独行的风景;与男人站在一块儿,脸上尽是笑容,她从来都不会让忧愁爬上脸颊。有人说这叫做作,有人说这是在榨干自己以后的青春,但无论如何,作秀也好,装模作样也罢,有谁能将这种状态始终保持在世人面前?

女人越发年轻了,这是大家公认的观点。一个将近五十岁的女人,竟然保持着这样的风貌与体态,不禁让人啧啧称奇。与男人站在一起,大家绝对看不出来他们是两代人。渐渐地,人们忘却了她的年龄,而是亲切地称她为大嫂或者是弟妹。每逢听见有孩子叫她姐姐时,她便兴奋得手舞足蹈,她会将家里最好吃的糖果送到孩子手中,然后拍拍孩子的脸叫着"小鬼"。

婚后十年光阴荏苒而过,男人开始生病时,女人慌作一团,脸上出现从未有过的斑痕,慌忙拉着男人去市里最好的医院,这些年的积蓄花得一干二净,还是没有留住男人的命。在男人生病期间,女人依然保持着姣好的容颜,许多人过来看他和她,面对着病入膏肓的男人,她像个失去玩伴的孩子。

男人猝逝后,大家一直没有见过她,她家的小院里冷冷清清的,毫无生机。

大家再见到她时,简直判若两人,老态龙钟的样子。不知是谁的手,一下子将她残留的青春拈走,让她只剩下风烛残年。原来叫她姐姐的孩子,支吾着不敢出声。

原来爱情走了,自己再好的容颜也无了看客,那些为了他保持了多年的斗志与年轻也随风飘逝。原来的她是不会老的，她要始终保持良好的心态与他站在一块儿，这样在众人的眼中，才称为般配。现在他已经走了，再多的坚持也成为一种无助，就像春花再也无法面对春月，秋雨再也禁不住初冬寒冷的纠缠。

真爱是这世界上让人返老还童、返璞归真的良药，在所有爱与被爱者的眼里，爱人就是一个孩子，从来没有苍老与孤单。

原来，在她的心中坚持着这样一种信条：他未老，她不能老。

# 蓝颜祸水

面前视频中的男人眯缝着眼睛，努力地说服我打开我这边的视频。我找了个借口没有理他，他则在我的面前开始表演男人惯有的愚蠢与媚态。我有些恶心，但还是耐住性子听他倾诉。

他是我在QQ上结识的一位情场失意者。他说他与老婆不和，找了个小三却对他不好，将他的钱财席卷而走。他目前失业在家，觉得对不起老婆，但老婆早已经远走高飞，不知去了何方。

我问他：在你结识的女人当中，你最爱的是谁？

当然是我的老婆。她为我生下了孩子。是我首先出轨，我好后悔，却无力回天。

我的眼角闪现出一丝欢喜，似乎对他这样的回答表示满意，因为女人毕竟同情女人。

你应该找她回来，她是个好女人。你的花心应该有所收敛，该花的时候花，不该花的时候不能花；在一定年龄段可以花，但过尽千帆后，你不应该再花，这是一个男人的做事原则。既然觉得她好，以后就得改正，一辈子改，不是徒于表现形式的改，痛改前非。

你真是个贴心的好女人。男人在那边痛哭流涕，一边撕着纸巾，一边招呼着身后的微波炉，里面好像有他为自己准备的午餐。

我提醒他，你注意安全，微波炉会将你的午饭烤焦，顺便烧走你已经倒霉到极点的爱情。

他提出要见我，说我太好了，说只愿意将我当成蓝颜知己。

我说我之所以愿意理你，就是你的沉痛经历提醒了我，教育了我。因为人难免会犯错误，但犯错后能改的人，还是好人。

我下了线，为自己准备了一份高级的午餐，我顺便喝了杯咖啡，然后去大街上找人聊天。其实他不知，我也是个失恋后又失业的女子。我不告诉他，是不想让我们的交谈雪上加霜。

我上线后，他留了许多言，都是用泪水交织的文字。他一再提出见面，我则一概拒绝。我提醒他注意身后小车里的孩子，什么时候喂奶粉，什么时候该给孩子把尿。我说道：经过我的培训，你一定会成为一个合格的爸爸和丈夫。

断了吗，与那个小三？我问他。

彻底断了。我已经报了案，公安局已经找回了大部分钱财，我现在差不多又成了富翁。

男人在有钱的时候，意志力最为薄弱，尤其是有过花心历史的男人，总会觉得不可一世。所以说，你需要告诫自己，一个有钱时候能够克制自己的男人，才是女人心中认为最为可靠的男人。

又过了一天，我告诉他：你将你老婆的照片发来，也许我会有办法的。我有个姐们在中介公司。

他高兴不迭地将照片发过来，选照片的过程竟然充满了艰辛，他说这张不好，会让人认错的；这张太大众化了，不足以表现老婆的才貌。终于，他把自己认为最好的一张照片发过来了，我看后也大悦，一个体态纤弱的女子，正站在皑皑白雪中等待情郎的到来。

我吊足了他的胃口，就是不告诉他他老婆的下落。他愿意出钱，愿意出力，情愿到老婆的面前磕一百个响头。期间，我多次听见他孩子的哭泣，孩子的哭泣声撞击着我的心扉，形成一种难言的痛与伤。

半年后，我告诉了他老婆的一些事情，并且告诉他我已经联系好了,让他写个保证过来,咬破中指写血书。

三天后,我收到了一份快递,是一个朋友转来的。我不会将自己的地址平白无故地送给一个陌生的男人。

保证写得痛快淋漓,可见他的后悔之心日月可鉴。

约好半个月后见面,在街心公园对面。我看到他抱着孩子,无助瘦弱,头发几十天也没有梳理的样子。

我和他坐在他的"蜗居"里,孩子在我的怀抱里。他一脸油烟地从厨房里闪出来,顾不得擦脸便重新投入到一场赢得婚姻的战斗中。

他招呼我:吃饭吧,老婆,以后我天天做。

夜晚时分,我将那份血书悄悄地打开来,将它放进只有女人才能够打开的文件箱里。

幸福是自己追来的,我精心编织一个"蓝颜祸水"的故事,将这个曾经一度嚣张不已的男人重新拉回到自己的生活里。在婚姻生活中,没有人当你的救世主,有些错误,该原谅还是要原谅,只要责任人得到应有的教训与惩罚。

当然,我向他隐藏了所有关于"蓝颜祸水"的秘密,我会让他永远怀念那个叫"蓝颜祸水"的女人。有时候,相见不如怀念。

# 没有灯光的爱情

女人终于不可一世地将结婚十年来的抱怨如翻江倒海般地宣泄出来。男人坐在沙发上一声不响,他始终保持着初恋时的常态,缄默中保持着一个男人应有的感情逻辑。

女人最终亮出了离婚的底牌。她觉得生活富足了,爱情却离自己远了。她觉得男人应该有一个男人的样儿,而他在自己的眼里,始终像一个长不大的孩子。她无法忍受也不想忍受这种若即若离的没有共同语言的生活。

男人想等到女人发过脾气后的安宁,然后自己可以采取使爱情冷却的方式解决问题。而女人这一次却较了真,毫无余地留下来供男人见缝插针。

桌子上面放着写好的离婚协议书,女人在上面铁骨铮铮地签了字,然后等待男人的回复,她就像一个在悬崖上展览千年的泥塑,等待着这份爱的契约解体。

男人走了出去,他下了楼,要去吹吹夜晚的凉风。

一个小时之后,小区内突然停了电。女人自小害怕没有灯光的生活,她尖叫起来,继而本能地大叫着男人的名字。

叫他有何用,他已经不是自己最爱的人。女人怔怔的,但恐惧感还是战胜了羞涩感,她依然叫着男人的名字。

男人冲了进来,急急忙忙,好像一下子从底层冲到了顶层。由于看不清脚下的路,他摔了跟斗,掌心上面都是鲜血。他一边跑着,一边叫着女人的名字，然后将女人搂在怀里。

就这样亲近地搂在一块儿，是十年前的事情了。那时候生活贫穷，爱情也捉襟见肘，她毅然决然地冲破了家庭的重重阻挠，与他私奔到了这座边城。他发誓好好待她，让她每天微笑，过上富足的生活，但这牺牲了业余生活，牺牲了陪她的时间。他回到家里就是蒙头睡下，直到手机重新响起，他披星戴月地重新踏上征程。

初恋时候的爱情，没有灯光，每晚必停电，不需要点燃蜡烛，他就这样搂着她，一直到天明。她开玩笑说，我不需要被子了，因为你是我永远的被子。

女人回味着，觉得这样的拥抱太遥远了。她忍不住哭泣起来，男人木讷地拍着她，女人就这样睡着了，醒来时已经是清晨。男人一直保持着这样的姿势抱着自己。

第二天晚上，照例停电，男人嘴里面骂着电力公司。女人却喜欢得不得了，照样是让男人抱着，进入了梦乡，再醒来时，那份离婚协议书早已经被男人扔进了垃圾筐里。

女人纳闷不已，因为连续几天的停电事故，竟然挽救了自己的爱情。男人从此变得越发乖巧起来，晚上的应酬一律推却，只是回来陪自己；实在推脱不掉时，便给女人打电话。在他的身旁，会坐着一个娉娉婷婷的女孩子，他会介绍说，这是我的初恋，现在仍然是。

女人不知道，男人于一周后的某个傍晚，敲开了整栋楼每一家的大门，他每家送上了一封感谢信和一束玫瑰花，信上这样写道：感谢你们的包容，让一次次停电挽救了我们濒临绝境的爱情。

每一家的男人会拿着玫瑰花，送给自己心爱的女人，然后讲述着同样一个动人的爱情故事。女人会在玫瑰的馨香和男人的怀抱中安然入睡，他们都希望自己就是这个精彩故事的男女主角。

## 月光下的花朵

她原本是小城的一枝花,舞姿出众,卓尔不凡,是上天赐予人间的一只白天鹅。凭借着优越的条件与天资,她顺风顺水地完成了人生的一次次量变到质变,出名、挣钱、结婚和产子,无论从哪个角度看,她都是世界上最完美和最幸福的人。

天妒英才。一切源于一场意外的车祸,醒来后,膝下空空,从孩子的莫名垂泪中她探听到了令人崩溃的消息:双腿粉碎性骨折。接下来,失望、悲哀、绝食、缄默,不见来客,不抱希望,只有绝望占据了她所有的精神细胞。

事故前与爱人关系若即若离,源于自己的高傲与冷艳。孩子夹在爱的空隙里苟延残喘,平日里对她大气不敢出。爱人与孩子,本来构成了她人生中极为重要的角色,可如今,她却感到一种两手空空的感觉。

没有安慰的话语,这本来就不是他擅长的。孩子随他,只会用哭泣的眼睛红肿着望着病榻上的母亲。她无语,憔悴的双手紧紧抓住孩子的手。

病愈后,冷漠随之而至,原来艳若桃花时,经纪人、舞迷会翩翩而至,哪怕她的一嗔一怪、一笑一颦,都会引来轩然大波,如今的现实恍若隔世。

爱人与孩子晚上回家时,用轮椅拉了她去小院里乘凉,月光如水,倾洒在人世间,倾诉着各式各样的悲欢离合。想起自己在阳光下的舞蹈，她又是一次次地伤感。

爱人鼓励她，在轮椅上跳支舞吧，你从来没有为我们跳过专场。

她的心动了一下，觉得对不起家人，自己健全时没有送过他和孩子一张自己的专场票，如今自己已经是江河日下，这样拙劣的舞蹈如何配得起爱人的法眼。她摆摆手，说算了吧，我只是阳光下的一朵花，如今在月光下已枯萎了。

孩子跟着说道：妈妈是最美的。你跳吧，我们为你鼓掌。

反正也没有其他人在场，跳就跳吧。她穿上最美丽的衣裳，在月光下翩翩起舞，像极了一朵受伤后没有痊愈的花。

一支舞毕，孩子与爱人纷纷鼓掌。孩子说道：妈妈，您就这样跳吧，相信你可以成为月光下最美丽的花朵。

以后的每个夜晚，孩子与爱人便陪同自己在月光下练舞，没有月亮的时候，灯光便成了最美的月光。周围已是万家灯火，温馨的气氛始终洋溢在小院里，她突然间觉得，这样的生活才是真正的人间烟火，香郁如酒，浓烈如蜜。

半年后的一个黄昏，市歌剧院的新年音乐会上，一个坐在轮椅上的年轻女子送给大家一份关于生命与爱情的饕餮盛宴，柔美的双手擎起人世间的风风雨雨，瘦弱的双肩担负着种种冷嘲热讽，在人们的惊奇声中，主持人隆重地向大家宣布她的回归。在主持人旁边的她，仍然美若桃花，艳若水晶。

这是送给爱人与孩子的专场，更是送给过去磨难的一份告别礼。从此以后，人们将看到一枝成熟的花朵在月光下起舞，再也不会凋零。

## 藏在你身上的爱

男人站在我的面前,有些无地地容,他十分后悔自己对妻子的行动与言语,却不知道如何收拾残局。他倾诉自己的难处,说自己十分爱妻子,可就是不知道如何哄她爱她,有时候不经意间的行为竟然伤害了她。讲到痛处,他潸然泪下,一种伤害过后覆水难收的决绝,一种搬起石头砸了自己脚后的痛楚。

他请求我这个心理医生帮助他,只要妻子能够回来,自己会加倍珍惜以后的生活,努力经营好自己的下半生与半壁河山。

我说我没有办法,只有看你的了,因为所有的爱都藏在你的身上,只是你没有发挥出来罢了。

他站起身来,左瞅瞅,右看看,好半天工夫仍然蒙在鼓里,然后欲跪半跪的样子。我赶紧将他扶了起来。

你身上的每个部位,都藏着无边无际的爱。比如你的嘴,可以说出天底下最动听的语言,这些语言可以是山盟海誓,也可以是海枯石烂。你们爱的誓言藏在你的嘴里,不是吗?

再说你的双手,可以创造财富,可以让妻子过上丰衣足食的生活,可以做她喜爱的盛宴,让她一辈子躲在你双手组成的怀抱中幸福地生活。

我如数家珍地准备向他申明,他却打断了我的话语,模仿起来:

我明白了,比如说我的脚与腿,可以与她一起浪漫地共走天涯路,让地平线成为我们爱情的起点与终点。比如说眼睛,我可以注视着她，让她知道这世上始终有一双眼睛，不离不弃、没有条件地盯着她，看着她，守着她，她无论如何也逃不出我为她精心设置的半径。

太好了，他雀跃起来，像个孩子似的离开了我的心理诊所。

半个月后，我看到他领着一个十分俏丽的女人来到我的面前，他高兴地让我替他们的婚姻做个证明，将一大摞的资料放在我的桌上，我十分疑惑地打开来。他解释着：

这里面是我的铮铮誓言：我会用自己的脚和她的脚共同丈量这个世界的长度；会用嘴唇为她吐出天下最动听的歌曲，让她在我的歌声中入睡；会用眼睛替她扫清前行路上的所有阴霾，让她的世界里始终阳光明媚；我用手写了一百份计划，有我们的出行计划、我们的生孩子计划、我们的赡养老人计划，包括需要的财政支出。所有的这些，请您替我们收藏并且监督，我只是想告诉她，我会用整个身体去爱她，因为身体里藏满了天底下所有的爱，取之不尽，用之不竭。

这也许是我听到的天底下最唯美的情话了。捧着男人半个月时间赶制出来的这些计划，我无法拒绝他的要求，虽然这不在我的职业范围内。

许多人去别人那里寻找爱，来寻找医治家庭顽疾的良方。其实，所有的爱都藏在彼此的身上，只是你不知道如何挖掘罢了，许多时候，不是不懂得爱，只是不知道如何爱。爱有千万种方式，没有套路可言，也许一句话、一张纸、一个玩笑，就可以让你们的爱情城堡磨合得牢不可破，坚不可摧。

亲爱的朋友们，你懂得如何运用藏在你身上的爱了吗？

## 祝福你不幸福

突如其来的失业裹挟着我的思绪，使我睁不开眼睛看世界。祸不单行，回到家里，却看见桌上扔着一纸离婚协议书。我的丈夫，以前对我死缠烂打的男友，终于按捺不住亢奋的心情，在我失去经济来源的瞬间，以这样一种决绝的方式离开了我。

我以最潦草的字体结束了我的婚姻生活。我知道明天太阳会照常升起，而我已经从幸福变成了不幸福。

就在我沉浸在酒精的麻醉中时，我却意外地收到了一封远方来信，信中只有一句话：祝福你不幸福。

我感到一种被愚弄的无助，这应该是天底下最刻薄的祝福了，在我最失意的时候，这显然是一种超越谩骂的方式。我好想找到他，抽他一记天底下最响亮的耳光。

三日后，信又来了，信上仍然是一句话：祝福你不幸福。在你最不幸的时候，我仍然惦着你。

口气有些缓和，我对写信的人充满了兴趣，我倒想看看，他究竟是什么角色。我竟然想到了前夫，他一定是想折磨我，越是这样，我越要坚强地活下来，我要活色生香地活下去；我的事业仍然会风生水起，我的爱情也一定会风和日丽。

一周后，信如约而至，信纸中装满了清香，打开来，信的内容加长了：祝福你不幸福。不幸福也是生命的一个重要组成部分，如果在不幸福的时候学会了保持一颗幸福的心态，那你一定是天底下最幸福的人。

他一定是一个最懂爱和幸福的人，我要抓住他，将满腹的心事和着眼泪向他倾诉。我要靠着他的臂弯，永远沉睡下去，不再醒来。

我发现所有的信均来自同一个邮局，我驱车前去，在人潮汹涌的街口，密切地关注着每一个我似曾相识的人。我终于发现了他，虽然戴着口罩，却掩饰不住脸上的清纯。我的记忆拉到了十年前，这个比我小三岁的男孩子跪倒在我的裙裾下面向我求婚。当时的我，正被前夫甜蜜如饴的巧舌所吸引，哪管得了这个一度将我捧入云天的男孩子，他是哭着离开我的。

我终于等来了又一封信，信的内容充满了怀念：依然要祝福你不幸福，因为我曾经有过十年不幸福的时光，我知道不幸福的人需要安慰，需要清醒，需要另一颗已经不幸福的心来为她筑一个幸福的暖巢，但愿人长久。

我撕开了被软禁多年的旧照片，在一个个陌生却又熟悉的脸上寻找他的踪迹。我找到了他的唯一一张照片，将他捧在脸上，嘘寒问暖。

那家叫“幸福居”的小餐厅，他依然像个孩子站在我的面前，手脚无处搁放，紧张的表情无法释放。他不敢说话，生怕自己的失言会造成一个故事的万劫不复。我无语半晌，走到他的面前，将自己娇弱的身躯埋在他的怀抱中。十年的成长，他已经成了一个大男人。

那个在你不幸福的时刻里祝愿你不幸福的人，不一定是你的敌人，也可能是你的最爱。

# 在最美丽的时候才爱你

十年前的爱情,羞涩且无力。他们在那个懵懂的年龄里糊涂地爱在一块儿,婚后才知道,他根本不是自己的爱情理想。于是乎,她选择了喝酒、史无前例的狂奔、不着边际的漫想,折磨自己,怨苍天不公,怨怀“爱”不遇。

不止一个女孩子说他龌龊,凌乱不堪,没有男子汉气质,手无缚鸡之力。这样的男人恋爱时云里雾里,看不清真相,等到柴米油盐的人间烟火弥漫在眼前时,她才知道自己的选择是多么的糟糕。

离婚是他提出来的。他是个聪明的男孩子,不愿意让自己成为她的负累。

她临走时一直哭泣,他吻了她,然后消失在她的视野里。

他一去不回头,给了她十年的自由。在这期间,她潇洒自如地应对着各种男人的谄媚,以自己凌厉的攻势在爱情的战斗中绽放着独一无二的芳华。

她终于成为一个富二代的老婆,收获了爱情与金钱的同时,她以不折不扣的姿态迎接着所有人对自己的顶礼膜拜。

但这样的婚姻始料不及地每况愈下,没有多长光景,富二代选择了另外一个女孩子,他们拼命在自己睡过的房间里说着悄悄话,逼迫着她的急流勇退。

她与他理论,说他始乱终弃。他回过头骂她:也只有那个笨家伙才会选择你,你以为你是谁?照照镜子吧,你老成什么样子啦。

我老了吗，猝不及防地照镜子，却发现粉底后面都是堂而皇之的褶子。上天只给了她十年的黄金期，而被她自然而然地浪费掉了。

夜晚时分，她突然想起了凯瑟琳说过的一句话：每个人都有最美丽的十年。而自己的十年时光，已经悄悄流逝了。

除了哭泣外，便是饮酒，酒后胡言乱语，信口开河，直至胸口压抑得要命，才拼了命地打了急救电话。

一个戴着口罩的医生，风度翩翩的男人，将她抱上了急救车，抱上了病床。没有亲人照顾，那个医生成了她唯一的牵挂与依赖，她只知道有人叫他小K。

小K是医界的名人，医术高超，毕业于名牌大学。女护士像阳光下的煎饼一样对他展开魅力攻势，但他的心却不为之所动。许多人都说过，他有过一段刻骨铭心的爱情，他忘不了她。

一来二去的，他们交上了锋，开上了火，但是她却信心不足。因为自己的容颜已老，韶华不再，不施粉黛的样子一定是丑到了极致。

偶尔一个机会，她像只啄木鸟似的拽掉了他的口罩，当四只眼睛碰撞在一块儿时，她傻了，呆了，头晕得厉害：怎么会是他，前夫，自己扔掉的那个男人。

十年时间，他成熟得像只柿子，十分礼貌地说着客套话，对她的吃惊，他则抱以平静与淡定。他说你的病已无大碍，可以出院了。

从那天开始，令所有人大跌眼镜的是，他竟然开始追求她，为她送玫瑰，送煲汤，让她感动得无可名状，可是内心里却过意不去。毕竟自己的黄金时期已经过去了，哪还有资格倾国倾城。

他再来时，她说道：你以后不用再来了，我已经老得不成人形了，过去的事情已经过去了。

他回答她：经过十年的修炼，我自认为已经能够达到你当年的要求。我将自己最丑陋的时光留给了我自己,就是想着在最美丽的时候才敢去爱你。

在最美丽的时候才去爱你,这是天底下最动听的情话,最浪漫的誓言。

她幸福得稀里哗啦。

# 爱是人生的必修课

我坐在时光里，看到那个漂亮至极的女生像幽灵一样在我的眼前飘来飘去，这样的时刻组成了我大三的整个时光，使我欲罢不能，却又拿不起，放不下。

我终于找到了一个好的方式向她表白我的爱慕，为此，我计划了好长时间。当我将我的长篇大论及构想发到她的电子邮箱里时，我知道所有的一切终将尘埃落定。

但遗憾的是，我始终没有收到她的回信，哪怕一道如闪电一样的目光。再见到她时，我有些不知所措，但她却依然故我，好像什么事情也没有发生一样。我怀疑她的个人感情是否经历过严重的障碍，她的冷血让我的心瞬间充满了报复心理。

这种心理在逐渐加剧，因为她竟然接受了另外一个男生的爱。我猜想这其中的理由：他比我年轻一岁，脸庞白点，皮肤毛长点，显然出类拔萃，好像一只猿猴。我呢，正好与他相反。我反思现代女孩子的爱情观，觉得自己可能与之已经渐行渐远了。

但无论如何，我还是要进行自己的计划。我想试探着问她：我的信收到没有？为什么不回复？

我们俩人站在旷野里，她不耐烦地问我有什么事吗？同时手里的手机响个不停。她与我一边约会一边毫不在意地打游戏，我有些怒不可遏地质问她：你，你收到我的信没有？

收到了呀，写得很好呀，意犹未尽的样子。你的文采的确不错，可以投稿了。

一切的一切,在这样的回答中早已经被抛到九霄云外,她以调侃的口吻激励着我的下一步人生规划。我甩甩头,将长发抛在风中,只留给她一个无尽的背影。

我敢断言,以后的日子里,我们将形同路人。可是,她却一个劲地拉拢我,好像是在用另外一种方式折磨我。她请我吃饭,那个男生竟然作陪,席间有说有笑,就是没有属于我的爱情,我权当做好事般地陪同他们。唯唯诺诺,人生苦旅。

我将一封打印好的长信投到学校党委组织部时,她的入党转正计划正如火如荼地进行着。她为此宣传,还煞有介事般地拉拢同学们替她助威。我爱理不理,因为我的信已经如一颗定时炸弹埋在她的前程上,伺机准备炸响。

果然,她哭哭啼啼地进了教室,像个泪人。男友在旁边劝慰她,一脸的同情与无奈,这样的男人,怎值得她去爱?!一个不敢替自己爱人着想的人,一个不敢去揭开这个谜底的人,他如何般配得起她的花容月貌。

教室有一个符咒流行着:说她莫名其妙地爱上了一位老师,有破坏人家家庭的嫌疑,这也是她预备期延长的一个主要理由。

子虚乌有的事情,同学们纷纷猜测这是谁制造的恶作剧,鼓励她的男友去找到他,揍他一顿,或者干脆去学校揭发这件事情。

懦弱的男孩子站在人丛中,双手捧着头做着无力的抵抗,终于,他好像做了错事般地离开了教室,我听说那晚他喝得酩酊大醉,还听说他们分了手,我终于第一次有了一种狂热的成功感。

接下来还得看我的,我在教室里放了豪言:说她的男朋友是个窝囊废,无法替自己心爱的人洗清冤屈。看我的,我会以实际行动证明她的清白。

我像个侠客一样冲到了组织部办公室。这在五十年的建校历史上,还是第一次。我唇枪舌剑、苦口婆心地劝说组织部领导收回成命,但收效甚微。后来我才得知,所有的一切并非空穴来风,她果然爱过一个男老师,在大一的时候,在风口浪尖下,知情人见风使舵,将整个事情和盘托出,一语成谶。

我欲哭无泪地站在她的面前,好想抱着她大哭一场。自己是无心的,请她谅解,但我终究没有勇气讲述自己的罪过。她只是感谢我的行动,然后挥挥手,拉着行李消失在我一直追求的爱情视野里。

对于她没有完成学业便辍学,我一直深怀内疚。虽然时过境迁,已经过去了好些年,但她的哭泣声依然在我的耳畔萦绕着,久久不肯散去。

同学聚会上,我又一次见到了她,衣着朴素,嫁了个没钱的老公,养活了三个孩子,日子捉襟见肘。

大家聊以前的旧事,不知是谁提起了我写过信给她,问她为何当初不接受我的爱。在大家看来,我们是命里注定的一对。

以前含蓄的她,现在语言如刀般犀利:他发给我的信我是收到了,可是却是半封信,全是客套话,没有一句话切入正题呀。

我的眼前一阵模糊,大家的言语刺激地冲进我的耳膜里:苍天弄人呀!可能是网络的问题,我以前也接收过这样的邮件。

他们是有缘无分呀!

在大家的嬉笑声中,她低头接电话,然后说道:我要接孩子了,先走一步。

愧疚、负罪,我觉得自己好卑鄙无耻。自己的一封信,竟然改变了一个人的一生。

许多孩子依然在走着我们曾经走过的老路，伤害、误会和不知情，在校园里冷漠地发生着。现在看来：爱应该是人生的一门必修课，可惜的是，大学里从来没有开设过这门课，年轻的爱从来没有人帮着梳理、打点，有多少金玉良缘随风飘逝，有多少误会伤害了有情人的一生。

月光华华，时光已老。这份错误的爱情，被一份辜负的心牢牢地枕在时光长河里。

# 爱情黑痣

他看到了那个像观音一样的女子,她高傲的身姿印证着属于自己的个性传奇。他不敢再看她,直至她的背影像刀子一样消失在自己的视野里,如墙外行人偷窥墙内的深深庭院。

她太好看了,好看得像月中嫦娥,可望而不可即。许多男孩子均有与他同样的观点,这也造成了许多食尽人间烟火的男孩子望而却步。谁不想娶一个懂得风情、懂得煲粥的女孩子,而她却是天宫中那一轮明月。

他头一次正规地看她是在一次舞会上,天知道全场那么多优秀的男生,竟然没有一个人去邀请她。他踅了半天才鼓足勇气闯了过去,到时才发现,她美得发狂,白净如玉,清纯如水;衣服穿得合适自由,找不到半点可以容得下眼神的缺憾。这样的女孩子,是自己的至爱吗?他犹豫了半天时间,终于撤了步,将感情送了风,入了雨,上了云。

半年后的一个下午,知己有电话给他,让他过去见个女孩子,他云里雾里。对爱情有些死心的他,甘愿让爱与生命一起流逝共亡。

却是她,依然一脸风华。他不敢看她的眼睛,耳朵里尽是柳树上知了的嘶鸣。临了时分别,他抬头看她时,却蓦然发现,她的下巴上居然有一块如小拇指大小的黑痣。这怎么可能,白玉微瑕吗?不平衡感瞬间袭满全身,她原来与自己一样平凡?!

那晚,他将平生的勇气攥在手指上,向她的邮箱里投了一封信,邀请她去喝杯咖啡。

不消一刻钟时间,她却回了信息:为什么?

他笑了,因为那块黑痣吗?因为他感觉到他们之间有了可以共存的基础吗?是命运作祟,还是自己的自私,他不知道,也不想知道。这一切都已经不重要了,他只是记起了那块亲切的黑痣,那是他们幸福的见证吧。

他们很快跌入爱河里,没有人救他们,一发而不可收。

婚礼当天,他掀开她的盖头,却惊奇地发现,那块黑痣没有了,白净的皮肤,是抹了脂粉?女孩子没有回答他,而他却在知己那里找到了答案!

故意装配的爱情黑痣,只是给他的一种鼓励与申请,让他感到她不是天上的仙,而是地上的人,是一个可以皈依爱情暖巢的妻。

## 这里的爱情静悄悄

当我踏上英国北部的这座小镇时,正值卡尔镇五年一度的爱情节。说是爱情节,他们却穿着极为朴素的衣服,就好像刚刚从中世纪的广场上走过来的善男信女一样。

这与我在网上看到的现象大相径庭。我不禁停下了脚步驻足观看,直至向导将我悄悄地拉到旁边的寓所里。

他们穿的都是自己当年结婚时的衣服,越老越好,越老就越证明爱情长久。女向导神秘地向我解释着,我一头雾水。

为什么要这样做?衣服当然是越时尚越好,如果他们穿上时下流行的服装,一定会令世人大开眼界的。我满脸狐疑。

这是为了保护他们各自的爱情。向导开始向我讲故事:

半个世纪以前的卡尔镇,有一对夫妻,他们相爱、结婚、生子,相约着白头偕老。妻子是个爱打扮的女子,每天涂脂抹粉,想挽留自己的苍老与男人的心,也是为了与时代接轨吗,当时卡尔镇仍然处于封闭状态下,但女人经常在电视上收看那些化妆类节目,便动了心。她想给镇上的男人们一个惊喜。

但他们的爱情却没有长久下去,因为女人将自己打扮成一朵花,自然便吸引了无数男人的目光。于是,她的爱情观于某日突然发生了改变。当另外一个男人走进她的世界里时,这里便发生了一场决斗,可怕的决斗。几乎全镇的人都参加了战争,结果是这座百年小镇差点毁于一旦。

战事平息后，镇长为了让大家吸取教训，便规定每五年举办一次爱情节，要求大家穿上结婚时穿的旧衣服，并且进行褒奖。镇长的意思是：最初的爱情是最纯洁的也是最真的爱情，提示大家穿上自己的嫁衣是让大家时刻警惕婚姻出现危险。最真的爱情是裸体的。前事不忘，后事之师。爱情要时刻保持原有的忠诚。

卡尔镇是英国离婚率最低的村镇，在五十年时间里，只有一对夫妇发生了婚姻纠葛，并且在镇长的协调下转危为安。至今，他们依然和睦相处。

我从自己的行李箱里，找出了一件自认为最旧的服饰，与向导一起融入到人群中。我能够听到他们真情的呐喊，那声音没有自私与偏见，没有狂妄与偏执，有的只是语言掠过生命的枝头，只是一只叫知更的爱情鸟飞离树梢，消失在无尽的视线里。

# 汉威的世界杯

汉威每日待在家里闷得慌,妻子丽莎忙前忙后地张罗着。汉威总是不喜欢妻子这个样子,她总是把自己当成了小孩子。虽然自己重病缠身,但自己年轻时候是个足球健将。他喜欢独立自由,不喜欢被别人抱在怀里侍候着。

汉威最大的遗憾是未能参加一届世界杯。1986年的时候,他当时还是英格兰国家足球队的主力球员,他已经被主教练确定要参加世界杯,但不幸的事情却发生了,在一次训练中,他突然浑身疼痛难忍,被医生检查的结果竟然是,他的腿部出现了肌瘤。不久,他被确定患上了骨癌。

他痛心无比,不是因为自己的生命可能要终结,而是因为他无法实现自己毕生的愿望。哪怕能够站在世界杯的舞台上跳一次舞,对他来说也成了奢望。

丽莎傍晚回来时,带来了南非世界杯的各种消息。汉威不喜欢看电视,主要是视力受到了影响。他喜欢每天下午让丽莎为自己读足球方面的信息,尤其关注世界杯的消息。

距离南非世界杯还有半年时间,汉威突然有了一种冲动,他想写信给英格兰国家足球队,他想参加世界杯。这简直无异于痴人说梦。但信件还是邮出去了,这则消息被丽莎在电脑上一览无余。她想劝慰他,但她没有这样做,她害怕一剑会结束汉威的余生。

回信于半个月后被丽莎截获了,她偷着看了回信,信中足球官员婉拒了他的请求。谁都清楚，他年迈，且好长时间未能训练，况且腿部虽然做了手术，也不能完全站立起来。

丽莎改写了回信，在信中她这样写道：我们非常荣幸地邀请您参加南非世界杯，但您需要参加特殊训练，并且取得资格。

三天以后的小镇足球场上，人们见到一个年迈的老人，他正在用力地奔跑着，他脚下的球不时地传动着。那边，一个老妇人正站在远处接着传球，汉威的三个儿子、一个女儿也兴奋地身着运动装，他们俨然成了一个真正意义上的足球队。

一周以后的赛场上，进行了一场友谊赛，丽莎说来访的是英格兰国家二队，他们想实地摸底一下汉威的足球实力。十一人的球队于三天前已经组队完毕，汉威是队长兼主力。他在赛场上不停地奔跑着，脚下功夫灵活有技巧，传球高效。结果是2比0，他们获得了首场比赛的胜利。

友谊赛还在进行着，有小镇足球队，还有市立足球队。总之，每周一次比赛让汉威乐此不疲，他的病情也有所缓解，不过，仍然需要私人医生站在远处不停地张望着。

真正有意义的日子来临了，英格兰国家足球队来了消息，说让汉威的队伍代表英格兰队参加南非世界杯。这简直就是一件不可思议的事情，丽莎将这则消息告诉汉威时，汉威表示了怀疑，但是丽莎说得十分肯定，由不得他生疑。丽莎甚至请来了市长大人，市长证实了消息的确切性。

飞机飞抵了一个中型的足球场，首场循环赛在此举行。他们今天的对手是法国足球队，因为他们被分在同一小组。

比赛的结果难以置信，1比0，他们竟然赢了1998年的世界杯冠军！

在第三场比赛时，汉威栽倒在足球场上。他被医生送进了医务室里，经过抢救后暂时脱离了危险，只是暂时不能参加下两场比赛。

小组出线后，汉威清醒了许多，但病痛还是不时折磨着他。他拒绝了治疗，要求参加下一场淘汰赛。

汉威参加了淘汰赛，但只参加了上半场，由于体力不支，他只能站在一边看台上。看台上有不少观众，大家纷纷为他鼓掌。

他所率领的国家足球队，于半个月后晋级了决赛。决赛要在7月12日举行，无论如何，汉威都必须调整状态参加本场比赛，对手是实力强大的阿根廷国家足球队。

汉威的病已经很重了，但丽莎没有劝阻他，她是想帮他圆一个足球梦想。

决赛的结果出来后，在担架上的汉威昏厥过去。他们的队伍在点球大战中战胜了对手，夺得了南非世界杯的大力神杯。

汉威是在大力神杯的陪护下离开人世的。他离开时，无数球迷站在他的周围，大家热烈地鼓掌，为他的执着和信念欢呼。

其实汉威不知，这一切过程，都是丽莎编织的一个巨大的谎言。她为了帮助他圆一个参加世界杯的心愿，精心炮制了整个耐人寻味的过程。这几乎花费了她一生的积蓄，但她认为值得。

那个中型的足球场并不在南非，而是位于英格兰东北部的一个小镇上。这里因有这样一个美丽的故事而闻名遐迩，游人如织。茶余饭后，人们都在争相传颂着汉威和丽莎的爱情故事。

世界杯因爱而生，因爱而流芳。

## 用脚书写的爱情

每天守在传真机旁边，像个木偶人似的，我的工作单调且乏味。但那天，却莫名其妙地接收到一封传真，字歪歪斜斜的，像个刚刚入学的小学生的手笔，要求送给保卫部的田园。

要知道在工作时间内接收私人传真，是公司绝对不允许的。我蹑手蹑脚地将传真放在他的桌子上面，然后用手示意一个喝酒的动作。

他看后，脸立刻红得像块布似的，冲我直点头，示意我别声张。

只不过是个玩笑罢了，下班时候，他却拉了我去吃大排档，我拗不过他。

他端了第一杯酒，非要让我一饮而尽。我是个滴酒不沾的人，但也架不住他的殷情相劝，三杯酒落肚后，打开了话匣子。

我说你是不是有情人啦？不过字写得确实不好。

他却说道，是我老婆，她不喜欢用QQ，只喜欢写字。我们原来每天都写，互相写，只不过是信笔涂鸦罢了。她有时精神不太好。

几句话，他的眼圈有些发红。我明白他的意思了，以后的岁月里，我要替他保守这个秘密。我说没事的，每天一封吗？你可以传真给她，她也可以传过来。我们是哥们嘛。

那晚喝了个酩酊大醉，喝醉后狂魔乱舞。大有一番江湖气息的回归，我仿佛重新找到了自己的青葱年纪。

以后一天天接收他们的传真，我对传真内容产生了好奇。他老婆发来的传真内容十分少，但却占据了大半个纸张，无非是下班早些过来，今晚吃什么饭，等等。

而田园的传真却是安慰之类的话语，注意按时吃药，不要去外面走，外面坏人多。看来他的妻子病得不轻，我有一种想去看看她的念头，却不知道如何提这个想法。

现在科技如此发达，网络上可以发邮件，可以传视频，更可以在工作时间内做一些与工作无关的事情。我不明白她的老婆为何喜爱这样简单却原始的爱情方式，也许是浪漫残存吧，更或者是他们想保持初恋时候的状态。也许病中的人，用这样传统的方式更可以弥补爱的缺憾吧。

那晚，我请他喝酒，提出去他家看看，顺便安慰一下嫂子。他却支吾了半天时间，对我讲了他们的爱情故事。

他家境贫困，她家境富实，她喜欢上了他，义无反顾地、毫无怨言地离家出走，与他搭上小车到了这个偏僻的小城里。从零开始的生活，捉襟见肘。她在一次意外中落下了残疾与脑伤，从此，只能待在家里，守着人间烟火，与他共叙常人看不懂的人间佳话。

许多人劝慰他离了吧，她也多次产生过此种念头，但他却依然故我地执着着，就好像一株树，永远地顶礼膜拜着苍穹和天空。

在彼此的心中，他就是她的天空与苍穹。

她一个人在家里，经常产生轻生的念头。开始时他始终在家里守着她，但总得挣钱糊口，他便教她写字，让她写出心中的所想，然后发给自己所在单位里。在前几个单位里，他因此挨了批评并被迫辞职。

门打开来，我看到一个瘦小的女子，正坐在一个矮小的板凳上面，下面铺着一张纸，脚上握着笔，窗外正有习习暖风吹来，纸与风共舞着,半张残缺的情书一直荡漾在春光里。

在车祸中,她失去了手臂,只能用脚写字了。不过,她现在写得比原来好多了。

田园跑了过去,替女人擦拭脚上的墨汁。女人回过头来看我,一张憔悴不堪的脸,桌子上面还有一台残破的传真机。

我扭过头去,一脸莫名的泪水。

她瘦弱的双脚,握住的不仅仅是一支简单的秃笔,更是一段刻骨铭心的爱情,一种超越了现实的奋斗童话,一种摒弃了世俗偏见的风花雪月。

她会好的!我搂住了田园的肩膀,田园努力地点头。

这世上有一种爱叫作飞鸿翩翩,鱼来雁往。它虽然原始,却一直保存着爱的浪漫和温度,它让爱学会了坚守、辛勤、认真和补偿。而我们缺少的,正是这些简单却富含哲理的爱的元素。

## 争吵录音

他们经常争吵不休，吵架成了爱情的附属产品，稍微有一点与燃烧有关的情节出现，他们便大动干戈，原来的和谐被烟火弥漫，孩子躲在暗处轻轻抽泣。在所有的吵架面前，最无助的、最无辜的，莫过于少不更事的孩子。

女人十分在意吵架的负面作用，每逢这样的情况出现时，她总会压制怒火，但男人的气焰嚣张至极。无奈下，女人只有反攻起来，女人凌厉的姿态一旦施展开来，便会倾国倾城，然后便满城尽带黄金甲。

女人心平气和时便与男人协商，下次再吵，闭关锁国，不让孩子听见。男人说道，没有看客的争吵，还有啥意思，还不如不吵。女人嘲笑他，你吵架是为了让人看见呀？那样对孩子不好，他会一直记着，长大后会效仿，与自己的老婆吵，与别人吵。

男人也觉得不忍，下次吵架时会让孩子出去。但这种做法作用根本不大，孩子以为二人马上会兵戎相见，决然不敢离开，生怕自己的离开会失去幸福与依赖。

于是便约定不再吵了，但架不住情形逼人，还要吵，吵来吵去，大半辈子光阴过去了。

女人有一天回家，拿了一台录音机，放在自己的卧室里，对男人说道，下次再吵架，录起来吧，没事时听听，也算是老了有道风景。

男人眯缝着眼睛看着这东西出神，后来干脆说道，你这是想整我？！谁不清楚，录了再放出来，让你的娘家听，让人家笑话我的无知与不大度，干脆不吵算了。

压制了好长时间，日子却如行车般七上八下，不可能没有战争。女人举着录音机，男人刚刚点燃导火索，索性赶紧熄火，看看旁边的孩子，拍拍额头，推开院门走进流离的星光里。

女人突发暴病离世，男人顿足捶胸，而一切为时已晚。女人临死前举着录音机，男人知道她是用录音机警告自己的坏脾气，脾气坏伤肝伤肺，很容易引发各种疾病。

在儿女们面前，他打开了录音机，里面却没有一句话，男人不相信地摆弄着。儿子打开来，里面却没有一盒磁带，儿子说道：妈根本就没有打算录下你们争吵的声音，要不然，不可能不装空磁带的。

男人将录音机紧紧地握在手中，脸上老泪横流。

# 预报幸福

男人回家时，女人正独自一人坐在角落里落泪，落泪是需要理由的，但女人就是一言不发。男人知道她的心事。

女人一心想成为作家，但投出去的作品却如泥牛入海。在这个物欲横流的年代里，没有人会在意一个落魄写手的心情。

男人起身做饭，锅碗瓢盆跳舞的声音令女人心烦，女人冲他发脾气，然后将整个房间里的烟火气息降到冰点。

夜晚时分，女人坐在电脑前写东西，本来不想写了，可就是心不甘情不愿的，硬着头皮写。

男人则翻箱倒柜找东西，好不容易找到了，却是女人以前的一些旧稿子，打开他的手提电脑，一篇篇地编辑成文字，然后发到一个网站上。

女人睡觉时，男人仍然没有忙完。女人随便问了一句，男人回答道，没事，你睡。看你着急嘛，我将你的文章发网上去，估计会有人相中的。

这简直是天方夜谭！心比天还高，命比纸还薄，女人想着自己窝囊的心情，毫无幸福可言。

一周后的一天，男人兴冲冲地回家，早早做了饭。女人回来时，已经半夜三更，男人兴奋地从沙发跳了起来，也不开灯，鱼跃似的将她抱在怀里。

女人没有好心情，疲惫地说道：今天与杂志社谈得不好，人家说我的作品不好。别烦我了。

男人却眯着眼睛道：我会预报幸福，三天以内，我们家绝对有使你幸福到极点的事情发生。

有预报天气的、预报地震的、预报灾难的，没有听说过有预报幸福的，幸福谁能够把握得住？

三日后，女人收到一大件包裹，从北京寄来的，打开来，却是一大份报纸，整版的副刊篇幅选用的全部是女人以前的旧文章，还配有女人的点滴介绍。

男人神秘地三缄其口，女人问他，你是怎么知道的，难道是你搞的鬼？

我哪儿有这能耐呀？！我在天涯论坛上发了数篇你的文章，是人家慧眼识珠呀，将你的文章选了出来，刊登了。这不，是人家版主告诉我的。

果然是幸福的事情，女人幸福地搂了男人的肩膀，说我的文章终于发表了，开张喽。

男人说，所以说你得自信和幸福，每天都这样，幸福和自信的女人充满了魅力与才能，文思才能泉涌呀！

女人发愤图强，在半年的时间里，情感类文章写得如火如荼、风生水起，还给好几家副刊作了专栏。

女人不知，男人撕掉了影印好的报纸底稿，还与北京的朋友通话，永远保守这个秘密。

女人只知，男人每天回到家里，都会预报明日的幸福情况：天气晴好，阳光明媚，心情灿烂，幸福指数六级，写作指数十级。

许多女人一辈子指望的，其实就是一个会准确预报幸福的男人。

# 爱的哺乳

女人计划用最后一次旅行为他们的婚姻生活画上一个分离的注脚。他们计划去大沙漠，尤其是在他们唯一的孩子突然夭折后，这样的结果加重了他们彼此对双方爱情的陌生程度。也许这是对他们爱情最后一次质的检验，行程结束后，他们便形同陌路，天各一方，咫尺天涯。

女人一直喜欢温习和男人恋爱时的浪漫生活，他们几乎走遍了中国所有的景点，他们双方爱好旅游，在无边的风景上，他们疯狂地发出了爱彼此一万年的承诺。可惜的是，世间的誓言总是如风般的脆弱，如雨般残缺不全。

女人头也不回，男人背着行李，女人昨天晚上叮嘱他准备干粮和水，尤其是水，男人习惯性地傻笑着。他是个呆板木讷的男人，不知道如何在婚姻生活中添加爱的佐料，更不会说出风花雪月般的话语，尤其是下岗后，失业的重力压迫得他喘不过气来。所有的一切，在女人的眼里心里，成为一道不会与时俱进的风景。

他们一直走到沙漠深处，无边的风沙，漫长地席卷着世间万物，吹尽了脸的温润，刮走了狂妄。女人渐渐感觉体力不支，她不停地补充水分。男人像只骆驼一样在前方开路，遇到不好走的路，他总会绅士般地伸出手去。她迟疑着，不情愿地将手送给他，他有力地挽住她的胳膊、身体，将她驮过土堆、抱过丘陵。

女人的心一直在试探着，她是想趁着这样一个时机，敞开她的心扉，她在他们的爱情之上，重新物色了一款如珍馐般美味的新爱情替代品。对方是个官二代，铁骨铮铮的誓言洗礼着她的原则，滋润着她空空如也的口袋。他不嫌弃她二婚，且刚刚失去孩子，他说愿意与她天荒地老。

所有的一切，她一直试着找机会说服他，也许这次旅行是唯一合适的机会。

可是，身体却每况愈下，原来她一直忙于尘世，缺乏锻炼，早已经脆弱得要命，每日里洋洋洒洒的红酒，早已经腐蚀了她的灵魂。她头晕得要命，说干脆我们回去吧。

已经回不去了，男人说道，我们已经走了一大半路程，如果回去，岂不是前功尽弃，这是我们最后的考验了。

男人似乎是在替女人说话。

男人过去搀扶女人时，失手打翻了水瓶子，他惊魂未定地去挽救时，为时已晚。失去水等于说他们失去的不仅仅是爱情，可能是生命的代价。

女人骂他没用，男人背着她向前面走，一句话也不吭。他说无论如何都要将她背出大沙漠："我死了，也不会让你死，这是我能够给你的唯一财富。"

女人有些感动，在男人的背上睡着了，醒来时，夕阳西下，男人昏睡在荒无人烟的沙土堆里，严重缺水，他已经昏迷。

女人抱住男人的头，泣不成声："你醒来呀，我不恨你了。"女人像丢失了心爱的玩具一样失魂落魄，想起男人的好处来，她更是追悔莫及，顿足捶胸。

她开始吻男人，可是她身上的水分也没有多少剩余，她不知所措地紧张着、折腾着，无望地憔悴着、留恋着。

男人醒来时，只说了一句话："你先走吧，我回不去了。"便又陷入休克状态。

女人猛然间想到了自己的乳房，孩子刚刚夭折，自己正处于哺乳期。她撕开衣服，抱住男人的头，将乳房伸进男人的嘴里，男人兴奋地像个孩子似的吮吸着。女人昏睡了过去。

女人重新醒来时，感觉男人在亲自己，蒙眬中，男人仔细地伏下身去，吸取乳房里的汁液，然后注入女人嘴里，女人感觉一股暖流温暖心扉。

二人以这样原始的方式，走出了大沙漠。他们刚看到一条小溪时，兴奋地搂抱在一起，久久不肯松开。

女人回来后，换了手机号码，她不想再给那个官二代一点见缝插针的机会，她已经知道了谁是她生命中最重要的爱情。这条真理，是差点用生命的代价换来的。

在爱的天平上，孰轻孰重，只有经历过的人最清楚；爱情双方的当事人，才是天平上维持平衡的基本砝码。

女人其实不知，男人是抱定了必死的决心与她去的沙漠，他写好了遗书给自己的家人。

女人更不知，也许失手打翻的水瓶，却是男人为她准备的唯一"破釜沉舟"的浪漫情话。

男人不会深究关于一个女人的爱情周折，世间男人大都大度，他们傻傻笑后，便会峰回路转。

这就像他和她，你和我，不断地谱写着与爱相关的人间童话、大爱无疆的世间传奇。

## 焚爱

男人讨厌女人的存在，他们生活了近十年时间，彼此了解得太多，反倒成了嫌弃对方的理由。爱有时候就是这样，太近的距离，反而看不清自己的面孔。

男人迷恋歌舞升平的生涯，他小时候的梦想便是做一个艺人，远走天涯，遁走他乡，与一位奇妙的女子发生一段老掉牙的爱情故事。

男人告诉女人，我要学跳舞，以后晚上回家晚或者干脆不回家。

女人木讷着，紧锣密鼓地收拾家务，这是她的强项。她不习惯风月场合强颜欢笑，更不喜欢逢场作戏般的戏剧生活。她就是她，从一开始便保持着淑女的风范，但这种特质，却与现代都市生活中的种种表现格格不入，在男人看来，这是落伍。

男人在舞台下面时，气氛良好，这样的场合，十分令自己开心。他不停地咆哮着，宣泄着曾经一度失去的高兴与自由。

男人开始时处于娱乐状态，并未升级，天长日久，他喜欢上了这里的场合，包括这里面的每个曼妙女子。他与这里的每个女子搭讪，了解她们的爱情与生活，或者干脆走到换衣间里，在那儿与某个好奇的女人进行沟通交流，直至自己的精神状态日薄西山也在所不惜。

在三个月前的一个夜晚，男人注意到一个身材极为妖娆的女子，听人说她刚来，却立即占据了这儿的主动权与指挥权。她可以轻而易举地赢得每一个男人的芳心，包括他在内。

她时常将长发披在自己的半张脸上，看着熟悉，好似前世的情人。

她迅速征服了所有男人的心后，便将他勒索在自己的怀中令他开始挣扎不已。

她说话娇声娇气，好似一个娇生惯养的富家女子。她并未轻易接受他的任何邀请，只是故意拖延时间，拿他当挡箭牌。他这个夜晚感到十分舒服，虽然没有赢得她的芳心，但至少有了这样一道美丽的风景后，自己的生活水平如日中天。

他却意外地接到妻子的电话，她在家里说做了夜宵。他没好气地挂断了她的电话。但荒唐的夜生活总要草草收场的，他开了车回到家里。

衣着朴素的她从厨房里转了出来，手里面捧着各式各样的糕点，她问道：

又去跳舞了，你可以参加舞蹈大赛的。

我不去，我要休息了，你别打扰我。

满桌子的盛宴，无人理睬。妻子有些心疼，莫名地哽咽着。他和衣上了床，扔了鞋子，半梦半醒间，他又遇到了那个叫梦子的烟花女子。

他们之间的关系在升级。一个偶然场合，她竟然成了某位老总的座上宾，而他则恰巧在宾客的行列，于是便凑了前去，总想隔着半壁长发看清楚对方的全部容颜，却无福得见，只远远地闻得香气迷人的胭脂气息。

宴会结束时，女人打的回家，他跟了上去，凑巧地说我们一起吧。女人也不客气，在某个小区下了车，头也没回，消失在长廊里。

她绝对是富二代或者是官二代，正好符合自己的爱情观。这片小区，是高贵人群才能够出入的场合。

他开始在这个小区门口守候她的身影，她却再也没有出现过。只是偶尔一个机会，他竟然发现了自己的结发妻子，她拢头长发，春风袭人般从小区里走了出来，脸上却是光鲜无比。她原来与这儿的人有瓜葛！男人气愤得不得了，但却暗暗叫好：每个人都有自己的人生观，本来自己放不开面子，现在她出轨在前，自己已经落了伍，无所谓！

就这样，他开始暗暗较劲，想突破烟花的防线。烟花一直不上钩，有一次，他好不容易接近了她，却被旁边的一个富家公子推了个趔趄，如果不是她出面解围，恐怕自己的身体便会遍体鳞伤。

烟花简直是一朵人见人爱的交际花，不亚于旧上海的名伶。她总是拿捏得体，处置得当，让所有的男人不失体面，却又不得不臣服于她的石榴裙下。

他通过一个朋友的关系，得到了一次请她吃饭的良机，他费尽心思地准备，当妻子问他自己是否可以前去时，他歇斯底里地反对着，说你疯了，这可是我的终身大事，没有比这再大的事情了。

女人的眼圈通红。

烟花坐在他的面前，他请求着：能否一睹全部芳容？

朋友在旁边笑着，烟花小姐不是那种随随便便的女子，哥们，小心着点。

对，既然这样，我们就喝酒。他精心计算着，准备将烟花灌醉。无论如何今晚必须得到她，哪怕明早便一命呜呼。

朋友借故出去了，机会十分难得，男人拼命地让烟花喝酒。烟花开始时故作冷静，后来见他真诚，便眼睛通红起来。酒入欢肠时，他兴奋地挪了过来，将烟花抱在怀里，掀起她的半壁江山，仔细地看，慢慢地瞧，怎么如此熟悉？

竟然是自己的妻子，这如何可能？！

本来就是判若云泥两个人，怎么可以相提并论？

刹那间，所有的兴趣全无，一脸无奈。妻子在自己的怀里鼾睡着，朋友却推门进来了。

一大帮的老总聚集在他的身边，其中一人指点着他，身在福中不知福！

原来所有的所有，均是朋友帮忙导演的一场戏：她为了收服他的心，竟然装成了烟花女子。她努力改变自己的性格，将自己扮演成另外一个女子，害怕漏出端倪，她不停地作践自己，学喝酒、学唱歌，学跳舞，学着与人搂抱在一块儿故作忸怩之状。

朋友的一帮朋友，努力地帮忙圆这个场，他们赞叹着：一个女人，为了心爱的男人，竟然敢于改变自己天生的性格。这样的女人，天下难找，世间难得。

老总拍了拍他的肩膀，说道：老弟，珍惜吧！你如果不愿意要，我们这儿排着长队呢。

女人第二天醒来时，却发现男人在烧东西，女人过来看时，却发现纸上认真地写着一行字：贪婪、自私、作秀、卑鄙，无耻。

男人烧掉了自己所有的过去，期待着迎接一段崭新的爱情。

男人再去那家舞厅时，与自己的妻子一块儿热烈地跳舞。当所有的掌声响起来时，男人兴奋地宣布：我已经找到了真爱。

女子也神秘地宣布：我也找到了新的爱好，那就是跳舞，以后常来常往。

男人听完后，跌倒在沙发座里。

# 算 爱

丈夫去世后,她孤独无依,想结束自己的生命。想起丈夫在世时的场景,她觉得对不起他。在他离开自己打工的寂寞时光里,她开始不可抑止地与自己的初恋沟通交流,直至差一点打翻了婚姻的那杯奶酪。

令她惊奇的是,丈夫一直对此事默不作声,这更加剧了她的不安,后来干脆扯断了那根不属于自己的姻缘线,让那个初恋永远消失在自己的视野里。但说句实话,她和丈夫,只是表面上的爱情功夫而已,令她刻骨铭心的,依然是那个初恋时的年轻面孔。

但一切都已经为时晚矣,尤其是在丈夫病入膏肓的岁月里,她更加倍觉得对不起他,拼命地揽住爱的绳索,想将他的生命拽回大千世界里,却没有成功。

爱总是这样,当你觉得越发珍惜时,却已然成了明日黄花。

她整理旧时的物件,翻看与丈夫的相册,泪水禁不住模糊了双眼。

有快递公司送货上门了,打开来,却是一朵鲜艳无比的红玫瑰。在2011年的情人节,能够收到这样迷人的情人节礼物,说明有人依然惦记着自己,她无比激动。

没有落款,她有些失望,拿着芳香无比的红玫瑰,她很快想到了丈夫,肯定是他,在快要离开的那段日子里,他分外地忙,将她支得远远的,打电话,叫朋友。

她感动得热泪盈眶，丈夫一定是害怕自己走后，她会孤单落寞，所以采用了这样一种另类的方式表达自己在世时没有说出来的爱。

红玫瑰却是每月定时送过来，一朵接着一朵，整座房间里已经成了红玫瑰的海洋。坐在这样温馨浪漫的大船上，女人的心情明媚起来。

在夏季过去时，她终于按捺不住焦急的心情，去了那家叫作“爱的天使”的快递公司。她说了自己的名字，想查一下红玫瑰的来源。

果然不出所料，丈夫生前曾经来过，他办理了相关手续，并且预交了全部的费用。他嘱托快递公司的人在自己离世后，每月固定时间上门送给妻子红玫瑰。

回到家里时，已经是掌灯时分，却突然接到了初恋的电话。

他的声音十分颤抖，是出于同情吗？他不知道如何劝慰她，只是说着听不懂的话，直至最后挂了电话。她的耳膜里嗡嗡作响，不敢想象与他之间的爱情究竟会如何发展。不，她答应过丈夫的，决不与他再来往。

红玫瑰依然络绎不绝，但在十月收到的红玫瑰中，竟然有了落款，上面赫然写着初恋的名字，难道是他在故意使诈？在自己失去爱情的时候落井下石、见缝插针是多么卑鄙的一件事情。女人觉得这样做太可耻了，她操起了电话，骂得对方体无完肤，容不得他做任何的解释。

但下一个月，他的红玫瑰依然如期而至。这真是一个不达目的誓不罢休的人。自己已经考虑好了不再嫁，她想为丈夫守一辈子的清寡。

她撕碎他送来的红玫瑰，电话、手机也换了，但令人奇怪的是，红玫瑰却一直这样送着，持续到2012年元旦。

她终于沉不住气，跑到快递公司那里质询。快递公司的老板着急地做着解释：是这样，还是您的先生嘱托的，他让写上这位先生的名字。同时，他还嘱托，将另外一份红玫瑰落款写上您的名字送给这位先生。

丈夫竟然在同时以女人的名义送给初恋红玫瑰。

她懵了，不懂得丈夫在做什么，他是想以这样的方式折磨她吗？

1月20日，她意外地收到了一封信，来自遥远的美国加利福尼亚，落款是丈夫的好友。信中好友告诉了她整个事情的经过：

他自知不久于人世，他也知道她和初恋的爱情，他想成全他们，便想到了这样一种浪漫别致的方式。他算好了准确的时间，开始时不敢落款，害怕她生分、恐惧，直到半年时间后，才敢写下初恋的名字。为她所做的一切，就是为了让他们和好、相爱，直至进入婚姻的殿堂。

她哭得如梨花带雨，跑到他的灵前痛哭流涕，泪眼朦胧中，却是初恋的身影：他紧紧地抱住她，她像极了一个受伤的孩子。

春节前夕，他们举行了婚礼，丈夫的相片摆在礼堂的正中央，初恋真诚地向丈夫发誓一辈子对她好。他们虔诚地向丈夫膜拜，丈夫在天堂里呵呵地笑着。

原来在这世上，命运不可能准确占卜，而爱却可以精确计算。

# 贷　爱

罗切正一个人漫步在都市陌生的街头。他刚刚与妻子签署了烦人的离婚协议书，他们的爱情就如熄灭的烟花一样，早已经香艳在属于别人的枝头。她的未来对于他，只不过成了一个过客。

在他们的爱情燃烧了近二十年时间以后，他们还是选择了分手，缘由无法记述，没有共同语言，遇在一起时就是争吵。他的细节毛病太多，而她早已经成了完美主义者，她甚至会因为他在吃饭时咀嚼声大而发火。这一切与她多年的工作习惯有关，她是个白领，而他一直是一个小小的秘书，这也许是他们无法再延续爱情童话的重要原因。在家庭生活中，男人的收入怎么可以低于女人？！

在一个街角，他发现原来的一家银行没有了，取而代之的却是一家叫"贷爱"的公司。爱情也可以贷取吗？罗切被这样精彩的名号吸引住了，他禁不住推开了这家公司虚掩的门。

一个经常二十四小时值班的小姐此时正蜷缩在长椅上睡觉，也许是动静大了些，她醒了过来。看见有客人进来，她忙不迭地进行接待。

我想知道，这是什么意思？我怎么从来没有听说过这样的公司？

我们是从贷款上面延伸过来的，钱可以贷，为何爱不可以呢？我父母在世时，在这里存储了许多爱情财富，他们临终前告诉我，可以开一家爱情银行。为了他们的遗愿能够实现，我便一直守候在这里，好些年了。可惜的是，现在都市物欲横流，没有多少人对爱情感兴趣，他们崇尚一夜情，或者被称为爱情过客。我这里丰厚的爱情财富无人能够享受。

只不过是作秀罢了，这个小姐可能是想出名吧。罗切终于明白这家公司哗众取宠的原因了。

看到他不相信的眼神，小姐自我介绍说她叫乐尔，是这家公司的老板兼职员。她让罗切坐了下来，然后将一大摞的资料搬到他的面前。

这里有我父母的对话录音，他们曾经一直争吵，后来干脆吵时录了下来，供后人借鉴。还有他们的爱情日记，当然是爱情日报式的，从恋爱时开始写，一直到他们的爱情与生命终结。还有两人互写的情书，绵延了近二十年时间。因为我的父亲与母亲婚后二十年时间里未曾生活在一起，他们天各一方，迫于各式各样的原因。

所以，在这种情况下，爱情的信物便产生了，而他们，在生命的最后全部存到了我的银行里。这些是不够的，最重要的是，我是一位心理学家、爱情学家，我可以运用这里的财富诠释你的爱情疑惑，如果不合适，分文不取。

果然不收钱吗？罗切终于松了口气。

当然，但如果你们的关系和好如初，你们要将各自的故事整理成册，交给我，这些就是你们需要付的报酬。

这个简单，我是个秘书，写文章不成问题的。可是，你可能不知道吧，我们已经离婚了，签署了离婚协议。

没有问题，一对离婚近十年的夫妇也在我的鼓动下重新走在了一起，他们最终感动得痛哭流涕。这里有他们的材料，你看看吧，对你也许有好处的。明天可以过来，我随时恭候大驾光临。

深夜时分，罗切捧着这本离奇的重逢故事喜不自禁。说句实话，他实在珍惜与妻子小曼的婚姻爱情，他不想离婚。可是，自己的爱情就像一艘搁浅的大船，再也无法驶离婚姻的泥淖了，如果各不退让，也许船就会支离破碎。

第二天上午，罗切喝了些小酒，因为这是他的生命常态，也许只有在酒精的麻醉中，他才能够找到属于自己的坐标与生活。而对这个嗜好，小曼一直表示反感，她喜欢活在精彩的现实生活中。

刚刚踏入贷爱的大门里，乐尔便轰他出去，说让他清醒以后再来。酒精是麻醉爱情的最佳饮品，许多失败的爱情都与男人喝酒吸烟有关，这些不良习惯如果不改掉，本店恕不接待。

罗切找了个地方醒酒，那是一家茶舍，许多坐在自己旁边的茶客躲他远远的，因为他脸上奇怪的红云与嘴里的臭味让大家难以忍受。自己每次喝醉后，小曼的表情跃动在记忆里，罗切有些难为情地捂住自己的嘴。因为他有口臭的毛病，尤其是在喝酒以后。

下午三点，酒醒得差不多了，罗切嚼着口香糖进了贷爱公司。乐尔垂手侍立着。

我想接受治疗，我的坏毛病太多了，作为单身倒无所谓的，可是一旦有了伴侣与孩子，这个的确让人接受不了。

乐尔要求他审视一下自己婚姻生活中的失败细节，将这些列下来，要尽可能地想周全，不要落下任何内容，因为疏漏会影响决策。

一周以后，罗切将自己在爱情生活中的缺点列了出来，一共二十一条。他逐个念给乐尔听，乐尔听完后，给他讲解具体的解决方法，包括训练他如何使自己成为一位谦谦君子。

半年时间里，他们的课程结束了。当罗切再次出现在大庭广众前时，他已经成为一位风度翩翩的先生，原来平躺的头发变成了竖直，西装穿在身上给人一种舒适的接近感，整个人像浴火重生的凤凰一般。说话做事情一丝不苟，遇到有人劝酒时，他总是侧面表示遗憾：太太不允许。

在乐尔的策划下，他参加了一场酒会，觥筹交错中，他看到了一位小姐，与他迷离的目光撞击在一起，他信步上前相约。于是，整个酒场里，他们成了佼佼者，他们的舞蹈配合得相当默契，如行云流水。

灯光朦胧，他们有些看不清彼此的表情，但就这样，就已经够了。人生难得遇到一个可以相偎的人，许多男人或者女人，在灯红酒绿的深夜里，缺少的，难道不正是一个可以托付一生的臂弯吗？

意犹未尽，他约了女人出去喝茶。女人说喝酒吧，罗切说不可以的，我答应过我前妻的，永远做一个正直的男人。

罗切去了趟厕所，等回来时，却发现自己的前妻小曼坐在自己的对面，他惊喜不已。小曼大笑着，举着手里的行头，原来与自己整晚跳舞的就是她。她施了个小伎俩，遮住了自己的庐山真面目。罗切语拙起来，可是乐尔的话却响在耳畔：爱情有时候是需要两次机会的，第一次时彼此不珍惜，第二次机会不容错失，如果错过，就永远没有再次涛声依旧的机会了。

半个月后，重新结合在一起的罗切与小曼将自己的爱情材料整理成册后，交给了乐尔的爱情银行，以作为罗切"贷爱"的利息。

乐尔郑重地祝福他们，希望他们的爱情素材越来越丰富，全部存到她的爱情银行里。

存爱利息是多少？罗切开玩笑地问道。

是你们的永远恩爱，钱买不来的！记住，如果在爱情婚姻的天平上放置太多金钱，就会失重，黄金的重量永远抵不过爱情。

第二天上午，小曼与乐尔坐在爱情银行的柜台前面，小曼问道，你会永远将爱情银行开下去吗？

不，帮了你们以后，这间门面就会属于一家商业机构了。爱情银行不适合所有人，已经使你们的爱情重归正途，我已经够欣慰了。虽然你们是我一生中唯一完成的储蓄，但我已经可以告慰父母在天之灵了。

在世态炎凉的现实里，没有人会将自己的爱情存起来，更不会有人轻信可以在这里贷出真正的爱情。等着吧，总有一天，我的爱情银行一定会开张的。

两人相拥在一块儿。阳光调皮地直射进来，那些可爱的泛黄的爱情信物在阳光下明媚依然。

## 共享愤怒的女人

男人和女人在一起时,吵架通常成了必修课。男人爱面子,爱得体,通常希望女人将自己收拾得像春天一样明媚;但女人也有女人的自由时间,她要化妆,要花钱,要将自己收拾得鲜花一样妩媚。男人和女人就是两条相交的线段,在某个不知名的时刻里,因为生活琐事,便会急匆匆地形成一幅不爱的坐标图。

男人和女人共同选择了愤怒,家庭里的物品习惯性地成了悲剧,摔得七零八落。如果有孩子的话,孩子便更是无辜得要命,躲在某个角落里暗暗学习父母的品性,通常长大后会学得惟妙惟肖。

女人觉得自己嫁错了男人,自己的脾气怪异,为何偏偏又找了个脾气比自己还怪异的男人。性格不合的结果就两个:要么是忍受,试着改变;要么是离,天各一方。

女人试着改变自己的脾气,暗箱操作,但愤怒总得有地方宣泄。我们都不是什么圣人,女人疯狂地在网上找寻属于自己的空间,一气之下,女人建立了一个叫"共享愤怒的女人"的博客,又建立了一个聊天群。女人在气愤之下,在网上发泄自己对天下所有老公的不满,这样的变化倒是令自己欣喜异常,胸口不再压抑了。

由于女人的退缩,男人在无气可撒的情况下,只好也选择了妥协。

女人的博客经常有人光顾,女人在博客里细述了每次吵架的经历,博友们纷纷跟帖议论。原来这世上有这么多有怒气的女人。

女人的聊天群已经加满了人,还有人申请加入。女人不想将自己的聊天群变成一个出气筒，于是以群主的身份劝慰大家：以后要多讲好的，设身处地为男人着想。

女人的群倒成了和谐的象征，大家有怨气时，便会吐出来。女人通常利用自己的案例进行分析，结果便是所有的女人佩服得五体投地。

男人终于发现了女人行动的异常，他觉得女人在外面一定有了网友。他密切地搜寻女人的电脑，女人在这时通常抿嘴一笑，将群撤了，将博客关了。男人没有发现任何证据，觉得女人一直在“毁尸灭迹”，他更加谨慎起来。越是如此，女人越是好笑，因为男人的异常表现证明了一个颠扑不破的观点：他是个在乎自己的男人。

男人终于尾随女人跋涉到一个出事地点，那里聚集着许多人，男人细看之下，竟然全是女人。男人觉得不可思议，认为这是女人搞的鬼，便扔了工作，继续自己的追踪行动。

女人们在一起修身养性，锻炼身体，陶冶情操，男人失望至极，女人则笑颜如花。

女人这些天一直在打扮自己，精心地描，细腻地绘，仿佛要出席某场爱的嘉年华。男人终于控制不了了，冲过来想发脾气时，却看见女人义正词严的脸，只好放下身段来问道：

你要去哪里？

女人回答：我去参加某项活动，现在不能告诉你结果，看电视吧，明天晚上黄金时段。

女人这是在摊牌吗？还是在挑衅？

男人于那个时段不可抑止地打开电视，却是市电视台的一档娱乐节目。今天的节目邀请了一群“共享愤怒”的女人，妻子却是首席代表。她娓娓而谈，口若悬河，以实际案例讲述夫妻之间如何磨合感情，如何忍让对方，如何避开性格的差异。

妻子无疑是整场活动中唯一的亮点，她的每一次停顿后，总会赢来一阵如雷般的掌声。掌声拍在男人脸上，有些疼痛。

男人疯狂地打开了电脑，按照电视上的提示进入了女人的博客，一共有一千多篇博文，延续了三年多时间，在一千多个日日夜夜里，女人以这样一种方式无声地原谅着男人的过失。男人突然间泪流满面。

男人给女人送了张纸条：感谢你制止了我的愤怒，你是全天下最聪慧的妻子。

一周以后，男人建立了一个叫“共享愤怒的男人”的博客，成立了一个男人专属的聊天群。男人以群主的名义向女人发出了邀请：共享愤怒，安享和谐。

# 满世界的雄鹰

南茜紧张地伏在草丛里，远处，成群结队的老鹰肆无忌惮猖狂狰狞地向这个世界狂笑着。南茜有些后悔与尼斯过来看鹰，她想着如果他们露出了目标，满世界的老鹰会在瞬间将他们的肉体撕成肉片。

南茜之所以与尼斯过来看鹰，其实是为了做一场浓重的耐人寻味的诀别。他们一起生活了将近十年，共同抚育了三个可爱的儿女。但好景不长，尼斯看南茜的眼神有些迷离，南茜觉得他缺少男子汉气概。他们互相埋怨对方的同时，最受伤害的当然是三个无辜的孩子，虽然他们几度用满含眼泪的双眼挽留他们，但他们互相毅然决然。在分手前，南茜答应了尼斯最后一个请求，他们要到新泽西去看鹰。尼斯依然从内心深处爱着她，之所以选择看鹰，尼斯只是想向她证明他不是个懦夫。

老鹰好像发现了他们，有几只警觉地圆睁双目，翅膀翩飞着，接近了他们的所在地。几乎是在同时，尼斯突然间大叫起来，然后他将南茜摁倒在树林里。老鹰开始围着尼斯徘徊。这种场景是南茜始料不及的，接下来的猜想便是，老鹰会用一种意想不到的力量俯冲下来，然后，空气中会有几片尼斯的衣裳飘落尘埃。

背后传来了两声枪响，南茜从未动过那只猎枪，她更不会想到自己会在危急关头，胡乱操作的双手歪打正着地扣动了扳机。老鹰们仓皇逃窜时，南茜三下五除二将受伤的尼斯拖进了树林深处。费了九牛二虎之力，她拖着他上了车。

从那天起，南茜开始明白，尼斯是个像样的男子汉，能够在最危险的关头挺身出来救她，他是个值得所有女人爱慕的男人。尼斯不知，他临危一举，挽救了他们濒临破裂的婚姻。

尼斯一直在策划着，他计划每月都会陪同南茜去看鹰。他们同时准备了两把枪，不是猎枪，是那种能够连发的射杀力极强的枪。南茜在尼斯的培训下，很快掌握了射击的要领。老鹰并没有上次那样多，也没有对他们形成威胁。闪光灯不停地闪烁着，当过新闻记者的南茜兴奋得不得了。她欣喜着也许能够占据某家报纸的头条，也许这样的冒险对他们来说是一种挑战，更是一种享受。

就这样，尼斯陪着南茜看了将近100次的雄鹰，然后他们的计划出现了中断。因为南茜的眼睛出现了严重的视力障碍，她看不清楚一手臂以外的任何东西。医生检查后告诉她，或许她需要进行一项重大的手术。南茜几度思索后，选择了放弃，她不想别人在自己的眼睛上做任何的修饰。尼斯几度劝说无果后，便自然而然地将自己当成了南茜的眼睛。

他们依然去看鹰，南茜只能靠感觉听到满世界的风声和狂呼声，一条条黑影凌厉地在眼前飞旋着，尼斯的闪光灯不停地波动着。南茜听到尼斯“咯咯咯”的笑声。现在，对她来说，世上最好听的声音就是尼斯的笑声。

又过了许多年，终于有一天，南茜不小心摸到了尼斯的胡须，然后摸到了他满脸的皱纹，她问他，你老了吗？尼斯笑她，哪会老，有你在，我不会老的。这样的消息在不久后的一天突然得到了印证，当某一个清晨，南茜醒来时去摸尼斯的脸时，她满手的冰凉，然后她叫他时，他再没有应她。南茜的眼泪无声地滑落脸颊。

南茜依然开着车去新泽西看鹰，这里的鹰好像认识了她，没有了原先的野性与狂妄。南茜依然拿着枪，她摸索着向前走，路过每一块她与尼斯踩过的土地。

南茜在去了五六次后，眼疾又突然复发。这一次，没有尼斯在身旁的她，突然间坚强起来，她答应了医生接受眼部手术。原来，她突然明白了，她之所以当初不愿意做手术，其实是有尼斯在自己身旁，她撒娇般地让他作为自己的眼睛一辈子，哪怕牺牲自己的生命。

南茜在手术床上待了有两个月之久，这期间，她不停地用手抚摸她与尼斯用了无数次的相机。她甚至打开那些贮存在生命里的记忆，爱的映像瞬间变幻出一种莫可名状的思念，尼斯仿佛来到了她的身边。

她终于可以望穿秋水地前去看那些心爱的老鹰啦。她迫不及待地为自己的成行做准备。她依然开着车，右边的位置空着，那是尼斯的，然后工具与工装准备停当。目的地到了，她看到了满世界的黑色盘旋而来。

老鹰飞近了，南茜爽朗地笑着，她可以将以前的照片出个专辑，作者应当为尼斯和南茜。

一种异样感驶入她的眼眸，她仔细地分辨着天上纷飞的黑色，不像是老鹰。近了，她一把抓住一只，天哪，居然是黑色的塑料袋。满世界的塑料袋翩翩起舞着，似乎是在嘲弄南茜的无知。

在一个山头，她看到了这件事情的始作俑者，是他们，三个儿女的三大家人，正站在风口，吃力地向天上扔着塑料袋。她大声地向他们怒斥着，知道你们在干什么吗？你们在欺骗我和你们的父亲。

女儿眼泪滂沱，望着她：妈妈，其实，这里在一年前早已没有老鹰，它们几乎全部死于污染。

南茜接着问她：是谁让你们这样做的？

女儿回答说：一个男人，他的名字叫尼斯。

南茜终于明白了，是尼斯，他一直没有走开，一直在关怀着她。

半年后，南茜上了山，她带来了无数只老鹰。几年后，这里的荒山成了绿山，污水成了绿水。一个头发斑白的老人，坚强地伫立在风中，眼前是满世界的雄鹰。

# 为戒指除尘

就像这天气一样，我们的婚姻出现了异常，已经没有了原来恋爱时的风花雪月，更没有那闭月羞花般的款款深情。

那天，就因为一个琐碎细小的问题，我们俩大打出手，这是以前从没有过的惨烈。问题出现后，便是长时间的沉默，她坐在沙发上流着眼泪。而我呢，就靠在床上看我的书，表面上是若无其事的样子，而心里却有些七上八下。

就这样，我们僵持着。

其实在内心里，我们彼此有着太多的了解和感觉。毕竟结婚十年了，这世上有几个十年？！虽然我们的家庭出现了危机，但谁也不愿意首先站出来，结束我们的婚姻生活。毕竟，我们的日子是一天天从风里雨里、柴米油盐的人间烟火里走来的。但现在，现实却摆在面前，我们真的无法再生活下去了，在家庭生活中的任何一小部分，只要我们见面，不可避免地总要起冲突。但我们之间没有什么理由可讲，打架为了什么，吵嘴为了什么，谁也说不清楚，就是火气冲天，谁也不服谁。

那是一个阳光灿烂的上午，我们取了我们的结婚证，那上面有着我们俩的照片和签名。我们各人拿着各人的，我们彼此深情地最后看了一眼上面的照片。因为，今天，我们就要去办理离婚手续。

我的指头上戴着一枚戒指，那是结婚时她送给我的，虽然不是太华贵，但它一直陪伴着我。几年来，我丢了许多东西，例如手表、手机等，但就是这枚戒指，鬼使神差般永远随着我。今天，它的任务也该完成了，因为在我们办过手续后，我就会把这枚戒指物归原主。

天气虽然很好，但心情却很糟糕。我们没有骑车，沿着镇上的大街前去民政所。路过一家珠宝店时，我忽然若有所悟。曾经，我答应过她要给她买一枚戒指，那戒指要纯金的，但这个愿望始终没有实现，我总觉得在心里对不起她。于是，我们不约而同地走进了那家珠宝店。

在珠宝店门口，有一个摊子，是专为珠宝做美容的，我们路过时，那位老板叫住了我："先生，您的戒指需要做美容吗？"

他分明看见了我手上戴的戒指。的确，这枚戒指时间太长了，上面蒙了许多的污垢和灰尘。

他接着说："先生、太太，我们是专为戒指美容的。您的戒指经过我们的处理，会和新的一样。"

我把那枚戒指从指头上褪下来，交给他。他一边做着活一边嘴里不停地唠叨："先生，太太，我不是说大话，我处理的戒指那可是占着一绝。不用说戒指，就是别的任何物品我都能处理，让它们统统恢复原样。"

我突然插了一句："你能把爱情恢复到最初吗？"

听了我的一句玩笑话，他却一本正经地说："先生，你问的有道理。不过，爱情呀，得靠你们自己恢复，时间久了，就和这戒指一样，总会有杂质的，我做不了。爱情的美容师就是你们自己，别人呀，谁也帮不了忙。"

我呆呆地望着她，她的眼里噙满了泪水。我从她的手里接过来结婚证书，然后把它放进我的口袋里。

从珠宝店出来，我们直接走在回家的路上，我仔细地盯着那枚重新打扮的戒指，我只是无法相信：它怎么在突然间变得明亮起来。这么多年来，我一直任着它蒙上岁月的灰尘而置之不理。实际上，只要稍加修饰，就能恢复最初的华彩，而我呢，却把它给忘了，只知道把它戴在手上。

原来，婚姻也是一样的。每日里忙于细小的事情，将婚姻的浪漫弃之不顾，任凭它像风筝断线般游离在不爱的轨道上面，任岁月洗尽铅华，却无人操持和经营。婚姻也需要维护呀！你必须让它保持鲜活、丰满，富有激情，否则，时间会冲淡所有的情感，风尘会让任何一种生命变得失去光彩。

就这样，在磨合好的爱情里，我们才能保持恒久的浪漫、永远的温情。

原来，婚姻也需要与时俱进呢！

JINGPINZHENCANG

第二辑

# 一种花，只能有一个花盆

他想尝试着在一个盆里种两种花，可事实证明这是错误的思想。一种花只能拥有一个花盆，这是自然界的规律，如果破坏它，不是花死，就是盆破。两种花总会有一朵要离开的，离开的只是不适合的那朵。

# 温一壶爱情，下酒

1912年初春，杭州西湖畔，正值飞黄腾达之时的曾朴第一次遇到了朱筱凤。当时的她，甜美得如雨后海棠，娉娉婷婷的身姿，顾盼神飞的眼神，一笑一颦之间，将已经进入不惑之年的曾朴惹得眼神迷离。他顾不得仆人的劝阻，只身前往探望。

当时的朱筱凤，刚刚从一场凄惨的遭遇中苏醒，摆脱红尘牵绊的她，内心深处虽然藏满了痛苦，但却不形于颜色。她凄美的身世如同一场过往云烟，没有在她柔美的脸上做片刻停留，她为生计发愁，正在西湖边准备一场别开生面的卖场，曾朴的身影进入她美丽的眼眸里。

曾朴一看朱筱凤便惊为天人，他没有多想，便将一百多两银子放在她的眼前。朱筱凤感慨万分，无论如何也要为曾朴表演自己的才艺，也算是对他接济自己的回报。

无奈之际，曾朴带着朱筱凤回转自己的家园。在他的家里，她成了他的仆人，每天照顾他的起居生活，天长日久后，便惹恼了曾朴的原配李夫人。

李夫人生性泼辣，将曾朴先生管束得规规矩矩，在感情生活中毫无自由。她第一次见到朱筱凤时，便感到十分郁闷，旷日持久的观察后，更是心神不宁。她想到了自己在家中的地位，想到了将来的种种可怕的结果后，她决定，找个机会将朱筱凤撵走。

那年冬日，雪花飘飞中，一位身材魁梧的将军到了曾家。此人叫蔡锷。当时朱筱凤正躲在自己的屋里看书，有感于书中的情节，她起身写下了一首诗，表达自己对亲人的思念。正值此时，她一听到外面匆忙的脚步声，仆人们正窃窃私语着一个人。朱筱凤是个爱凑热闹的人，她来到屏风后面暗暗观察，看到了一表人才的蔡锷将军。这一见，注定要成就一段爱的传奇。

没有人知道这屏风背后的表情，但两个女人却将这样的场景牢记在心，一个是朱筱凤自己，另一个是曾朴的夫人。

蔡锷将军走后的某一日，雪霁初晴，李夫人便发现了曾朴老爷写给朱筱凤的一首诗，这首诗就放在曾朴的案头。喜欢饮酒的曾朴先生一时忘情，竟然透露了自己对朱筱凤的爱慕之情，李夫人不能容忍一场对自己有隐患的爱情故事在这儿上演，终于策划了一场阴谋。这场阴谋得逞后，朱筱凤从此跌入深渊里，她离开了杭州，只身前往北京城。在北京城里，她使用天生的媚情，努力地挣钱养活自己，同时，想在京师里崭露头角，出人头地。

她注定是男人眼里的名伶，天生的娇柔迷倒了众生。她在京师里迅速声名鹊起。而此时的曾朴先生，刚刚从一场沉睡的爱情中苏醒过来，他得到上司的提拔，成了杭州的一名高级官员。

朱筱凤从此后改名换姓，小凤仙成了她永远的人生代号。这个名字传至曾朴的耳朵里时，曾朴刚刚到北京城述职，他的心里只有乖巧的朱筱凤，根本容不下其他女子。他没有去八大胡同里拜访她，而是扭转身躯，重新回到杭州城。

蔡锷将军见到小凤仙时，魂不守舍，当他探知她离奇的身世后，更是怜爱有加，顾不了世俗礼仪，跌入爱河里不能自拔。此时的小凤仙看淡了世情，不敢答应一位将军的爱情誓言，她犹豫不决，徘徊不定。蔡锷将军左右为难之际，忽然想到了曾朴。

曾朴得到蔡锷将军的信时，根本就不信朱筱凤早已经坠入了青楼，他匆忙扔了工作，撇了原配，风风火火地朝北京城赶，到时，却看到了两眼风雪冰霜的朱筱凤。朱筱凤朝曾朴施以重礼，这种礼仪，来自江湖，来自无奈，来自漂泊。

曾朴潸然泪下，一朝之错，竟然让她错坠悬崖，如何回头是岸，如何佛海无边？

曾朴先生只顾饮酒，朱筱凤只管泪千行，泪罢，酒酣之时，万般无奈的曾朴忽然间说道：

找个爱你的人，嫁了吧。

错愕的神情鞭策着朱筱凤。她不知晓，曾朴所言那个爱他的人竟然是蔡锷将军。

她答应了曾朴的安排，从此后，成就了中国近代史上的一段爱情佳话。

小凤仙不知曾朴内心深处十分痛楚，面对着变幻莫测的世界，他能够做的就是让她找到好的归宿，从此结束漂泊。他内心交织的爱恨情愁全部折射在诗词书画里，流淌在酒与酒杯之间。他拼命地饮酒，温一壶爱情，就是为了忘却。

曾朴晚年故态复萌，身体上的疾病，加上不断酗酒，终于病入膏肓，无力回天。

而他精心安排的一场惊天动地的爱情故事，也在蔡锷病逝后画上了句号。本来他可以继续找到小凤仙，将她接到自己身边抚慰养伤，但他没有，他只是将这种感情深埋在内心深处，等着酿成陈酒，芳香千古。

那个时期的爱情，注定成为政治的牺牲品。而曾朴先生用最恰当的方式处理了他的情感纠缠，没有命令，只有成全，没有要挟，只有遥望。

1935年曾朴病逝时，小凤仙刚刚离开京师，准备去杭州城探望曾朴。她步态游离，不敢又不忍。她终究没有再踏入曾家半步，只是在杭州城郊找了个破落的房子。此后，江湖夜雨，再也不敢奢望另一场萍水相逢。

也许在他们彼此的心目中，处理爱情的最佳方式便是：温一壶爱情，下酒。

## 最美丽的电话

我所在的医院来了一位患脑瘤的病人，这位妇女在丈夫的搀扶下步履蹒跚地走近病床。他们显然是农村来的，带来一股乡下泥土的芬芳。

他们家好像不太富裕，妻子一直在说着不行不要治了，我这病就是癌，我知道的。两个孩子还需要念书，又得许多的钱。

丈夫劝慰她，让人家笑话，哪有有病不治的。再说了，我已经给二叔家说好了，他们支援我们一笔钱，无利息的贷款，包你能将病治好。至于钱慢慢还，不会有事的，放心吧。

无论丈夫怎样开导她，她都是一脸无奈的苦样。她不太配合护士的治疗，有好几次偷偷地跑出去张望，丈夫回来时总会向大家笑笑做着解释。其实，她是在向家的方向张望，她一直想回家的，想儿女们。

那天傍晚，我忽然见丈夫拿着一块小巧玲珑的手机进来，他故意站在门口大声说着话：儿子吗？你妈没事的，功课做得怎样啦？家里的猪别忘了喂呀。对妹妹说声，不要担心，好好复习，马上要考试啦！

他高兴地跑到妻子面前，对她说道，二叔刚才过来了，我没让他进来，他特意给我丢下一款手机。我以后每天晚上都会向家里打个电话，只当是向你汇报家里的情况，顺便也向儿女们报个平安。

妻子摆摆手说，又要花钱，那手机费不得交呀？！男人将手机装在袋子里，对妻子说，这你就不懂了，沟通无限嘛，电视里都说啦！

妻子要进手术室的那天，一个男孩子和女孩子怯生生地走进病房，丈夫急忙站起来，笑呵呵地对大家说道，我的儿子和女儿。两个孩子跑到母亲身边，她挣扎着坐起来，两只手拉紧儿子和女儿的手。

护士过来给她注射麻醉药，她趁着清醒时大声地对丈夫说：我如果下不了手术台，就不要大办了，用张席子裹了挖个坑埋了就行。还有，如果有合适的，你就找一个，别耽搁了自己，只是别让后娘苦了两个孩子。还有，让我说完，两个娃儿命苦，一定要坚强，不管将来有怎样的困难，娘都会支持你们的……

她进了手术室，铁骨铮铮的汉子泪如泉涌，他抱着两个孩子泣不成声。

我过来劝他们，就在手术室门口。我说大哥没事的，好人有好报的。他苦笑，两只手紧拉住两个孩子。他说，她自从过门就吃苦，没过一天好日子。早些时候比现在还穷，我想着总有一天日子会好起来的。我们挣了些钱，她却突然害了脑瘤，没几天，钱花光了。

我紧紧地握住他的手，和他并排坐在排椅上等待结果。

她出来了，从医生的脸上看出，效果还不错。

下午时，他安排两个孩子回家，他要求两个孩子向我鞠躬致谢。我赶紧站起身来，说我并没做什么。他说是你在关键时候鼓舞了我，如果娃他妈病好了，我会感激你一辈子的。他的质朴瞬间感染了我。

掌灯时分，妻子醒了。他高兴不迭，一边安慰妻子，一边拿起手机拨电话。他走到门口，对着听筒大声说着，没事了，你妈醒了。对，气色不错。不用来了，好了会出院的。

他买了许多糖，送给医生和护士，一个劲地冲大家弯腰致谢。

根据检测结果，万幸的是，脑瘤是良性的，也就是说，她的状况非常好。她一天天好起来，丈夫依然每天傍晚时，站在门口大声地打着电话。妻子很温顺地半坐在床头听着，有时候还会补充两句。

那天，由于将手机落在家里，我急着回个电话，蓦然间想起了他，我对他说，大哥，我能借手机用用吗？我会给你手机费的。我掏出十元钱塞在他的手里。

他无奈地笑笑，把我拉出病房，然后从怀里掏出手机给我看。我一看，懵了，居然是一个假手机。他赶紧解释，是这样的，小兄弟，我害怕孩他妈会担心的，所以，我便在夜市上买了块假的。我每天晚上故意放高声音，其实是为了让她安心。千万不要将此事告诉她。

我说，那迟早会露馅的。他回答我，我早给她说这手机是借的了，我打算再过两天将假手机扔掉，我就告诉她手机还人家啦！！

这是我听到的世界上最美丽的"谎言"，它虽然没有风花雪月的缠绵悱恻，更没有花前月下的浪漫缱绻，但它是如此质朴真切地感动着我所有的思维与神经。它令我对原先一些不可一世的爱情观望而却步，令我不敢低看任何简约或者平凡。

这世界有一种语言，没有海誓山盟，没有信誓旦旦，却沉淀出这世上最深沉的爱，入骨入髓，入血入脉。

# 来吧，插朵属于爱情的花

那一年的夏天，战火无情地烧到了查理的家乡，当时，他的家人正在樱桃树下准备着他和新娘子的婚礼，一个炮弹扔过来后，现场瞬间被夷为平地。查理侥幸地逃脱，他跑到新娘子的家里，家里早就一团糟，到处都是死尸。他找了好半天，希望能够找到她或者她的遗体，但上天弄人，他没有实现自己的愿望。那棵樱桃树被炸得体无完肤，查理将一方手绢拴在樱桃枝上，上面写着希望她能够到星火岛找他，他会永远等着她的到来。

星火岛在这个国家的最西部，离这儿百十公里的样子。那里人迹罕至，贫穷不堪，人们从不愿去那个鬼地方，战火应该不会燃到那里。

查理千辛万苦地赶到星火岛避难。这里简直寸草不生，水资源严重缺乏，没有可以依赖的生存条件。查理以打鱼为生，艰苦地过着贫穷的生活。

后来，查理居然在岛的最深处找到一条河，河里流的居然是淡水。查理喜出望外，他希望通过自己的努力，改变一下岛上的荒凉面貌。他开始移植一些小树苗到岛上来，希望它们能够茁壮地成长起来。但事与愿违，这里风浪大，小树苗孤单难拒风浪，只要一个猛浪扑过来，所有的努力便付之东流。

查理原本想只住一段时间，等战火熄灭了便回到家乡寻找新娘子，但一想到自己留下的誓言，如果她过来找不到自己该怎么办，他便放弃了原来的念头。

十年过去了，查理被这里的风沙吹得老态龙钟。他后来才知道，战争已经熄灭了，新总统已经诞生，他正在恢复经济和人民的生活。查理渴望着有人过来，但没有人愿意到这个荒岛上，他依然形单影只。

又十年过去了，查理抽空回了趟大陆，那里的人们生活很富足，安居乐业。许多城市都在开掘本身的旅游资源。查理好像一个外星人，被人们不停地参观嬉闹着。回来后，他带来了许多书籍和知识，他下定决心要改变岛上的凄凉面貌。

他开始动手建一家旅馆，虽然是小型的，但这足以浪费查理五年左右的时间。接下来，他利用书上所学的知识，开始大搞营销战略。他在大陆上贴出了海报，说这里有座岛叫作爱情岛，只要有人愿意在岛上插上一朵爱情花，他们的爱情就会和和美美，恩爱长久，并且可以免费在这里居住观光留念。

开始时，无人问津，后来，有一对新婚夫妇抱着试试看的运气报名来到了星火岛。他们带来了大束大束的玫瑰花，他们亲自种下了爱情花，然后再用淡水浇灌它们。当然，他们可以免费接受风雨的洗礼，以示他们爱情能够天长地久。

后来，名声传出来了，许多年轻人都在渴望另类刺激的结婚方式。这促成了查理的成功，五年左右的时间，这里便成了一片花的海洋，各种不知名的小花，由一朵开成千朵，千朵变成万朵，它们互相争妍，迎接着风吹和雨打。爱情的力量是伟大的，它们一次次挣扎在死亡线上，但终于，群体的力量战胜了磨难，它们顽强地生存下来。十年后，这里已经生机盎然，人丁兴旺。

人们都在争相传颂着一个属于查理的爱情故事，许多对夫妇都承诺给查理，说愿意帮助他寻找失散了半辈子的新娘。

当地政府的一位市长拜访了查理，他称查理创造了一段传奇，这座岛是他的双手创造出来的，全国人民都会感谢他为他们带来了一座全新环境的岛屿。

在查理七十岁那年，他的新娘子回到了他的身边。这位姑娘果然看到了写在樱桃树上的留言，她一直在努力寻找查理。期间，她曾经来过岛上，但一看这里人烟稀少，就想着可能查理不在这儿。有情人终成眷属，查理终于迎来了自己的新娘，虽然时间无情地推后了半个世纪。

今天，如果你到西班牙的西部去，就会有人告诉你关于爱情岛的传奇故事。然后，你会看到满岛的生机勃勃和姹紫嫣红。他们的口号很简单：来吧，插朵属于爱情的花。

## 杨春桃的爱情

在无数次的试探、举棋不定和唯唯诺诺后，她还是水到渠成地躺进了他为她精心设计的爱情旋涡里。她幸福得要死，那些长久在枝头摇曳的心事，终于尘埃落定，刹那间便是春意盎然，好像春天枝头摇曳着的那株杨春桃。

杨春桃是她的最爱，这是从老家带来的习惯。春天，无论什么时候的春天，院子里总会摇曳着一株株杨春桃，它里面包含着母亲与父亲的辛酸爱情。所以，她出门时，母亲特意告诉她，记得杨春桃，便记得了整个家乡。

于是，她自然而然地将杨春桃搬进了自己和他的小屋里。房间虽小，但空气宜人，有了这株杨春桃，她感到他们的爱船驶入了春天。

他回来时，捂着鼻子问屋里什么味道。她白了他一眼，杨春桃呀，我刚买的。他一听到杨春桃的名字便咆哮起来，好像是戳了他的疼处。快搬出去！这样的花不能放在我们豪华的客厅里。

她以为是他在影射自己家境和身份的卑微，便与他吵了起来。他一气之下离开了家，再见面时，他们已经将离婚协议各握一份在手。俩人无语片刻后，挥挥手，既然不爱，散了吧。

她一个人跌跌撞撞地过了许多年，这期间，无数个男人走进过她的生活，她始终用一种怀疑的目光看待他们。她天旋地转，惶惶不可终日。

那一年，她接到家里打来的电话，说外祖母病危。她从小在外祖母家长大，母亲要她无论如何回去见她老人家最后一面。她匆匆忙忙地回家，回去时，却发现几个亲戚正在砍伐满院的杨春桃。她不解地问母亲其中的缘故，母亲说外祖母呼吸不好，杨春桃有毒，医生建议砍掉。

杨春桃有毒吗？她不停地质问母亲，母亲叹口气说道，是的，我们家的人都有慢性咽炎，医生说与杨春桃有直接关系，说一定要砍掉的。

突然间，她的视线里闪现出那个疼她爱她的男人。原来杨春桃是有毒的，怎么会这样呢？杨春桃真的有毒吗？为什么不早告诉我，这个男人太傻了。

她风风火火地往回赶，去找那个愿用一辈子时间陪她敬她的男人。敲开关闭已久的大门，里面一个老人的声音：他半年前搬走了，临走时特别嘱咐我搬走阳台上的杨春桃，他说这个东西有毒。

原来，她的爱情早就中了杨春桃的毒，时间越久，侵入越深，只是她不知，错过了一段金玉良缘。

其实，爱情本是无毒的，只是栽种爱情这棵树的人多心，亲手制造了自己的爱情惨案。

## 拨不通的爱情手机

女孩的笑容宛若一枚圆月,光辉折射在校园的每个角落,惹得无数道目光争相在她的笑容里停留。而在所有的追逐者中,女孩最欣赏的有三个男孩,他们都以凌厉的攻势争取人生最快乐的幸福。

女孩始终未开玉口,她也许在等待一个最佳的表白时机。在真相未揭露以前,所有的人都被蒙在鼓里,许多好事者将他们的故事编织得千奇百怪、光怪陆离,他们都在猜测谁会是最后的胜出者。

直到那一天,女孩为了自己的爱情,进行了一次别开生面的爱情测验,她分别将三个手机号码交给三个男孩子,要求他们能够与对方通话。

这真是一个奇怪的考试题,三个男孩子回到家里,百思不得其解。他们纷纷将手机卡装进手机里,然后用另一个手机打这个号码,得到的却是同样一个结果:你所拨打的电话已停机。

停机,这是怎么回事?她是在考验我们的爱情,还是在耍我们?其中的两个男孩子同时发出了这样的异议。开始时,他们都挺认真的,组织了庞大的军师团帮助他们分析问题以期望能够得到女孩的青睐,但一想到这可能是一场毫无意义的角逐,他们失望了。然后便是沮丧,慢慢地,他们丧失了自信心。

半个月后的一天,人们忽然发现女孩与另外一个男孩子在一起,他们有说有笑地互诉着衷肠。看情形,女孩已经有了一种以身相许的感触。前两个男孩和许多人都觉得纳闷,也许是女孩的爱情观出了问题。那个男孩，家境并不好，长相在三人中也最普通，他个头平平，没有哪项优势可以超越前两个。

于是乎，有好事者将最后一个男孩子叫到一边进行采访。大家都已经知晓，在手机号码的测试中，他是唯一的胜出者，许多人都想了解男孩取胜的原因。

男孩滔滔不绝地陈述道：当我知道那是一个停机的号码时，开始我也以为这只是一场闹剧。后来，我觉得这里面肯定有玄机，于是，我买了张充值卡，给那个号码充了值。意外地，我竟然收到了女孩发给这个号码的求爱信，上面写着请于三日后的夜晚到某地相约，能够准时报到者就是可以托付终身的人。我是唯一的去者，因为三人中只有我一个人为那张手机卡充了值。有时候，看起来是一场骗局或者赔本的买卖，而结果却适得其反。我赢得了终身的幸福和爱情。

前两个男孩后悔得不得了，他们无论如何也不会想到，一个小小的手机号码里会有爱情的玄机和密码。爱情像投资一样，会有风险，如果想要得到相应的回报，我们就必须发挥自己的聪明才智，用准确的投资眼光加上爱情的筹码。有时候，那个拨不通的手机就像一条篱笆堵在我们面前，我们只要输进一点点的智商，就会天堑变通途，到达幸福的康庄大道。

为了自己幸福的稳定度，有时候，美女更喜欢聪明的帅哥。

# 爱情茶道

离婚是女人先提出来的，无他，只是原本的激情被平淡的婚姻腐蚀得七零八落，再也创造不出曾经的浪漫与温柔。

女人回想着恋爱时的风花雪月。那时的她，一身小巧玲珑的紧身裙，他会用一整个夜晚来夸奖她的美貌与温柔。那时的她，简直是他最爱的一只宠物，恨不得天天挂在身上。

不知何时起，她开始讨厌旁边睡着的这个男人，随随便便不说，脏衣服不洗不说，就连原来一天能说几百遍的“我爱你”，如今他也难开金口。每当月朗星稀的夜晚，女人总会用一种莫名的忧伤来煎熬自己。

终于，她提出了离婚。当时的他，正准备着出门，她听见男人手提包落地的声音。好久，他无语，最后他勉强说，给我段时间好吗？她点头，然后出了家门。

在朋友的宿舍里窝了一晚后，她才想起来好长时间没去看父母了。以前为了他，一直忙不过来，现在总算有机会了，她买了一大包的物品。

母亲出去了，父亲正在煮茶。

父亲见她回来，邀请她过来品尝。父亲擅长茶道，此时，他正在烹制一种甜茶，满屋里都是甜甜的气息。她坐在父亲旁边，一脸的无助和凄凉。父亲无语，等茶好了，为她沏了一杯。她端起来，感到一种从未有过的清爽。好长时间没过来看父亲了，父亲的茶她也好长时间没福喝到了。她下定决心，以后会天天过来看他们。

父亲对她说，人有人道，茶也有茶道，这是一杯甜茶，就像生活或者爱情一样，开始时总会感到新鲜，彼此疼爱有加，甜蜜幸福。

她不知父亲在说些什么，只是像个小孩一样地静静地听着。父亲又换了一种茶，好像是苦涩的那种，满屋子都是凄苦的空气。茶好了，父亲继续说道：时间久了，日子便苦了，就像这茶一样，磕磕碰碰多了，埋怨抱怨也多了。不吃苦，哪来白头偕老的爱情呢？

她喝了一口，感觉这种感受像极了曾经的心情。

父亲又倒了一杯茶给她，她喝了，感觉淡淡的，好像是白开水。父亲又说，是的，这是白开水。婚姻到了最后，就会从容得像一杯白开水。所有人的婚姻，无论开局多么精美出色，结局都会是一杯白开水。所以，我们每个人都要有适当的心态来对待它。

父亲将一本书放在她的面前，这本书的名字叫作《爱情茶道》。父亲最后说，他昨天来过，给我带来这本书。我们两个男人，喝了一天的茶。

女人慢慢地琢磨着三杯茶的滋味，然后有眼泪从眼眶中轻盈地淌过。

女人回家时，顺手带走了那本《爱情茶道》。

## 鲜花与微笑

她原是个天生爱笑的女子，只是在一次意外事故中，她不幸地失去了一双明眸后，她的天空从此布满了自卑和郁闷。她恨这个世道，恨命运对自己的不公。她曾经想过离开人间，但父母临终前的谆谆告诫如警钟时时敲响在她的心中。父母劝她要好好地活着，无论遇到什么样的挫折，要善待自己。

正是秉承着这种人生观和信念，她一步步坚强地在泥泞中爬行着。她需要面对的不仅仅是自己，还有许多张什么都会说、自己无法左右的人的嘴巴。流言和蜚语如一支支利箭射在年轻的心上，她的心在流血，无助、缺乏关爱的她对生活彻底失去了勇气。

但老天却生生为她开了一扇窗，她遇到一位手感良好的男子，他愿意倾尽自己的一生当她的手杖。她摇摇头说这不是现实，但手中摸到的分明是一朵朵沾满露水的鲜花，上面残留着香气和他的体温。用手摸他成熟的脸，她遇到的尽是微笑，一颗颗拴在心上，甜在原本羞涩不肯再爱的蜜里。

事情的转变发生在一次逛街中，他搀着她的胳膊，愉快地走在小城三月的阳光里。突然间，她听到街边有人在议论他们的事情，一个刁蛮女人的声音：现在的人呀，什么都敢图。这不，一个俊俏的小伙子，偏偏爱上了一位瞎子，不说她配不上他，就是配得上他，也是他一生的连累呀。

她的心被人用匕首戳了一下，疼得厉害。她甩掉了那双稳健的手，她不愿意做他永远的负累。她说你走吧。我不喜欢你。我自己有手，我可以做我自己想做的任何事情。

他像个小孩子，不住地向她赔礼道歉，说那帮人没文化，不要让她往心里去。

她还是走了，一个人跌跌撞撞的。他在后面尾随着她，她心不甘，说他死不要脸，缠着自己做什么，再不走，就叫警察啦。

从那天始，她一个人像原来一样，去爬风雨中飘摇的公交车。公交车的那头是一家医院，在那里，她每周去做一次免费的眼睛检查。以前她去时，公交车上人多拥挤，人的素质也差得很，她不是被人推翻在地板上，就是没有座位。但没有他的日子，她只有这样重复着自己的生活。她要用事实证明，她是可以的，不是另一个人的包袱。

她用手杖丈量着前行的方向和路途，高抬脚迈上熟悉的公交车。但今天好像幸运得很，车上人好像不多，顺利地，她摸到了挨车门的一个位置，然后抬起头努力向大家微笑。尽管她的内心里充满了惶恐，她会用阳光灿烂的笑告诉每个人，自己依然是生活的强者。

一晃眼，五六周过去了，她的公交生涯却出奇的顺利，总是挨着门的位置有一个空座等着她，好像所有的人都挤到了后门位置，她的周围都是宽容和理解。

那天上车时，公交车司机随意问她：你可真幸福呀，天天有人送鲜花和微笑。

她愣愣地，你说我吗？是的，姑娘，那个小伙子，一直躲在电线杆的后面，手里托着鲜花，脸上带着微笑，目送着你上车，然后才慢慢地离去，每天如此。

是他吗？她突然间感觉心海波涛汹涌，无数种爱像翻江倒海般涌了出来，让她幸福、快乐，永远年轻。

司机接着说，就是他，没错，他总在我快要发车时，跑上车厢对我说，有一个盲人姑娘，她需要我们的关怀。所以，请我在座位上格外照顾。

她是怀着无比激动的心情度过这一天的，她在内心里对自己说，回来时，她一定会跑上前去，送给那个傻傻的他一个吻，并且亲口告诉他：那个手托鲜花、脸上布满微笑的男人，其实就是自己的最爱。

# 知更鸟的情歌

巴格达郊区，早已经成为一片瓦砾，偶尔会有美国的士兵穿梭在这座村庄与另一座村庄，证明着一场与血雨腥风有关的生命洗礼。

罗伯时常坐在自己的家门口，佝偻着残疾的身躯，想着四十年前的往事。

那个时候，他们的爱情才刚刚开始，奇娅还是一个漂亮的女孩子。他们的相识十分浪漫，是在伊拉克政府举行的一年一度的情歌大赛上。那个时候，伊拉克十分安宁，没有侵略者的身影，更没有反政府武装的嘲笑，只有安静的人民享受着天伦之乐。

情歌大赛上，罗伯表演着自己的绝技。他十分喜爱知更鸟的叫声，因此，平日里，他会模仿它们的各种叫声。当他将这种想法以绝技的形式公示在大家的耳膜里时，全场响起了雷鸣般的掌声。一个喜欢知更鸟的女孩子，因为罗伯才艺出众而喜欢上了他。罗伯的生命从此与幸福依傍在一起。

他们的婚姻十分幸福。直到20世纪90年代，美军占领了巴格达地区，枪炮声响成一片，奇娅的病情开始加重。她本患有呼吸系统疾病，硝烟加剧了她的病情，她的呼吸道开始恶化。直至去年的某一天，她突然间对他说出了一段话来。

她说她从来就是勉强着自己与他过了一辈子，她现在有些讨厌他的存在。因此，她希望他可以给自己自由。她想去远方，那个地方没有硝烟，没有枪炮声。

罗伯一脸尴尬。他向她表白自己四十年忠贞不渝的爱情时，她竟然打了他的脸，这是几十年来从未有过的事。她变了，她喜怒无常，变得不可理喻。

半个月后的一天，奇娅突然消失了。罗伯并没有哭泣，人各有志，也许她想得到的自由自己给不了。这些可恶的美国人、可恶的枪炮声！罗伯开始诅咒美国人。

当有美国士兵从他的家门前经过时，他总会用伊拉克语言骂他们，直至突然有一天，一个美国人发现了他的罪恶行径，他冲进了他的家门，想用皮鞭教训他。

罗伯大声反抗着：你们这些可恶的人，你们杀害了我们的人民，破坏了我们的家园。我的爱人也因为你们的到来变得神经质，她永远地离开了我，知道吗？

美国军官明白了他的话，他放下了皮鞭，然后向着他鞠了个躬，离开了他的家。从此以后，再没有美国士兵从他的家门前经过。也许，他们被我的真心感动了吧！罗伯讪笑着。

他开始寻找妻子的消息，但毫无音讯。听有人说见过她，她可能是被枪弹打死了，也可能是到了某座深山老林里，过着与世隔绝的生活。也有人说，她骗了他，她已经病入膏肓，只不过不愿让他难过罢了。

罗伯开始昏昏沉沉，每天躺在床上，想着过往的旧事，想到痛处，禁不住潸然泪下。

那一晚，他突然听到了知更鸟的叫声，那是年轻时候的绝响，是奇娅又回来了。他喜出望外，却什么也没有发现，只有知更鸟的情歌在树梢之上鸣响着。这使得他的生活发生了巨变，他又仿佛找到了年轻时的时光。

知更鸟的叫声从此不绝于耳，每日伴随着他。罗伯的生活开始出现生机，有了知更鸟的叫声，他觉得生活对于他已经有了公平。他开始从床上起来，每天走到外面去呼吸新鲜的空气。有人告诉他，美军马上就要离开了，就在今年。这显然是个天大的好消息。

那天晚上，他竟然听到了两只知更鸟的叫声，它们在精心地对着情歌，这让他喜出望外。当时，他和奇娅不就是两只可爱的知更鸟吗？！他们的结合是时代的印证，同时也是一段千古佳话。对了，知更鸟的叫声，我何不将它们的叫声录下来。

罗伯开始到处搜集知更鸟的叫声。战后的伊拉克，已经有了一片生机，已经成立的政府虽然每日遭受着反政府武装的骚扰，但毕竟他们有了属于自己的家。

知更鸟的叫声开始多了起来，他甚至回味着年轻时候自己的口技。对了，自己不也是一只可爱的知更鸟吗？于是，他便用录音机录下自己的声音。

2009年春天，罗伯感觉自己已经到了风烛残年，一个年轻的男子和女子走进了他的家门，他们将一封信交给了罗伯。

是奇娅写给他的，时间是十年前的某个黄昏：我自知不久于人世，唯一放不下的人就是你，因此，我选择了离开，让你痛恨我，而不是怀念。有时候怀念一个人是十分悲伤的事情。我知道你喜欢知更鸟的叫声，因此，我在离世前，会将这些叫声录下来，让两个年轻人帮助我每天在我们的家门口放给你听。一旦有了这些叫声，我知道你会延续你的生命。虽然这花费了我所有的积蓄，但我觉得值得。愿你十年后能够看到这封信，我相信你一定可以创造奇迹的。最后，我诅咒可恶的战争，但愿这场战争能够早日结束。

罗伯握住两个年轻人的手，禁不住泪流满面。

2010年夏天，一个叫罗伯的老人，与两个年轻人，在伊拉克首都巴格达举办了一场知更鸟情歌的展示会，没有了枪炮声，只有知更鸟欢愉的歌唱。无数年轻人慕名而来，政府官员也来了，他们尽情释放着战后的喜悦与激动，期盼着自己的家园能够永久太平。

罗伯睡着了，睡梦中，他又看见了奇娅，他激动地告诉她：战争已经结束，知更鸟已经重新回到了我们的家园。

## 意外的爱

别克是在十公里以外的家里得知米丽出车祸的消息的，他疯也似的向事发地点赶。路上，他祈祷着上帝能够保佑自己的未婚妻米丽千万别出危险。

到时才知晓，车上坐的三十余人几乎全部罹难，只有一个人正在医院里接受着最后的抢救。

别克和许多家属们焦急地守候在手术室门口，他们都想着最后一个幸存者可能是自己的亲人。

病人出来了，别克远远地看见病人露在外面的左手，纤细修长的手指，指甲上清晰的红油，特别是戴在手腕上的一枚手镯分外耀眼。那是结婚时，自己从魁北克省买来送给米丽的。是米丽，没错，就是她。

病人的头部与脸部受到了严重碰撞，虽然暂时脱离了危险，但她依然需要被送到重症监护室里。别克认定那女子就是自己的妻子米丽，他与医生配合着，一边流着泪，一边不停地喊着米丽的名字。

因为病人无法说话，况且她的衣服中并没有装着证明自己身份的相关文件，既然别克已经说出了她的名字，护士便在病人的名字上面郑重地写下了“米丽”的字样。

结果统计出来了，全车32人，只有一个叫米丽的女孩暂时脱离了危险，其余的31人全部不幸离开了人世。

米丽的伤主要在头部，医生曾经告诉别克：你要做好最坏的打算，即使她醒过来，也有可能失忆。你要有思想准备，否则你会受不了的。

米丽果然醒了，但她几乎不认识别克，她说自己叫惠妮，不叫米丽，还说别克是个坏家伙。

别克也觉得奇异，声音不对，不是米丽的声音。别克趁着米丽熟睡时，仔细辨别手镯才发现，手镯虽然与自己买的大体相仿，但绝对是两种工艺的产品。也就是说，这女孩子根本不是米丽。

别克去了警察局打听情况才知晓，这个女孩子应该叫惠妮。她的母亲昨天由于伤痛心脏病突发死亡，也就是说，她没有一个亲人在身边。

怎么办？向她说明情况吗？别克犹豫不决，心中充满了伤痛，米丽，亲爱的米丽，她没有成为幸运者。

医生却通知他，病人闹得厉害，让他赶紧去。

别克赶了过去，惠妮情绪十分不好，又是哭又是闹的，无论别克怎样努力，她都不听从。最后，别克一把将惠妮搂在怀里，轻轻地拍着她的后背，惠妮居然睡着了，一脸安详的笑容。

别克从此没有再离开过病床半步，他安下心来照顾这个脆弱的女孩子。他将她当成了米丽，她知道米丽在天堂有知也会鼓励自己的。因为在这个世界上，他已经成了她唯一的亲人。

惠妮的外伤恢复得十分好，半年多工夫，除了脸部的伤外，其余的伤均已经复原，只是脸部确实已经毁了容。为此，别克藏起了所有的镜子，包括病室里大衣柜上的镜子，他也要求护士将它拆除了。

惠妮对此十分介意，她不停地用手抚摸着脸上的伤疤，嘴里面说着“以后怎么出去呀”之类的话。

别克便对惠妮说道，没事的，我们可以去整容。我这些天一直在联系此事，会将你整得比原来还漂亮。

不，我只要求恢复到原来的相貌就行。我原来长什么样子，我怎么想不起来啦。惠妮着急地拍着自己的头嘟囔着。

惠妮的脑部依然没有复原，她的记忆残缺不全，有时候说出的话会让人难以捉摸。不过，在别克的悉心照料下，她已经恢复得十分喜人啦。护士小姐对别克的举动十分赞赏，有时候还给惠妮开两句玩笑，说她找了个好男朋友。别克一脸尴尬，惠妮却笑得花枝乱颤。

别克下定了决心要让惠妮恢复到原来的容貌：选了好些张以前惠妮贴在互联网上的照片，他决定让惠妮进行选择。

惠妮看到自己的照片后，摇头说不行，自己以前不是这种相貌的。别克努力给她解释，他告诉了她所有的实情，说自己当初错了。惠妮听到了，只是一个劲地摇着头，说想不起来了，你不是叫别克吗？你告诉我的，你半年多一直在照顾着我。我喜欢你。

别克再也没有其他话讲了，他想着，只好如此吧，等机会吧。

忽然有一天，惠妮举着一张照片告诉别克：我找到自己了，就是这张照片，就按照这张照片为我整容吧。

别克看到时，忽然间泪流满面，那是米丽的照片，是别克一直藏在上衣口袋里的，不知何时掉在床上，被惠妮找到了。

惠妮，我会好好报答你的。别克的喉结不停地悸动着，他不知如何向惠妮解释。

不，别克，你讲话真的没错。我叫米丽，今天郑重地纠正一下。我想起来了，我的确叫米丽。

惠妮最后的讲话斩钉截铁。

# 为爱改变性格的女人

他一直记得十年前的她,那时的爱情,浪漫且天真无邪,就像小时候玩过的秋千一样荡漾在心海里。他们的爱情从开花到结果只用了一个短暂的花期,但他们的爱却是永恒的。

一切的一切源于她的内向与木讷,这样的结果在他们结婚几年后才暴露无遗,就像一只被人摁在水里的气球,一旦离开了那只玉手的支撑,便露出了颤抖的身体。

他的事业如日中天,却得不到她的任何支持。她只是一个十足的厨娘罢了,做的饭菜也不敢恭维,每日里重复着单调的质量与咸淡。每逢在社交场合,看到一些风生水起的女子伴随在一个个高大男人的旁边,他便相形见绌。他是无论如何也不敢将她带出门的,害怕会毁灭了自己的前程与尊严。

有些爱情是禁不住时间检验的。在他的威严面前,她选择了退缩,一纸离婚协议摆在男人面前,她宁愿他再找个懂事的女子。

男人犹豫了半年时间,终于还是签了字。不过,他告诉她,他是不会再娶的,他不想让孩子生活在后娘的天空里。

钱给了她大半,她晚上时分搂着一大堆的钞票做着噩梦,男人再也没有回来过。

就这样十年时间过去了,男人的事业如火如荼,身边一大帮的80、90后。许多人慕名而来想嫁给他,还有些电视台的人别有用心地请他到电视直播现场,意图创造一个意想不到的爱情硕果。可是，他总是一笑置之。许多人都说这是个不近女色的男人，不食人间烟火，令人望而生畏，这样的男人，不嫁也罢。其实，他知道，她们都是想靠近自己的钱财。

事业已经到达巅峰状态的男人心里也想着结束自己的单身生涯，每逢夜晚时分，他便形影相吊，直至下半夜才能入睡。

那天上网，无意中发现一个QQ在他的耳膜里响个不停，使他加了她。那人的网名十分有韵味：为爱改变性格的女人。

他们便聊了起来，女人的遭遇引起了他的注意：女人原来是个不爱时尚的女人，平时对丈夫的支持甚少。为此，她选择了退缩，主动退出了这份不属于她的爱情。

他挑起了大拇指，忽然想起了她，觉得对不起她。十年时间，竟然一个电话也没有打过，不知道那个蜗居里的她，是否容颜已老。

他们就这样聊了起来，女人十分超前，与他神吹海聊的，从爱情、婚姻到生活，从伊拉克战争、物价飞涨到房价，说得他五体投地。深夜时分，脑海里仍然是她的影子，挥之不去。

他下定决心去见一下这个如此富有韵味的女子。既然有了知音，为何让她逃之夭夭，让自己留下终身遗憾呢？

他提出了见面的要求，或者干脆视频也可以。这是他的心第二次萌动，一发而不可收，像黄河泛滥一样。

对方回绝了他，说相见不如怀念，见了面会产生隔阂，就像初恋与婚姻一样的简单，许多人不都是从这条路上走过来的吗？

深夜，男人睡不着觉，找到了以前旧房子的电话，打了过去，却是一个空号，马上翻身下床，寻找旧时的照片。他们结婚时的照片，年轻的他和她，兴奋地搂抱在一起，拍当时只有他们才敢拍的裸照。如今时光一去不复返，那个肯为她牺牲一切的女子在他的任性之下已经不知去向。

再一次聊天时，男人问女人为何起这样的网名？为爱改变性格，人的性格是能够改变的吗？

女人怔了半天时间，不曾答话，后来说道：是的，为了自己的爱，我宁愿改变自己的性格。

以前的我木讷老实，上不得台面，就像一道普通的豆芽白菜。我修炼了自己，想使自己华丽转身。

你现在的爱还是过去的他吗？男人觉得不可思议。

是的，我爱他。我们相恋时就约定了不在同一天生，但愿在同一天死。这种爱是时间改变不了的。

男人觉得这个誓言好熟悉，当年与她相爱时，他们曾经对天盟誓，决不背叛对方。可现在的结局竟然是如此残酷，男人觉得对不起女人。事到如今，他仍然感觉到，女人仍然是自己心灵天平不可或缺的砝码。

经过死缠烂打，对方终于同意与他视频聊天了。男人兴奋得睡不着觉，夜晚时分早早地守候在电脑旁边。

对方的样子青葱可爱，怎么像极了年轻时的她；也许是天作巧合吧，年龄也就是二十多岁的样子，可爱至极。这样的知音；如何放得下她？！他拼命地拉拢她，哄她，使尽了心机。对方却突然间问了一句话：这么些年，你一直没有动心，为何今天动了心？你难道忘了以前的她吗？

这句话像重锤砸到了脚上，男人大哭起来。对方隔着视频向他递纸巾，他突然间发现，自己心里放不下的仍然是她，这个女孩子只是她的代替而已。

终于沉不住自己兵荒马乱的心情，草草地吃了早饭，顾不得擦眼和脸，便冲向自己的旧房子。他本以为，旧房子不知荒芜成什么样子，哪知道推开了虚掩的门后，他发现房间的里面却是另外一番天地：清新亮丽，典雅别致。一个娉娉婷婷的女孩子，正坐在一台电脑前面玩着游戏。那女孩子是如此的熟悉，走近了才发现，竟然是视频里的女子。她旁边坐着一个女人，庄重大方，正在和女孩子侃侃而谈。她们发现他时，脸上没有吃惊的样子，像招待客人一样请他落座，然后倒茶沏水。

女孩子笑道，十年了，你果然过来了。

姐，我可要走了，我的任务已经完成了。

女人坐在对面的沙发上，男人看傻了眼。十年未见，他的前妻竟然如此美丽大方，像是另外一个女人。

燕子，感谢你这么长时间的帮助，回头我一定请客。女孩子挥挥手消失在走廊里。

女人一点也不害羞的样子，开门见山地解释道：不要好奇，我还是我，只是性格变了。为了我的爱情，燕子是我请来与你视频的客人。

男人不知道如何回答，半天不语。

女人继续说话：这些年，我没有闲着，我一直在寻找我的缺点，我要改正它们。我去韩国做了美容，我去普通话训练班练习标准的发声，我去找人聊天改变自己的内向性格。你要知道，这里面有多么辛苦，但是我做到了。

我现在不仅仅是一个厨娘，还是一个雕塑家。我学了雕塑，目的只是想将初恋时的那个城堡给雕塑出来，现在，我基本上做到了。

女人礼节性地摆摆手，示意男人与她一块儿走。到达里屋后，男人竟然发现，原来隔开的里屋已经被打通了，旧物不知道去了何方，眼前一座雕成的城堡，清新可爱，栩栩如生，仔细一看，与他们相恋时的小街一模一样。

女人解释着：当年，我与他就是在这个理发店认识的。当时，他没有钱，我替他付的账，从此我跌入了爱河里。他看中老实的我，而我则与他一同走遍了这条街的所有地方，包括后面的垃圾场上，都留下我们爱情的味道。

男人的鼻子一酸，眼泪本能地掉了下来。

走吧，我与你一块儿去见一些朋友。男人像条小鱼一样跟随在女人后面。

社交场合上，女人唇枪舌剑。来的客户是来谈雕塑生意的，原来女人已经成立了一家雕塑公司。男人坐在角落里，看着眼前的红酒目不暇接，站起身来，女人向外宾突然介绍他：这是我的老公，事业做得比我大，是一个企业家，只是低调惯了。

外宾过来与他礼节性地拥抱，男人受宠若惊的样子，马上恢复了社交场合的常态。他和她，俨然成了整个酒会的主角。在他的帮助下，她的订单顺利地签了下来。

酒会结束时，女人对男人说道：一个为了自己爱情的女人，什么都可以改变。只是不知道，能否收回自己的爱情？

男人回到家里时，有一种从未有过的感动。他没有想到，她竟然为了自己，修炼了整整十年，目标只有一个，就是赢回属于自己的爱情。

第二天傍晚，有人送花到女人家里，女人打开来，是一大捧火红的玫瑰，其间夹着一张纸条，上面这样写着：十年前的老地方见。落款是：一个为爱改变性格的男人。

# 为生者举行的葬礼

诺尔决心离家出走，他已经下定决心，要离开这个与自己没有共同语言的女人。在此之前，是他们持续的战斗，毫无感情的婚姻生活这让诺尔崩溃到了极点。

不得不承认，自己的脾气太坏了，每天里要发一百次脾气。自己的妻子偌兰一直劝告自己：脾气就像火山一样，迟早会带来一场大的灾难。但诺尔依然喜欢这样，个性是天生的，这也是自己的长处。面对已经结过婚的孩子，他也是气不打一处来，因此好长时间里，儿子杰克与儿媳麦琪总是躲自己远远的。但他感觉这种状况十分好，因为自己高高在上的威严已经牢牢确立在家庭中。

诺尔这次离家出走，其实就是为了给全家人一个教训。在刚刚过去的三天时间里，家里爆发了一场规模较大的战争，一向温顺的偌兰说诺尔不可理喻。她故意点燃了导火索，然而儿子过来时，儿子居然数落自己的不是，说什么父亲你总是在凭主观做事，从来不考虑别人的感受，等等。就连麦琪，自己平日里一直不愿意招惹的儿媳妇，也向着偌兰。一件事情的结尾不可能没有台阶，一记耳光是诺尔送给偌兰的最后礼物。

诺尔决心去找自己相好的，一个叫米艺的小姐。他们有过交往，并且米艺曾经提出过愿意嫁给自己。当时诺尔以爱着偌兰为由搪塞了米艺，但送给了她许多钱。

米艺十分高兴地接待了他，他喝了许多酒，给米艺数落自己家庭的悲哀，米艺听到悲伤处，也掉眼泪。诺尔让米艺评价一下偌兰，是不是自己错了，或者就是偌兰在无事生非。

米艺半天无语，说喝酒吧。酒入愁肠，诺尔与米艺搂抱着睡在一起。这样子，他挨过了半个月时光。

米艺问诺尔，你是否真的想忘掉偌兰，与自己真心真意过日子？如果是这样，你要改掉你的脾气，大男人的脾气。

诺尔试着改了几天，但没有效果。米艺干脆不理他了，说让他走，这儿是个不安全的地方。她不希望有人说三道四的。

诺尔说不想走，自己是真心的。米艺却突然间问道：真心的？你睡梦中老念着偌兰的名字。你不要再骗我了。

是这样吗？诺尔扪心自问，自己的心里竟然还给偌兰留着一块巨大的空间。她有旧伤，在这样一个秋雨缠绵的天气里，旧伤是否已经复发？他这样想着，便有些语噎。米艺将他赶出了家门。

当诺尔疲惫不堪地走进家门时，老远便听到一阵哭泣声，走近了才知晓，家里在办丧事。好晦气，谁死了？

巨大的相片挂在棺材上面，偌兰，她刚刚死于旧伤。

儿子杰克与儿媳麦琪哭得像个泪人一样。教堂里早已经派了人过来，他们正在念着赞美诗。

诺尔一把抓住杰克问道：你的母亲死于何病？

杰克一把推开了诺尔的手：问你自己吧！你离家出走后，母亲每日以泪洗面，觉得对不起你，不该数落你。几十年都忍过去了，为何到现在忍无可忍？父亲，在你的天空里，从来都是自己的影子，没有将母亲摆在合适的天平上，她只是你坏脾气的发泄对象罢了。

不对！我错了，我彻底知道错了。诺尔疯狂地搂着棺材，痛苦不已。

有人在广播里念着偌兰生前的事迹：

偌兰女士，生前并不伟大，只是做了些平凡的事情，她一直在家里照顾老人、丈夫与孩子；在诺尔父亲病重期间，苦苦守候323天时间，帮诺尔尽了孝道，且在守候期间两次晕倒。

偌兰为诺尔生了一个儿子、一个女儿，女儿夭折，使她身心受到巨大的伤害，但她从未喊过苦累，在心里觉得对不起丈夫。因为他们相爱时，她曾经答应过他要帮他生一大群孩子，但她没有完成任务。

偌兰多病，却从未将自己的病痛示给他人，她的许多病已经接近晚期，但坚持着做家里需要做的任何事情。医院的检查单可以证明她的坚强与贤惠，她可以说是世界上最伟大的妻子之一。

偌兰曾经知道自己的丈夫对自己不公，却没有像其他女子选择与丈夫决裂，而是给丈夫充足的时间考虑这件事情。她曾经多次找过那个小姐，而那个小姐也与她和解。在感情方面，偌兰牺牲了自己的爱情，赢得了整个家庭的完整。

我的天呀，自己做下的所有龌龊事情，偌兰竟然全都知道。在氤氲的悼词中，诺尔疼得晕过去多次，但他坚持不去休息，他要陪偌兰走过最后一程。

牧师走了过来，问诺尔，还有什么心愿？明天偌兰的遗体便会下葬。

不，我不让她走，我对不起她。牧师，您能否再向上帝请求一次机会，将偌兰还给我？我们相濡以沫了五十余年，我不能够让她就这样从我身边离开。

可是，诺尔先生，据我所知，你的脾气坏透了，她就是再回来，你也还会将她气走的，长痛倒不如短痛。

我，我会改掉我的坏脾气。我不会再酗酒，我不会再像个赌棍一样徘徊在赌场里。我如果改不掉,就枉为一个男人。

牧师笑笑,说道,那要看你的造化了。如果过了今晚,她不能够醒来,那明天只有继续举行葬礼啦!

半夜时分,哀乐骤停,棺材里传出一阵骇人的声响。牧师对着棺材说道:

亲爱的偌兰女士,您听到您丈夫的呼唤了吗,您愿意回到阳间吗?

随着棺材盖子的挪动声,偌兰像一只燕子一样从棺材里飞了出来,来到诺尔面前。

这一切就像梦一样,偌兰真的复活了。诺尔欢呼雀跃,他感谢上天原谅了自己的过错。

丧事成了喜事,大家拍手称快,祝贺他们夫妻团聚、家人团圆。

诺尔果然兑现了承诺,一心一意地陪偌兰过日子,直到二十年后,偌兰先她一步永远地离开了人间。

杰克与麦琪将一大笔钱送给了那个牧师,感谢他为生者举行的葬礼,震撼了父亲的心灵,让他回头是岸。牧师却只留下很少的一部分,并且答应永远保守这个秘密。

诺尔再次见到米艺时,已经是半年后了。米艺的身旁有一位帅气的小伙子,他们有说有笑的,没有给诺尔留下任何幻想空间。

## 最珍贵的项链

好像熬中药一样，他们的爱情终于迎来了“七年之痒”，望着眼前这个木讷、偏激、贫穷、不会疼人的他，她有时候感觉自己好像处在了人生的十字路口，到了该做出选择的时候啦！

回想起过往的岁月，她搞不清楚如何阴差阳错地投进了他的怀抱，然后服服帖帖地做了他七年的妻子。七年里，他的语言少得盛不满一个菜筐，从不会温柔地对她说声我爱你。为了他们的将来，他拼命工作，然后将钱一分一毫装进她日渐羞涩的口袋。但时代发展得太迅猛了，无论他如做，他的小跑仍然追不上物价的飞涨和时间的无情。

结婚时，他曾经承诺她在结婚七年时会买一条项链给她，但结婚纪念日已经过去好久了，仍不见他有所表示。她忍气吞声地流泪，想自己的过去和将来，想命运的多舛和无奈。

终于，她下定决心要向他要项链。自己袋子里有的是钱，但她总想着自己在他的心里究竟有多重的位置，所以，这个项链必须他亲自去买才行。

为了避免张口的羞涩，她写了张纸条放到他的书桌上，然后那晚她住在了单位的单人床上。

第二天下班回家时，他正好在家，他从怀里拿出一本书交给她，上面写着《爱情故事》的字样。她一脸的不高兴，一本破书就想打发七年的爱情吗？什么爱情故事呀，那些都是一些无聊的作家为了挣钱的骗人把戏而已。她愤怒地将书扔到了柜子里。

她曾经想着要离开他，但一想到孩子，她便按下了汹涌澎湃的心潮。她想着，忍一忍，也许就是一辈子吧。他依然故我，她依然天天生活在颓废和忧伤里。

日子一晃过去了无数个春露秋霜，他们老了，干不动工作了，孩子们出去谋生了。突然有一天，他跌倒在地板上，拉到医院时，医生检查说得的是脑瘫。第一次，她为了他掉了眼泪。他们的感情虽然分分合合，但他总算对得起孩子和整个家，他分分秒秒地不停止奋斗才有了现在的生活和孩子们的未来。

她日夜守在床头，他的口齿不伶俐，说不清话语。她摇摇头任眼泪肆意横流。他健康时不爱说话，现在病了好像有千言万语要说给她听，但时间无情地给他们开了个玩笑，他的话，她听不懂呀。

那天，她回家找一件他旧时的衣服，忽然间在柜子的最底层竟然翻到了一本书。书已经显黄了，是那本《爱情故事》，结婚七年时他送她的礼物。她拿起书翻阅起来，忽然从里面掉下一张纸条来，上面写着：货款已经一次性缴清，凭条者可以直接去爱得森饰品总店提取一条项链。日期是他赠她书的日期。

她顿足捶胸，骂自己的疏忽，骂他的不苟言语。原来，他对她的爱已经深藏了好些年，只是她不知道罢了。

# 天使的灵指

这是一条窄长的小巷，除了风以外，能够与这座庙堂相伴的，也许只有那几片飘荡的红色标语，它们像一些腐烂的尸体一样散发着另一种血雨和腥风。

偶尔会有几个红卫兵吆喝着摇摆着闯过去，他们会低下头，看看脚下跪着的一位瞎眼老人。当他们的声音传到他的耳畔时，他总会如履薄冰地战栗，眼前堆放的几袋花生米也好像受了伤一样的被他紧紧地搂进怀里。

他们走后，老人又恢复了原来的姿势，有几个好心人悄无声息地围了过来，丢下几个钱，然后拿一袋花生米。也许这是他每天所应该得到的最低回报，但这是命运的安排。

她手里端着饭偷偷摸摸地过来了，清汤多，稠食少。她已经尽力了，听到她的声音，他好像一堆火被人突然点燃了，他抓起碗来，拿起筷子就吃，没吃两嘴，便嘴里大骂她，你个老不死的，想要饿死我呀，整天里清汤寡水的。

她悄无声息地听着，从不敢在他的面前有一丝一毫的放肆。她听他将心中所有的苦水倒完后，收拾完碗筷，左右徘徊着瞅上两眼，发现确实没有目标后，再将碗筷送回去。

夜晚时分，远处有几声抑扬顿挫唱诗般的低吟，让一些自叹命运的人时常会想起天堂的存在。几缕风钻过窄小的弄巷，挤进腐烂不堪的庙堂里。

她搀扶着他，鬼鬼祟祟地，他们转过几条年久失修的大柱子，来到一堆垃圾面前。在垃圾的旁边，竟然放着一座崭新的钢琴，她示意他坐下，用无声的语言告诉他键盘所在的位置。

他的手一粘了钢琴，仿佛中了魔一样的灵活，继而，悠扬的琴声传遍了整座庙堂。有些音符，会调皮地钻过庙堂简陋的空间，不可一世地闯进路人的耳朵里。每逢此时，她总是心神不宁，眼前飞舞着刀枪剑戟的阴影，好像所有的兵器不可收拾地扎在他的身上。

这是他们每天的必修课，他会因为钢琴上有些杂质而大骂她的名字，说她在作践艺术。她眼泪流满脸颊，低着声回答他下次她会注意的。每次结束时，她总会小心翼翼地收拾钢琴，然后用一个大蓬布将钢琴盖好，害怕有杂质和灰尘会飞进钢琴的键盘里。他总是千叮咛万嘱咐的。

又一天的生活开始了，他依然在监控中卖自己的花生米，只是夜幕降临时，他总会如愿以偿地实现自己的艺术梦想。

那天下午，她看到几个人拐进了庙堂里，不大会儿，他们怒气冲冲地离开了。她急匆匆地跑进去时，却发现钢琴散了架似的瘫在地上。她眼里闪现着泪光。庆幸的是，钢琴腿虽然坏了，但键盘却依然坚强，她试了试音，觉得音符还可以。她忙不迭地用一些砖头将钢琴支起来，但结果却以失败而告终。她一直忙到太阳下山了，依然未能完整地将钢琴竖起来，但糟糕的是，他们约定的时间就要到了。

她顾不了许多了，跑到外面招呼他时，他却早已经暴跳如雷。他怒吼着，你是不是死了一回了，刚才跑哪去了？！我的嘴都叫麻了。她用一贯的沉默告诉他生活中还有另外一种天籁。

那夜，当他端坐在钢琴前时，无助的她准备着接受他如风雨雷电般犀利的叫骂，但从他的脸上，她读到了活着的另外一种支撑。她不忍告诉他生活是残酷的，这架钢琴也许是他唯一的梦想，如果梦死了，躯体不会活着的。

她急中生智托起钢琴的一角，好歹刚才的努力没白费，另四个角已经稳固地用砖头竖了起来。他问她，你躲在下面做什么？她尴尬地回答着，我鞋带开了。

她的手臂麻木，但她不能动，如果一动，就会影响他的心情，他就会怀疑他的钢琴受到了破坏。这钢琴可是他的命呀。

那晚她回到家里，感到胳膊酸疼得厉害。她一夜痛得无眠，梦中有无数个小鬼拖住钢琴不放手，她死乞白赖地求他们无果。她猛地惊醒，窗外已经是一片阳光。

为了躲避麻烦，她将钢琴放进了稻草垛里面，上面盖了许多的稻草。但他是惜琴如命的，如果让他感觉到自己的钢琴受到了伤害，他会不惜生命与他们抗争的。

她花了几天的工夫修钢琴的腿部，终于功夫不负有心人，虽然看起来难看些，但它还是像他一样坚强地挺立起来。她每天在太阳下山时，将钢琴从稻草垛丛中挪出。尽管这已经超出了她的力量范围，当他的脸上泛起久违的笑时，她总会心满意足地笑笑，算是对自己一天辛劳的最好奖赏。

她晕倒在路边时，没有人通知他，当他知道情况时，已经为时已晚，她心脏突然停止了跳动。他没有听见她最后的话，他除了哭以外就是骂她，骂她的命贱，天生就是受苦的命；眼看着太阳就要升起了，生活也要苦尽甘来了。

夜晚，他一个人去找那架钢琴，他摸索着翻遍了所有的角落，竟然没有找到自己心爱的钢琴，他无奈地摇摇头。这次意外的失落竟然没有给他致命的打击，他知道，这是她的早走提醒了他对生命的安然态度，她会在天堂里保佑他身体康健的。

没有音乐的日子里，他无助过，失落过。他看不到阳光，看不到生活，看不到日子是如何沿着自己的手指移向另一个手指，然后便是沧海桑田。

几年间，日子一天天好起来。由于接受了救助，他的眼睛竟然好转起来。本来是受了刺激，本无根本上的致命伤害，他在一个黎明突然看到了满天的曙光。

一个饱经风霜的老人，拄着一把拐杖，颤颤巍巍地走向庙堂，那些如蓝色骷髅般残存的标语已经荡然无存了，满世界都洋溢着一种和谐的春风。

在庙堂的一角，他突然看到一大堆稻草的下面好像压着一个锈迹斑斑的物体，他挣扎着挪开它们，破烂不堪的苫布下面，赫然放着一架接近毁损的钢琴。

他费了好大劲才将它挪了出来。这是怎样的一个场景呀，几根斜斜的木头，努力地支撑着整个架体，木头与木头之间钉了许多根钉子。他仿佛看到两只血淋淋的手，整个庙堂里落满了锤子的声音。

他突然间老泪纵横，抚摸着键盘。他好像还能够感触到她的温度，她的勤劳和体贴，她无微不至的爱。

有一双灵指从庙堂的缝隙间垂了下来，轻轻地摁动着钢琴，瞬间，整个世界都在哭泣。

# 一辈子的谎

十八岁那年的夏天，阳光柔软得像他的心情。他路过一家庭院门前时，看到一个可爱的女孩子，扎着漂亮的马尾辫。她就坐在有台阶的屋檐下，看着远方出神，他成为她眼里的风景。之后的许多天，他都有事没事地经过那家庭院，他的腰里多了把铜鼓吆喝着作为掩饰，其实是为了看她。

二十岁那年，他的父母没有遵从他天方夜谭式的爱情宣言，硬是将一个本村的，朴实得像棉花一样的女孩嫁给了她。尽管他以绝食来威胁，但还是没有拗过岁月的捉弄和命运的安排。

他和她如同木头般地过了几年，行过周公之礼，等到孩子出世后，他对她更是平淡得如同小桥流水。他的脑海里时常会闪现出那个像梦像诗一样的场景，他曾经无数次地去过那家庭院，但那里早已是物是人非，地板上残存着一层层的茅草，仿佛在向天空诉说着他的哀愁。

三十五岁那年的冬天，他一觉醒来时，发现自己的眼睛有些模糊，直至后来，他看不到桌子、椅子，包括和他相濡以沫十余年的糟糠之妻。她过来看他，他神经质地大骂她的笨、傻和呆。又后来，她将他送到了医院的病床上，他每天说着一些莫名其妙的话语，嘴角不停地流淌着口水。医生说，他的病完全治愈有些困难，需要长时间的心理治疗。

她流着泪带着他回了家。她每天喂他吃药、喝水，然后讲故事给他听。他总是嘴里含含糊糊，直至有一天，他突然说自己看到了那个小女孩，那个扎着马尾辫的小女孩，她就坐在有台阶的庭院里。

许多天后，人们看见一个扎着辫子的打扮得有些花枝招展的女人进了他的家门。她径直走到他的面前，告诉他她就是那个可爱的女孩子。她还对他说，她听说了他暗恋她的故事，她愿意嫁给他，照顾他一辈子。他的神经竟然猛地醒了一半，他用手摸她的小辫子，清清晰晰地镶在头发的后面。摸她的手，摸她的眼睛，他说找到了，就是你。

四十岁的傍晚，扎着马尾辫的她搀着他坐在有星星的庭院里乘凉，她说就是在这个地方，我就坐在那个台阶前，你从那里走过时，我发现了你，你也发现了我。只是亏了原来的那个姐姐，是她求着我让我过来的，我感动于你的执着。她自愿退出，以成全我们俩。

四十五岁的那年冬天，他早上醒来时失去了知觉。她过来摸他的脉时，立刻潸然泪下。

他的像前，一个女人去掉了二十年的浓妆，卸去了裹着小巧玲珑身材的旗袍，摘掉了掩藏了二十年的马尾辫子。人们惊奇地看到，一个饱经沧桑的女人，大声吆喝着抬起他的棺椁，走在最前面。

# 斯图亚特王朝的水晶项链

杰斯和艾姆婚后七年了，在这期间，他们的生活曾经每况愈下，但他们还是艰难地搀扶着走了过来。艾姆嫁过来时，她家给她的陪嫁是一条珍贵的水晶项链。这条项链价值连城，据说是斯图亚特王朝的珍品。艾姆的祖上是位古董商人，后来由于经营不善便倾家荡产，但这条项链还是一代一代传了下来。艾姆是父母唯一的女儿，所以，她有幸成为这条项链的继承人。

在他们生活最痛苦的岁月里，艾姆曾经与杰斯商量要将这条项链出卖，但他们几经考虑后，还是觉得不能随便出售这项宝贵的爱情资源，这是他们弥足珍贵的爱情见证。所以，他们顶着各式各样的压力还是挺了过来。能够挺过来，当然是靠着他们相濡以沫、举案齐眉的爱。

幸运的是，在他们婚后七年时，他们的生活出现了转机，杰斯开了家像样的鲜花店，艾姆在城里的一家有名的公司工作，他们每月有了固定的收入。

艾姆出差好些天了，她需要在外面待上半个月左右的时间，这是她工作的需要。杰斯千叮万嘱，让她凡事小心点，最好记清楚当地警察部门的电话号码，以便于有难时求助。

但不幸的是，一件事情却突然发生了。这是杰斯回家后才发现的严重现实，他家失窃了，无耻的窃贼盗走了他们的衣物、一台收录机还有一些平时他们舍不得用的物品。他顿足捶胸，觉得没有为艾姆看好这个家。但他马上反应过来，以最快的速度跑到卧室里，卧室里被翻得七零八落的，可见这里也是他们的目标之一。他打开床头柜，拿出一只精致的小盒子，打开来，他呆了，那条价值连城的雅致项链果然不翼而飞。他痛哭流涕，真想马上把心中的痛苦告诉艾姆。他一个人实在无力承受这种致命的打击。

但静下来想了想，他却觉得不能将这件事告诉艾姆，我必须在她回来之前，想办法找回或者再买一条项链放回原处，否则艾姆她会心疼的。她体质弱，心脏不好，如果让她知道了，她一定接受不了这种现实。要知道，这条项链可是她的命根子。

杰斯稳了稳心神，他在努力回忆着项链的形态，好在印象中的某个大厦里找到类似的影子。但这条项链确实太别致了，没有哪个设计师的思维能与三千年前斯图亚特宫廷技师的设计理念相提并论。艾姆打来电话，问他还好吗。他努力抑制住内心的失落，强压悲痛告诉她，亲爱的，一切安然，旅途平安。

还有十天左右的时间，他关了自己的鲜花店，寻遍了全城的首饰店，但遗憾的是，没有哪个珠宝商认识这种项链。斯图亚特王朝，好像是历史书里写下的年代，那太久远了，我们的故事没有那么绵长。

在得到一系列残酷的回复后，杰斯坐了车去了邻城。邻城有一座南省最大的珠宝店，里面的珠宝商个个是珠宝界的精英，也许他们可以知道此珠宝的来源和存处，哪怕能够找到一件一模一样的赝品也好。

罗伯特先生戴着眼镜，惊讶地看着眼前的年轻人，斯图亚特水晶项链，我的天哪，在我这一生里，我只见过这种项链一次。我听说是斯图亚特王朝的王妃戴过的饰品，一共有十条。可惜这种项链已经是罕见物了。我清晰地记得它华贵的姿态，它的翡翠般的介质，它的晶莹足以点亮所有人的眼睛。

罗伯特先生欣喜若狂，好像那条项链就摆在他的面前。杰斯描述说，真的，先生，我曾经拥有过，但它确实丢了。我能够回忆起它的原状，它的确像您描述的那样雅致。但我的太太，她受不了这种打击的，所以，我想请您想想办法。

罗伯特先生愁眉苦脸，他说同样的产品是绝对没有的，除非造一件赝品，但你需要详细地向我们讲清楚这条项链的背景、颜色，甚至于它的重量。

终于，在罗伯特先生的帮助下，杰斯拿回了一条几乎和原项链可以媲美的项链，只不过它们的材质有着根本上的区别。但只要不让艾姆发现，相信时间久了，会冲淡一切苦恼的。

这条假项链，花去了杰斯将近半年的工资。他早已想好了，会用零花钱逐步还上暂时的债务。

艾姆在一周后回到了家中，她红光满面，包里面装着许多件为杰斯买的衣物。杰斯的心里七上八下的，他真害怕艾姆会问起那条项链。当然，他需要向她和盘托出家中失窃的经过，以及他们丢失的钱物。他是个诚实的丈夫，不愿意向她隐瞒任何的事实，当然，除了那条美丽的项链。

艾姆不停地在胸衣画着十字，说这太可怕了。那些可怜的人呀，我们家徒四壁的，他们也真算找错地方了。

杰斯接下来说，好歹，那条斯图亚特王朝的项链，它没有丢失，它现在还乖乖地躺在蓝色背景的绒盒里，不信我拿出来你看一下。

艾姆的表现令杰斯不可接受，什么，什么项链？！艾姆发疯似的从杰斯的手里抢过装项链的盒子，打开来。她惊讶万分，亲爱的，不会吧？出邪了，那条项链，我临走时装走了，不过我忘了跟你说清楚，我想去华盛顿鉴定一下它。这怎么又多出一条项链？

杰斯无法自已，翻在床上，一张发票从他的手里飞出。

当然，艾姆很快明白了这其中的原委。她说，真对不起，亲爱的，是我犯了一个不可饶恕的错误，我拿走项链时该跟你说声的。

杰斯大哭起来，说上天跟自己开了一个巨大的玩笑，他一番辛劳却得来这样的结果。他告诉艾姆，他花了将近半年的工资，只是为了编织一个善意的谎言，为了她。

天哪，半年的工资，这可不得了。其实，我要告诉你，这条斯图亚特王朝的项链原来是个假的，这世上根本就没有所谓的斯图亚特水晶项链。这是条祖辈传下来的赝品，只不过是为了传承而已，它没有任何的价值。

艾姆拥着杰斯痛哭起来。

窗外霓虹闪烁时，艾姆突然对杰斯说，亲爱的，我们应该高兴才是呀！虽然上帝给我们开了个玩笑，但我们却真的拥有了一条斯图亚特王朝的水晶项链，不，应该是两条才是，一条是你，一条是我。我们有了这世上最珍贵的礼物，何惧所有的苦难。

杰斯和艾姆将两条项链郑重地包起来，放在他们心爱的柜子里。相信半年后的一个黎明，他们会还清项链的债务，然后从从容容地迎接快乐的每一天。

# 一种花只能拥有一个花盆

那一年夏天，已经单身多年并且手无分文的她走进了他的公司。当她看到他时，她感到自己的心怦怦地跳个不停，她不敢看他的眼睛。

半年后，一个良好的时机里，她居然被调进办公室做他的秘书，这一切，成了她爱他的硬性条件。

她开始打听他的情况，包括个人爱好。她听说他家里有个温柔如水的妻子，还有一个人见人爱的孩子。那天他妻子过来公司找他，她远远地看见了她。她长得典雅智慧，是那种典型的东方美貌女人。

她进退两难时，恰巧他要去一趟南方，公司里抽不出人送他，她便自告奋勇说她去吧。

他开着车，她坐在副驾驶的位置上，他问她家是哪儿的，什么时候进的公司，个人情况怎么样，等等。她脸红得像红葡萄一样，小心地回答着他。他走时，叮嘱她开车慢点，但回来时由于她心猿意马还是出了点事故，一辆迎面过来的轿车撞到她的车上，她受了伤。

她住进了医院，他回来时不停地骂自己，说自己该死，早知道她不会开车的，不该将车交给她开，自己早该打出租车过去的。他叫来了自己的妻子，叮嘱她要小心地照顾好她。

她不停地出汗，梦里感觉有人在掐她的脖子，醒来时，她感到浑身无力。他的妻子正坐在她的床边，她拿湿毛巾为她擦脸上的汗水，她说你别太在意了，医生说没事的。

她出院了,她觉得有必要到他家里去一趟。她要去感谢他的妻子,是她在自己住院时悉心照顾了她。

她到时,却发现她正在侍弄家里的花。她放下手里的礼品,与她一起忙活。

她忽然发现了一个奇怪的景象,有一个盆里居然种着两种花,那两种花互相竞争着,个头都十分矮小,花盆也快被它们撑破了。她对她说,这是去年一个花匠种的,他想尝试着在一个盆里种两种花。可事实证明这是错误的思想,一朵花只能拥有一个花盆,这是自然界的规律,如果破坏它,不是花死,就是盆破;两种花总会有一朵要离开的,离开的只是不适合的那朵。

她说着,便开始移植花朵。她听着,感到一种手足无措的感觉。

她继续对她说,孩子,我在医院陪床时,你嘴里不停地呼唤他的名字。我应该感谢你的,因为他的确是一个值得女人爱的男人。你还年轻,应该去找一个更适合自己的花盆。记住,一种花只能拥有一个花盆,否则,会出错的。

那个充满智慧的女人用一个故事消解了她们之间的间隙。她是带着一份祝福离开那家公司的。她相信,自己总能找到适合自己的花盆的。

# 一只脚到另一只脚的温度

女人的爱情观很另类、新潮，她总在考虑着比爱情还要长的爱情和生活。因此，当男人把胳膊挽成一朵花围在自己的脖子上说“嫁给我吧”之类的话时，女人诡秘地笑着，没有答应他的要求。

女人毕竟是女人，就像一朵蔷薇花，绝不轻易绽放自己的芳华。

就这样，在“一夜情”肆虐的季节里，他们孤独地守候着爱情的纯洁之花。他和她都坚信，他们的爱情是属于对方的，就像一朵花，在静等着怒开的那一天。

不是不喜欢嫁他，女人就是觉得那日子离自己还有些远，自己的思想还没有一丝一毫的准备，就感觉时机还像未成熟的样子。等吧，等有一天，我们都走累时，我会借你一双臂膀，让你好好地靠着。男人很含蓄地对她说。那一刻，她觉得很温馨和浪漫，有了一种刻骨铭心的飘柔。

那天下班时，她的皮鞋开了个大口子，她心里觉得恼怒得很，偏偏是他前两天给自己买的便宜皮鞋。她牙齿咬得响响的，觉得他是个不负责任的男人，在生活的细节上一点都不关心自己。她决定给他点颜色看看，让他也为自己的无知付出点代价。

见面时，女人一声不吭，男人看见开了花的皮鞋在女人的脚上缠绕着，顿时心知肚明。他也不知如何向她解释。十二月的冬天，寒风凛冽。男人嘴里说着，一会儿再买双吧。女人瞪了他一眼，固执地向前走着，虽然脚下不那么自如。

在漫天雪花中，在街头的拐角，女人看见一个老者正在修鞋，她赌气坐在鞋摊旁，把自己的鞋放在老者面前。男人赶紧过来解释，忙着同人家讨价还价。这是他的日常必修功课。

老者开始修鞋时，女人却突然感觉一只脚出奇的冷，一种刻骨铭心的酸痛在瞬间涌上心头，正在踌躇间，一只脚从旁边伸了过来。是男人，来吧，你的脚放在我的脚上，不要放在地上，地上凉。

男人说着，弯腰把女人的脚放在自己的皮鞋上，并且把袜子里包着的棉裤露了出来，把女人的脚给包上。女人看着傻傻的他，无言以对。

只是在刹那间，女人感觉到有一种温暖从心灵深处传出。在这漫天的飞雪中，在这冷落的都市街角，一个男人正把自己的温度悄悄地向自己脚心里传输。她感觉到了一种从未有过的感动，眼角感觉有一股热热的液体不争气地渗出，凝结成冰，将自己的冷酷冻结在里面。

在那个滴水成冰的夜晚，女人把自己的头靠在男人的肩上，她告诉他，现在，别无选择了，嫁你吧。

仅仅因为一个小小的细节，女人便决定将自己的终身托付于他。爱有时候不需要太多，只需要一个动作，便够了。

女人们都有一双冰清玉洁的脚，小巧玲珑，配上精致的高跟鞋，便会瞬间展现自己的全部身姿，这是女人们的光荣。无论是在炎炎的夏日，还是在冰天雪地里，她们从不吝啬自己的脚。

但她们不知道的是，脚如心一样，也是需要温度的，当一个人孤独地走在回家的路上，当一个人寂寞地生存在都市陌生的一隅时，她们会突然间发现，自己的脚居然如此冰凉。这时候，她们多么希望有另一只脚从床的另一头伸过来，暖暖的，像春阳，像柳絮。

一只脚到另一只脚，没有多远，只需要一步的距离，而我们有时候感触到那点暖时，却用了整整一生。

# 红房子，白房子

他们的结合是一个时代痛楚的烙印。她天生又聋又哑，周围的世界对于她来说万籁俱寂。他是先天性的白内障，从来没有看见到春花秋月。当有一天，她的手放在他的肩上时，他忽然听到了爱情的声音。他们紧紧地拥抱在一起，为同一个命运，但他们发誓要酿造一个不同寻常的人生。

她是他的拐杖，总是在前面牵着他的手过马路。而他呢，总能通过自己聪慧的耳朵为她指点安全的方向。他们组合在一起，简直就是一个完整的人生。

他喜欢到外面转悠，虽然他看什么都是模糊一片。但越是这样，越是能够激发他看到大千世界的坚强决心，他做梦时甚至梦到了自己看见春天了，自己的头上开了一朵一朵的花。

她害怕他会走丢了，便将房子涂成了红颜色的，她说这样子他就能够分清楚回家的道路。但他还是走丢了，这是他们婚后的第三年。她得知消息后，派亲戚朋友到处寻找，仍然无功而返。她心痛，为自己的一时疏忽而遗憾终生。

为了能够寻找他的消息，她到处贴寻人启事，上面还特意画了张大大的红房子，是家里红房子的浓缩版。许多个好心人也在帮忙找他，有的说可能被一些包工头抓走了。他那么聪明，肯定会逃回来的。

他的确被一个包工头带走了，他和一帮残疾人关在一起，每天过着非人的生活。他不认命，觉得他们是非正义的，于是团结工友们一起罢工，抵抗他们的暴力对待。渐渐地，他成了工友们的领袖人物。

终于有一天，一个貌美如花的女人站在他的面前，她身上的香气让他的灵魂几乎出窍。她告诉他，可以帮他治好眼睛，可以让他住进舒适的白房子里，但他必须听她的调遣。

这是一个奇怪的交易，但他为了能够看到春天，还是答应了她的要求。半个月后，他进行了白内障手术，当纱布被解下的一瞬间，当他看到面前这个倾国倾城的女人时，他傻了，接着哭了。

他再也不用受穷了，被她安排进镶着瓷砖的白房子里，那里的空气清新得很。他成了包工头家里的乘龙快婿，成了他们的帮凶。他负责看守着那些残疾人；而她呢，负责管辖着他。

三年后，他们已经有了一个可爱的女儿，她也当他成了自家人，对他逐渐放松了警惕。这样富贵的生活令他乐不思蜀，他早忘了那个他一辈子也没见过的残疾女人。

那天，他和女儿一道上街，路过一根电线杆时，女儿突然说，爸你看好看的红房子。在众多的启事下面，露着半截红房子，与自己印象中的红房子一般无二。他迫不及待地撕掉上面压着的广告，看清楚了，四年前的一则寻人启事，正是她到处张贴的关于他的寻人启事。

他借机回了一趟老家，红房子依然鲜艳无比，他不知如何敲开那扇尘封已久的大门。鼓起勇气向前敲门，里面却空无一人。有人过来了，对他说，这里的女主人，于半年前去世了。她临走时给我们邻居们留下了她仅有的钱，让我们每月粉刷一下红房子，好让它永远保持鲜艳。她说这样她有白内障的丈夫就可以找到回家的方向。

他哭得一塌糊涂。第二天，人们发现在城市的街道上到处贴满了红房子，一个高个子的男人在雨中奔跑着，咆哮着。

他疯了。

## 六月雪

他是得知妻子重病在身时，风风火火地赶回来的。虽然他苦苦哀求，企图用自己悲伤的目光博得老板的怜悯，好换取妻子的一些医药费，但那个可恶的老板没有可怜这个老实巴交的农民工。工友们给他攒够了回家的路费，他迈上了三年从未走过的回家路途。

三年来，妻子领着一儿一女，日子困苦得好像熬过的中药渣。她是在割收家里的麦子时突然摔倒的。接下来，在短短的一个月里，她花光了家里所有的积蓄，实在无钱可医了，才想起通知他回来。他到家时，她正在昏睡中，一儿一女可怜兮兮地守在病床边。想起与她共同走过的每一块岁月，他老泪纵横。

妻子醒来时，握住他的手不松开，这一握，仿佛成了永恒。

妻子拒绝了他再接受治疗的劝告，理由很简单，她的病已是不治之症，接下来只有在苦痛中熬完生命。妻子告诉他，隔壁的大爷曾经请过一个算命的过来，说她的生命已经到了油尽灯枯时，治了也白治。算命先生还说，除非六月天降大雪，老天佑人才行，否则，没有生还的希望。

他含着泪听完妻子的话。她由于用力过度，又睡过去了。他怔了好大会儿，望着窗外的天空怔怔地出神。蓦然间，他仿佛想起了什么，他叮嘱儿女照顾好母亲，然后起身离了家。

第二天下午，他等妻子醒来后，欣喜若狂地告诉她，孩子娘，你知道吗，天气预报说呀，今天黄昏会有雪降临这个小山村。这可是千载难逢的良机呀！你不是说除非六月飞雪吗？如果今天下雪的话，说明老天爷也保佑你不死。你要答应要坚强地活下去，重新接受治疗。

她无奈地苦笑，我活了大半辈子啦，没听说过大热天下雪的……

月亮出来了，斜斜地照在小屋的一角。她看到月光摇了摇头，但过了不大会儿，好像有乌云将月亮盖住了，外面漆黑一片，只有一盏他故意点燃的油灯在风中闪烁着。

突然地，天空下起了五彩缤纷的雪来，一片、两片，三四片……接下来，纷纷扬扬的大雪落满了院子，在灯光的映衬下，雪分外妖娆，院子里金光闪闪的，好像哪家仙子不小心打翻了盛放彩锦的筐子。

她兴奋地睁大了眼睛，我的天哪，真的下雪啦。

第二天上午，他捂紧袋子里东奔西走苦借的高利贷，陪着她去医院看病。在医院的病床前，每逢她精神不济时，他总会抬起原本疲惫的头，鼓舞她的士气，让她振奋力量重新面对生活的挑战。

他明显苍老了许多，但手里的钱也增加起来。她不知道，他偷偷地去非法血站卖血，换钱来缴纳她一天天日益增加的缴费收据。

终于，在他的悉心照料下，她竟然奇迹般好起来。这一切归功于苍天佑人，同时也是他无微不至关怀的结果。他告诉她不要担心外债的事情，他会再出去赚钱还清所有的外债。

他出去后不久，便被工友们抬了回来。原来，他感染了艾滋病毒，临走时已经出现了明显的症状。但为了她和孩子们，他隐瞒了自己的病情，他临死时只留下一句话：让她好好地活着，因为有上天在保佑她。

埋葬他以后的某一个日子里，孩子们悲痛地告诉了她事情的经过。原来，他为了让她能够树立看病的信心，他花了一夜的时间去山里割“六月雪”。那个黄昏，他请人用大塑料布罩住了月亮，并且让人将六月雪的叶子在房顶上撒下。为了她，他编织了一个美轮美奂的谎言。

在他的坟前，她痛哭流涕。忽然间，在她的耳畔，传出一个无比温馨的声音：孩子他娘，你要好好地活下去。

那时，满山的六月雪纷纷颤舞着……一个满脸沧桑的女人，坚强地伫立在风中。

# 旗袍开花

恋爱时，穷酸的他逛遍了半个城市，给她买了件旗袍。那旗袍的颜色艳艳的，她穿在身上，配上一款高挑的高跟鞋，立即闪现了她的迷人身姿。当他说她很性感时，她绕着整个中心广场打他，说他没正经，专挑便宜的东西勾取女孩的芳心。

那件旗袍随着她走进了婚姻生活，婚后，她一直不舍得穿它，把它锁进了箱子的最底处。因为，这是他们幸福爱情的见证，她要像珍惜生命一样永远地保存着它。

就这样幸福地过了几年，也曾有过针锋相对的争吵，但更多的却是花前月下的浪漫和卿卿我我的缠绵。他们的爱情像极了那些旧式的爱情，虽然经历不少风雨，依然青翠挺拔。

那天，她收拾房间，发现了那件旗袍，便把它拿出来到外面晒晒太阳。她却惊奇地发现，布料上面竟然出现了许多的花纹，她大声叫他，旗袍开花啦。

听见她的呼唤，他急忙过来观看，看后他说，这是旗袍的布料不好，放时间长了，发霉了。你还真会给它起名字，旗袍也会开花吗？

他说扔了吧，有钱了再给你买几件。她说，不嘛！这是我们爱情的象征，不能随便扔的。他说你给我吧，我去衣料店看能不能处理一下。

半年后，她应聘到一家公司做办公室主任。由于长相出众，并且能力过人，她在又一个半年后当上了公司的常务副总。也就是说，她已经成了一个女强人,一个实力派人物。

接下来,她频频出现于各个重大的场合,酒店、宾馆、公司的会议室,她的决策思想在全公司甚至于同行业中迅速推广实施,她感觉自己一下子飞了起来。原来,自己所有的才能都被时间困在了内心的最深处,但幸运的是,今天它全部释放了出来。

她很少回家,有时候回去时,总是给他三言两语地应付两句,然后便匆忙地坐上车,去完成下一步的规划。

终于有一天,在公司的办公室里,她发现了一个二十多岁的年轻人,眉清目秀的样子。顺理成章地,她调了他做自己的秘书。在接下来的几年里,她的秘书成群结队地换,理由只有一个,她开始变得喜新厌旧,她希望自己的生活里每天都有春夏秋冬。

她的衣服的档次也是不断提升。为了挽留住自己日益逝去的年华,她甚至从北京高价定做了几条修长的旗袍。那些旗袍。令自己所有的自信瞬间一览无余。

在一个偶然的时机里,平庸的他发现了她出轨的秘密,当他知道自己的女人竟然有“三宫六院”的故事时,他气愤万分,他觉得她变了。

她被他招回了家,他质问她为什么会变得如此堕落。她回答他,你以为你是谁?!这些年你所有的都是我给你的,我有自己的自由。

他提出离婚。她哈哈大笑,这原本是自己的专利,现在,他竟然捷足先登了,也好。他写了离婚协议,她看也没看,在上面签了字,像公司里签字报销一样。

他临走时把那件旧旗袍送给她,对她说这是你的东西,你保留着吧。她说我不需要了,你把它扔了吧。他没再说什么,只是把它塞进了她的衣柜里。

几年后的一天，年近不惑的她忽然觉得自己的生活竟然是如此的空白、单调和乏味，难道自己的爱情观真的出问题了吗？她苦苦地思索，但无论如何都想不明白自己究竟错在哪儿。

那天出席一个交流会，需要她在台上发言。她穿了一件旗袍，正当她准备上台时，办公室的一名职员竟然脱口而出：你看老总的旗袍开花啦！

她猛地一愣，低下头去看旗袍的侧面，却突然间发现，旗袍上竟然出现了许许多多的小花纹。她一时间困惑难解，这么好的旗袍，也会发霉吗？

回到家里，她脱了旗袍仔细看，的确是真的，这种名贵的旗袍竟然也开了花。

她发疯似的翻箱倒柜找东西。她记得两年前与丈夫分手时，他好像放在了某个衣柜啦。

终于找到了那套旧式的旗袍，正规规矩矩地叠放在箱子的最深处，上面还残存着茉莉花的清香。她打开来，仔细观看，原来旗袍上面残存的花纹竟然无影踪，只留下一些灰尘，轻轻一掸，满屋尘埃。

她好像想到了什么，扔掉了手中的旗袍去打电话，电话接通了，她问：他在吗？那边是一个老妇人的声音：不巧，他和新婚妻子去海南旅游啦！

满地的旗袍，刹那便开满了花。

# 念奴娇·爱情

她怀里揣着草拟好的离婚协议书，事先没有通知他，去那个叫大杨山的山沟里找他。自从他参军走后，他们的感情便一天天开始疏远。她从内心深处想他，想着他能够回来，哪怕一年，半年，要不然一周两周时间，她多想在困难失意时，能够伏在他的肩头痛哭一晚。但这个福分他也给她剥夺了。

她开始恨他时，他正好打电话过来，俩人在电话里吵了架。吵架这种事情，开始时谁也不好意思戳破的，但一旦莫名其妙地开始了，便一次次地开始演绎起来，直到吵得她声嘶力竭，再无力气去面对所有这一切。

最后，他说道，散了吧，你来也好，我回家探亲也好，一纸协议一签，各奔东西。

她其实能够耐得了清苦的，但就是电视剧看多了，闲话听多了，她便觉得他不可靠了。离自己那么远，总会生出些事来。她曾经想过，是不是他不想要她了？或者是他找了更适合自己的人？许多人劝她，她便开始狐疑不定，尤其下班到家时，黑灯瞎火的，连个开灯的人都没有，所有这些因素综合在一起，在她的心中吹响了“集结号”。她下定决心到那个山沟里，让他签了协议后，便立马走人，越快越好。

由于事先没通知部队，她走了一段曲折的路，等到达部队时才知，他出去执行任务了，有个兵接待了她。她坐在他的宿舍里，简易的宿舍，清苦得很，不比家中的条件好多少。她闲着没事，便开始翻他的东西，床底下两大箱子的东西。随来的兵告诉她，这是班长的物品，平时谁也不让动，好像是练的毛笔字。我们班长没事时，总爱练字，笔锋犀利得很。

她让那个兵帮着将两箱东西拖出来，是满满的两箱草纸，上面全是他练的字。打开来，是《念奴娇·赤壁怀古》：大江东去，浪淘尽，千古风流人物。故垒西边，人道是，三国周郎赤壁……

第二张，还是一样的词。她连着看了许多张，全部如此。那个兵诧异的眼神闪烁。他自言自语地说道：奇怪，怎么全是这首词呀？

她看着看着，突然间泪流满面，惹得旁边的兵不知如何是好，以为服务不好怠慢了她。

她哭了一会儿又笑了，然后她从袋子里拿出那份离婚协议书，扔进旁边的火堆里。

她知道他依然深深地爱着她，因为那两箱子的词表达的尽是他对她的思念和爱。

那个兵不知，她的名字叫"江国雪"，那首词也可以换个好听的名字——《念奴娇·爱情》。

## 送你一场烟花般美丽的初恋

从小楼的二层下来，我的心仍然一片荒芜。父亲被举报入了狱，母亲又不知去了何方，从此我十七岁的天空里再无阳光，只有阴霾。

当时我也清楚父亲是犯了严重的经济错误，而举报他的人就是父亲最熟悉的人。可是，这与我何干？我难道会替他复仇吗？我的双手无力且孤单，就像自己的体重一样的单薄脆弱，我甚至忘记了自己的年纪，忘记了自己明年就要面对可怕的高考。

我请假在家里，想长年如此。我每天的生活简单却无聊，我甚至想到了轻生。没有亲人的日子里，我宁愿自己就是自己最亲的人。

我下了小楼，却无意中看见一个男孩子，大大的眼睛，正在楼梯上左右徘徊的样子。我不爱答理人，只留给他一个背影。但我却记住了他的眼睛，迷人且性感。

我开始关注这个男孩子，他每天与我一块儿下楼，背上背着个大书包。与我不同的是，我向右边拐弯，而他则拐向了左边，左边也许是有他的学校吧。

他大约和我一般的年龄，我曾经跟着他到达了他的目的地，那个市里十分普通的高中。我还知道他上高三，明年与我一起高考。

所有的一切一切，原本与我无关，可现在，却又关联起来。

本来我不愿意上学的，但为了见到他，我宁愿故意卖个破绽，在早上七点左右准时与他一起下楼，然后在无尽的凝望中，一个向左，一个向右。

因为有了他，我一个人的天空中开始升起彩虹，我将他当成了我的初恋。因为在此之前，我生命的天空中没有掠过一个男孩子的身影。

终于有一天，我打破了僵局，那是一个雨天，我将钥匙落在学校里，正望着大雨踌躇。他试探着问我，需要帮忙吗？

只一句话，我进了他的小屋里，从此，有一份叫作爱的东西在心海里荡漾起来。

这样的爱有些一发而不可收，我简直是疯狂地喜欢上了他，虽然有些始料不及，却又如此合情合理。

我们相约一起考上北大，在某个花园里再相逢。我知道，他这样与我约定，只不过是为了我的前途，他不想破坏一个女孩子的伟大理想。

这份约定过后，从此，我再也没有见到他，他如一只黄鹤，杳无音信。

但我记得了那份约定，我开始发愤图强，看书累时便会想起他的容颜。他的话语会时刻响在我的耳畔，让我自强自立，从此不再低头做人。

那一年的秋天，我顺利地进入了北大。我的成绩一直在班里是佼佼者，加上我所在的学校又是全市的重点中学。我却没有遇到他，当时我傻眼了，怎么可能呢，他所在的那所学校以前根本没有考上北大的记录，他这是在故意欺骗我。

我泪水涟涟，放假回家时，疯疯癫癫地去找他，却没有结果，小屋一直锁着，人去楼空。问房东时才知晓，这是一个男孩子租下的房子，现在退租了。他的租期只有一年时间，一年时间，正好是他与我相处的整个时光。

我挖空心思找他，却一直没有效果。我要感谢他，没有他，我是不可能如愿以偿地考上北大的。无论他是出于何意，他都是我的初恋。

两年时光，飘然而逝。父亲服刑的日子过了一半，而在这个时候，我却跌入了爱的海洋里。

一个大大咧咧的男孩子，酒后说愿意陪我走这一生，我稀里糊涂地当真了，就像当初当他的真一样的简单。我是个容易被感动的女孩子，一句简易的爱恨情仇便可以搅动我内心深处无边无际的波澜。

从此，我的生活多了一个他。他像个跟屁虫似的跟着我，直到有一天，他将我送进了他精心编制的爱的花轿里。而那一年，父亲正好出狱。

婚后不久，偶尔去一个打字部里复印材料，接待我的是一个高挑的男孩子，多么熟悉的身影。我看呆了，竟然是他，那个送给我一段美好初恋的男孩。

他单纯得要命，见到是我，便想躲开。我一把抓住了他，我要质问他当初那样做的理由，如果他说不出来，我便会信誓旦旦地送给他一记耳光算作结局。

我的父亲，是你父亲的死对头。你父亲的入狱，与我的父亲有关。

他说话时的神态没有丝毫的自信。

我知道你孤身一人，便想着帮你。我故意租的房子，住了下来，害怕你寻短见。我喜欢你，可是，我却没有文化。我拼了命地补课，可时间太晚了，我没有考上大学，失了约，就是这些。我的父亲也入了狱。

他的眼角溢满了泪水，双手不知道停在何方。

一周后，我在我男友的公司给他找了份工作，他不停地鞠躬致谢。他的背影远离时，我的眼角潮湿一片。

真的应该感谢他，感谢他送给我一场如烟花般美丽的初恋，虽然短暂，却灿烂了我的那个高三、那个高考，甚至于我的半生时光。如果没有他的鼓励，现在的我，恐怕早已经如一只风筝，跌倒在不知名的角落里。

泪眼朦胧里，那个雨天，一个男孩子与一个女孩子相约下了楼，一个拐向了左边，一个拐向了右边。

## 扣下一场漏洞百出的爱情

马特像个孩子似的与我纠缠着,我们双方瞬间便形成了剑拔弩张的态势。我是无论如何也不会答应他这样一件事的:他竟然让我捎一封爱情信件给苏麻,而苏麻,却一直是我梦中的天使。

马特求我,一生就这一次机会了,如果她知道我的心,会与我流浪天涯的。我搪塞的理由捉襟见肘,漏洞百出,我只好选择了妥协。我说我先替你盯着苏麻,搜集她身上的优点与缺点,然后与你的生辰八字进行对照。如果你们的爱情被上天安排得天衣无缝,我自然而然地会让你们成双成对。

马特用了一整夜的眼泪博得了我的同情。在弱者面前,我通常表现得足够大度,我不能让爱情的海洋淹没了友谊的船。

我从大一楼上下来,像只苍蝇一样粘在苏麻的脚后跟上。苏麻的每个出入场景被我牢牢控制在视野之内、思维之内。我以超常的分析与逻辑精确地研究着苏麻的爱情观,表面上与马特的命运进行比对,实际上我是在寻找她是否符合我的爱情天平。

而让我大跌眼镜的事情竟然发生了,她通常会于晚自习结束后,出入于风月场合,按摩室、咖啡厅和酒吧留下了她的倩影,也留下了我的薄弱的身材。

我通过内线打入了一个酒吧的内部,当我用窃听器窃听到她与一位先生的对话后我才知道,我和马特的爱情偶像有多么的糟糕。

我上气不接下气地冲出了酒吧,手里面是一份加强版的人生合同。我好想马上冲到马特面前，告诉马特，你喜欢的女孩，只不过是别人的生育工具而已。世态炎凉下的爱情，哪还会有一丝一毫的清纯与浪漫？！

那份“代孕合同”的草稿被我牢牢掐在手心里，最后我将之撕成了齑粉，扔在凄风冷雨里。

马特一直催问我那封信的下落，是否亲自放在苏麻的玉手中，她的表情如何？

我吞吞吐吐地不能自圆其说，在万般无奈之下，我编造出了世界上最一流的谎言麻痹了他，我告诉马特：信她收到了，表情怪怪的，一脸不屑。从“牛顿第六运动定律”的原理进行分析：她不喜欢你。

马特用一夜的啤酒与一天的点滴结束了自己的梦想，从此后，马特像只无头鸟一样苍凉无助，将自己的爱情搁置在无人问津的原野上，任烈风如何吹拂也不敢轻易尝试了。

我一夜无眠，不知道这样做是不是在保护马特的爱情。如果他接着喜欢她，而她却蒙蔽了他，他是不是就跳入了苏麻为他精心设置的陷阱里？

我继续跟踪苏麻。苏麻开始请假，出入某个小区，半年时间后，当我发现膀阔腰圆的苏麻满脸喜悦地出现在一个老态龙钟的男人面前时，所有的委屈与不快通通袭来。我好想趁个没人的机会将他们两个杀掉，不，应该说是三个，连同肚子里无辜的孩子一块儿。

一夜屠城，是江湖恩怨无法结清后才会有的快感。

我最终还是个富贵面前的弱者，我甚至不敢暴露自己的目标。他们偎依着消失的身影，令我所有的思念化为乌有。好想与一条河商量，让我进入它冰凉的怀抱里。

我下定决心将这个故事隐瞒到底。这期间，出现了多种多样的爱情版本，有人说是我故意使的坏，我喜欢苏麻，那封信，我根本就没有送到苏麻的手里。马特与我的结交，以一场莫须有的摔跤而形同陌路。有的说信是收到了，苏麻捎信给马特，而让我小子吃了回扣了。不管如何，我以后的生活岁月孤单凄凉无助，而他们不知道，马特也不知道，我隐瞒的岂止是一段简简单单的爱情。

如果他们的爱情能够成功，我敢说，他们过不了七年之痒。在爱的恒定规律里，马特喜欢的是苏麻的所有优点，他根本没有看到表象背后的真相。如果知道真相，他是否可以接受一个越俎代庖的爱情？

我以一场大无畏的战斗结束了我们三人之间的较量，从此以后，再多的江湖纠缠，均与我无关！我庆幸自己的选择是正确的。苏麻后来嫁给了一个小她七岁的男孩子，但她的身体却每况愈下，据说是为了给富商保胎而服用了某种过激的药物。但她还是东窗事发了，80后的男孩子打起人来也是得心应手，毫不手软。我送苏麻到的医院，苏麻紧紧地拽住我的手，疼睡的梦中，竟然喊着马特的名字。

时间荡涤着世事与爱情，我不知道这世间有多少爱情禁得住时间的推敲与岁月的洗礼。我时常在睡梦里被两个人叫醒，一个是马特，他哭着让我将那封信还给他；另一个是苏麻，她的条件只有一个，还她的马特与幸福。

现在看来，我当时的决定一半错误，一半英明。我在扣下爱情信件的同时，应该再写一封与爱情无关的信件给苏麻。在信件上，我写道：

生命苦短，保护好自己瘦弱的体质。在爱的天平上，有一些砝码一旦失控，便机毁人亡。

写好的信，我不知道该寄向何方。

JINGPINZHENCANG

## 第三辑

JINGPINZHENCANG

# 一只眼睛看爱人

让我们每个人都为自己拥有的爱人而自豪，因为他对你来说是世界上最最独一无二的人。他也许会使你不开心，那是你不小心看到了他的缺点；他也许会气得你离家出走，那是因为天使刚刚经过你的家园，不小心借走了他对你的爱。所以，天使告诉我们：一只眼睛看爱人。闭上一只眼，你会发现，你会避开他左颊的黑痣，或者你可以看到你平时看不到的关怀。

# 一只眼睛看爱人

老罗伯斯叹息着大声向天空怒吼：等吧，总有一天，我们都会变老的。

在此之前，他与自己原打算白头偕老的爱人汤妮说了声再见后便离家出走。他实在无法忍耐她的唠叨，他已经听了将近三十年，原本想好好地清清静静地过完余生，但她晚年却好像得了某种怪病似的，让人讨厌。

罗伯斯年轻时许多年轻女孩子都追他。说实在的，他一直不喜欢眼前的爱人，虽然她年轻时貌美如花，但苍天安排了他们俩在一起，他无法也不敢违背这份誓言。但他也可以反叛的，就像今天，他可以选择离家出走，可以无所顾忌地离开她。儿女们早已不在身边，所以，他是自由自在的。

他用了一个下午的时间去会见自己的几位老友，老友们都推托要陪老伴，没空。他大声骂他们没出息，然后便愤世嫉俗地来到约梦的门口。

已经好些年了，约梦的门槛高得很，他始终未敢越过雷池一步。约梦是他的初恋女友，三十多岁时，爱人便死了，她硬生生地守了二十多年的寡，没有人知道她是为了什么。罗伯斯一直觉得对不起她，他原本想帮助她的，但他是有家有口的人。他好想劝她再找一个合适的人。他一直在等机会，谁知一晃便是二十年光阴。

坐在他面前的不是老态龙钟的约梦，她鲜活得好像年轻了近十年。老罗伯斯相形见绌，凝望着她，眼神里尽是猜疑。约梦邀请他坐下，问他喜欢喝点什么，咖啡还是茶？他摇头说自己一直没有一个固定的爱好。约梦笑他，说一个没有爱好的男人，绝对不是一个有品位的男人。

整个下午，老罗伯斯未从约梦的脸上找到一丝一毫的对过去的伤感回忆，她的话题尽是当前政府的宽容，邻里之间的和谐，教堂里的故事。

他们的谈话快要结束时，罗伯斯忍不住地问她：关于过去的事情，你还有记忆吗？

约梦没有迟疑。当然，它们就坐在我的旁边，伸手可及。

可你的脸上没有对过去的无奈和对岁月的抱怨？

为什么要恨过去呢？那些都是我的财富，虽然生活给了我不想要的，但它也同时给了我想要的。比如说我的爱人杰克，他已经逝世近二十年了，但我依然爱着他。就这么简单，就好像在昨天，杰克好像去远方出了趟差，马上要回家了。

约梦喝了口咖啡，接着说道：杰克的毛病是要命的。比如说脾气暴躁，他一直没有让着我，有时候让我下不了台。还有，他以前有个相好的，我曾经为此与他为难。但现在想起来，他还是有许多优点的。比如说在我没回家前，他是绝对不会自己先吃饭的，因为他念着我。我有一次晚上拉肚子，他一个人跑了五公里的路程背我去医院。还有他的那个相好的，后来我才知道，他实际上一直在帮助她，因为她的生活十分艰难。他应该是一个敢爱敢恨的男人，可惜我明白得有些晚了。

在罗伯斯快要离开时，约梦拿了本书送给他。约梦说：这是我与杰克的爱情回忆录，我整理了近二十年，刚刚出版。罗伯斯拿起来看时，书名很别致——《一只眼睛看爱人》。

在书的扉页上，约梦这样写道：让我们每个人都为自己拥有的爱人而自豪，因为他对你来说是世界上最最独一无二的人。他也许会使你不开心，那是你不小心看到了他的缺点；他也许会气得你离家出走，那是因为天使刚刚经过你的家园，不小心借走了他对你的爱。所以，天使告诉我们：一只眼睛看爱人。闭上一只眼，你会发现，你会避开他左颊的黑痣，或者你可以看到你平时看不到的关怀。

罗伯斯若有所思地向家里走着，在第二个红绿灯口，他看见一个熟悉的身影在寒风中守候着。他知道，那个女人的名字叫作汤妮。

# 爱的特快专递

女人剧烈地咳嗽着，男人慌里慌张地翻找着所有的抽屉，终于找到了治咳嗽感冒的药。但他仍然感到有些遗憾，女人平日里吃的那种特效药，由于自己的疏忽，已无库存。

女人平日里身体不好，小时候落下的病根，一遇阴冷下雪的天气便会咳嗽不止。他们的生活捉襟见肘，买不起空调，男人经常为此“一声叹息”。

男人急忙扶女人起来，将药给她喂了下去。十来分钟后，药力可能起了作用，女人安稳了许多，她招呼男人：将我的公文包拿来，明天一早我还得出差。

男人答应了一声，嘴里说道：天太冷了，你又病着，请个假吧。

女人苦笑：那哪行，这趟差事非去不可，我已经答应客户了。没事的，放心吧。我这是老毛病了，心里有底。

男人遗憾地低下头，忽然间猛捶自己一下：都怪我，那种药家里没了，我早该想到今天会下雪的，白天没去买。要不我马上去吧。

女人阻止了他：外面大雪纷纷，卖这种药的地方至少得在四公里以外。别去了，睡吧。说不定我出差的城市就有卖的，没事的。

女人在男人的怀里睡着了，男人却睡不着，心里一直骂着自己无能，对老婆关心不够。他想着想着，突然眉头一皱，计上心来。

他起了身，将沙发上放着的一床被子叠成一个条状，然后放在女人身旁，女人动了动身，搂着被子睡着了。

男人出来时，已经是子夜时分，纷纷扬扬的大雪弥漫着这座街上空无一人的小城。他的目标地是四公里外的一家药店，只有那里，才会通宵营业。

四公里的路程，本来不算长，但雪深如悬崖，几次让男人摔倒在地上。

男人于五个小时后回到了家里，怀里揣着十来盒那种特效药。女人正熟睡着，睡梦中说着呓语，偶尔会有几声咳嗽打破这个宁静的夜。

男人从抽屉里轻轻掏出一张特快专递来，他在上面胡乱地写着什么，然后将那几盒药生生地塞进特快专递里。

男人一夜未睡，六点多的时候他开始为女人做饭，然后假装有人找似的开门对着雪花说了一通废话，然后手里拿着那份鼓囊囊的特快专递跑了进来。他像个孩子似的大声呼喊着：亲爱的，起床了！有救了，药。

女人早就醒了，只是觉得喉咙痒得厉害，赖在床上没起来，听到男人吆喝，她抬头看见一脸兴奋的他。他继续说道：我给忘了，我托喜顺给你捎药了，今天早上刚到的，用的特快专递。看，够你吃一阵子了。

女人也兴奋不已，迅速地起床、吃药。然后，男人徒步送她去远在三公里外的火车站。

男人挥舞着手在寒风中，女人的眼角淌满了晶莹的泪水。男人回来时却丢了昨晚买药的发票，他嘴里喃喃自语着：丢哪儿了，老糊涂了。

男人于三天后收到了一份特快专递，是女人从另一个城市邮来的，里面有一条温暖的白毛巾，女人在信里写道：有了这条白毛巾，相信你僵硬的脖子不会再害怕这个寒冬。

随信跌落的，是一张雪白的发票，时间是四天前的那个深夜，内容是那种特效药。

# 3000元爱的邮路

从相识到结婚，只是一个容易感动容易上当容易冲动的过程。她和他从开花到终成正果，只用了三个月时间，这不叫“闪婚”，而是一种双方的渴望和期待罢了。都是大龄青年了，家人的催问、同龄人的孩子都像铁锹一般高了等等现实，使得他们不得已作出这种有些出乎意料却合情合理的决定。

她从结婚后才开始慢慢了解他的贫穷和脆弱，他的身体就像捉襟见肘的生活一样不好，勉强出去打工才几天，便累得吐了血。她正是一朵花的年岁，什么都渴望，可他都给不了。

她喜欢化妆，喜欢各式各样的高档产品，自己微薄的收入无法满足需求，从他那里又得不到声援。她开始讨厌他的存在，渴望另外一种不缺乏物质的生活。

她这样的华丽转身只用了半年的时间。

她想去远方读硕士，这是她多年的愿望，她隐瞒了他有两种理由：一则不想让他知道，毕竟他身体不好；二来是想给自己的灵魂一个过滤的过程，然后好作出最终的裁决。爱或不爱，总得有一个结果吧。

她摸爬滚打了两个月时间，没白天和黑夜地操劳，好不容易凑齐了路费和学费，她只是轻描淡写地告诉他：我要走了，出差，至少半年以上的时间。

他没有回答，而是默默地起身为她准备好行李。她没有告诉他离开的时间，他却守着严寒一直等待在车站，直到她的身影出现。上火车时，他交给她一个大包，打开来，却是一些她平日里爱吃的小零食。她眼眶有些酸胀。

她拼命地学习，想排泄一下内心对爱的失望和无助。期末时，她居然得到了近3000元的奖学金，她好想买上一大堆的化妆品，为自己修饰一下贫乏的生活。

但她没有，她想将钱邮给他，也算作分手费吧。她在汇款单的填写上犹豫了半天，她没有写上自己的名字，只是写了一个“好心人”的字样。也许，他会明白的。

这件事情办完后，她想着他们可以天各一方啦，希望他能够好起来。

一周后的一天，教导主任拿着张汇款单到处寻她，她接过来，看时，却泪如泉涌。是他邮来的，附言栏里这样写着：一个好心人给了我们3000元，你下学期的学费有着落了。

她此时才知，这3000元的邮路已经直通自己的心底，他轻轻地在自己浮空的承诺上面盖了一个天长地久的邮戳。

她于年三十回到家乡的小城，他在车站接她，一脸的沧桑，只是多了层喜悦。那晚她轻轻地告诉他：除夕夜，我们要个孩子吧。

# 如果树桩也可以开花

巴黎市郊区，查尔的家已经成了一片废墟，德国法西斯的队伍刚刚从此闪电般路过，他的花园、爱犬都永远地离开了他。

他想起了女友玛莎，她就住在巴黎的东街，他疯狂地赶到那里时，现场早已经一片狼藉。

接下来的日子里，查尔留了下来。因为他不喜欢逃跑，他是个十分恋家的人，主要他害怕自己走远了，玛莎如果回来找自己就会扑空。

每天，都会有大批的德国士兵路过他的小花园。已经是春天了，但炮弹轰炸过的花园里依然是一片寒冬，炮弹破坏了这里的土质，没有哪种植物可以逃脱得了命运的捉弄。

他终于发现了一株桃花开放起来，这是一个春日的午后，他大喜过望，祈祷着也许桃花的突然盛开就意味着一种惊喜。也许，德国人马上就会走了，或者是玛莎会马上回到自己身边，俩人便永远不会再分开。

但结果却是大相径庭，一个德国士兵闯进了他的花园里，他说着十分难听的法语。

他问查尔：你怎么不走，你不害怕死吗？

查尔回答他：我只是个花匠，与政治无关，所以说，你们不会去残忍地杀害一个创造美丽的人。政治虽然有国界，但美丽是无国界的，对吧，先生。

看在你的回答实在优秀的分上，就饶了你。可是，你千万不要从事某些其他的活动，比如说你在口是心非，或者是咒骂我们让我们滚出巴黎去，那你休想。

也许吧，但我没有。我在等我的女朋友，她叫玛莎，你们的炮弹可能让她已经流离失所。

你等不到她了，就像我们伟大的法西斯永远不会离开巴黎、离开法国一样，因为，这里已经成了我们的领土。

不会的！查尔说话突然间带起了火药味，就好像他的嘴里藏着一枚火箭弹一样。

我告诉你们，玛莎一定会回来的，我们两小无猜，私定的终身。先生，私定的终身，您懂吗？我们中间没有任何中间人的媒介，所以说，我们将彼此的心拉得非常近。小花匠就不能有伟大的爱情吗？

好吧，先生，如果这个树桩也可以开花的话，我就相信你的鬼话。

德国士兵用脚指了指一块树桩。那是一株桃树的树桩，德国人没来以前，他和玛莎亲手伐倒的。因为他在为她准备出嫁的嫁妆，他们想用这株桃树做一个她的梳妆台。

德国人走了，查尔将口中的唾沫全部吐了出来，算是对他恶作剧誓言的一种报复。

他嘴里面这样说着：

如果树桩也可以开花，那么，丧心病狂的德国法西斯便会被赶出法国！

如果树桩也可以开花，那么，我心爱的玛莎会回到我的身边，哪怕用尽一生的时光！

他将这两句誓言郑重地默诵了几遍后写了下来，然后刻在一块石碑上，以提醒自己侍弄好那块树桩。他相信，只要有了合适的土壤，树桩一定可以开出美丽的桃花的。

接下来的日子里，他天天侍弄树桩，为它挪了干净的土，还浇了水施了肥。

眼看着树桩周围的土壤有了生机时，那个德国士兵又来了。显然，他对查尔充满了敌意。

这一次，他用火烧了那根树桩，还冲着树桩开了几枪，有几枚弹壳钻进了树桩里。这还不算，他发现了那块石碑上的口号，他马上抓走了查尔，以谋反罪要枪毙他。

但阴差阳错，他却被义军救了出来。他参加了义军，每天唱着《马赛曲》，疯狂地躲避着炸弹的袭击，同时又伺机向法西斯发动进攻，以破坏他们的行动计划。

战争胜利后，他的小花园早已经成了一片瓦砾，他不甘心地四处搜寻着，竟然找到了那块石碑、那块树桩，可早已经面目全非。一想到当初自己发的誓言可能就要应验时，他五内俱焚。他不想失去心爱的玛莎，他要迎娶她，让她做永远的新娘。

他重新振奋了精神，开始侍弄自己的花园，包括那块可怜的树桩。经过检查后，他兴奋地发现，树桩的下面依然完整，也就是说，它依然蕴藏着复活的希望。

第二年春天，满院桃花开时，查尔惊奇地发现那块树桩的旁边长出了一枚桃枝，桃枝上缀满了星星点点的花，就好像寒夜中满天的星光，调皮地冲着他眨着眼睛，像极了玛莎的目光。

查尔一直没有结婚，虽然这中间他遇见了许多中意的姑娘。她们听说他的故事后，都愿意过来与他一起守候玛莎，但他却毅然决然地拒绝了她们，他说道：玛莎是属于个人的，属于那个时代的。战争胜利了，那块石碑就是明证，玛莎她会回来的。

六十岁那年的春天，满院的桃花兴奋地盛开着时，一个老夫人走进了他的花园。她的手里拿着一张旧照，旧照是两个人的合影，一个是查尔，一个是玛莎。

是玛莎，老眼昏花的查尔终于认出了自己的心上人。老夫人也喜出望外，眼泪成了一片汪洋。

他们没有讲述分手后的传奇经历，而是于当晚进行了一场别开生面的婚礼，满院的桃花就是他们的证婚人，那块石碑便是他们爱情风风雨雨的最好见证。

查尔于婚后第三天离开了人世。他的身体里残存了无数枚弹片，每一枚弹片都可以要他的老命，但他坚持了四十年时间。

大家不要以为这则故事已经结束了，在查尔的葬礼上，老夫人却突然告诉大家：自己叫玛丽，玛莎是自己的姐姐。玛莎于四十年前就已经死在了战火里，临死前，姐姐告诉玛丽，帮助自己寻找查尔，哪怕只有一线的希望。玛丽于二十年前就找到了查尔，她好想马上会见他，告诉他自己就是玛莎，但当她听说他的病情时，她选择了延迟。她知道，也许寻找玛莎是他生存下去的唯一动力。

在查尔的坟前，竖着那块永远的丰碑。

有人另立了一块石碑，石碑上这样写着：

如果树桩也可以开花，我们不要再顾忌自己鲜血淋淋的伤口；既然已经选择了奋斗，就必须义无反顾地走好下面的路。

如果树桩也可以开花，我们不要顾忌他或者她的长相，只要彼此相爱，上帝也在羡慕我们的坚强，相信爱可以创造一切传奇。

# 戒 口

山盟过后，海誓逐渐成了一个古老的传说。不知这是哪位哲学家所说的誓言，但目前正在男人女人身上做着最适合的印证。

男人女人在分东西——他们结婚时的东西。原因很简单，因为他们的爱情就像窗台上放着的玻璃瓶子，一不小心，碎了满地芳华。

一切都给你，男人说话斩钉截铁。他一直是一个男子汉的形象。

女人没有多说什么，而是坐在床边上，望着戴在左手无名指上的戒指出神。

这枚戒指跟随了她七年的光阴，是恩爱到深处时他送她的，如今也已经有些珠黄色的斑点，这就是岁月的印痕吧。

她想了想，没有再犹豫，这个得给你，你送的东西。你也许可以送另外一个你喜欢的、不婆婆妈妈的、不喜欢挑你毛病的女人。

女人往下脱戒指，可戒指由于戴的时间过长，已经拔不下来了。女人忙乎了半天工夫，将无名指的肉皮快蹭破了，依然没有取得成功。

不用了，算是纪念吧。分手过后，我们还可以是朋友。

分手的当天晚上，在女人的蜗居里，女人一直在努力拽掉无名指上的戒指，可它就像一块磁石，牢牢地吸在自己的肉体上，永远无法分开。

女人于第二天去找了修戒指的。修戒指的问她，女士，需要整理戒指吗？可以镀金，镶银，还可以修饰得就像原来一样。

不，我是来拔戒指的。求您将我无名指上的戒指去掉，它已经生了根。

老板十分诧异地望着面前这个饱经风霜、风华不再的女人，他看了半天后，说道，没办法；除非伤了手指头。

也许这就是爱情的残酷性吧，到了最后，必须以流血终结。

女人无话，只是看着风吹过地表和人海。

朋友打电话过来，她欲哭无泪，然后说到戒指的事情。

朋友问她，为什么吵架，又是一些琐碎的事情，他外面有人啦？

没有，他哪里敢呀，老实巴交的。都是些柴米油盐的事情。

老妹呀，你傻呀，这样的男人往哪里找去，好好想想吧。戒指也不想让你们分开的，不然为啥拽不下来？也许，这是你留下他的唯一借口。

借口，戒指，戒口。女人那个晚上突然间破涕为笑。

女人打电话过去给男人，落东西在家里了，能过去拿不？

男人说，钥匙不是在你手里吗，东西没动。

女人回家时，男人正窝在洗手间洗自己的陈年旧衣服。他一向没有洗衣服的习惯。

男人满脸满手都是白色泡沫，活像个大雪人一样冲了出来。

两个人相视一笑，什么话也没说。女人一步跨过去，搂着男人的腰，此时此刻，不需要任何华丽的辞藻与理由。

男人问她，落什么在家里啦？

落了你，我来取走。女人幸福地哭泣起来。

女人告诉男人，戒指留下了戒口，既然取不下来，就证明我们的爱情没有结束。

男人心疼地看着她左手的无名指已经弄得稀巴烂。你呀，太任性啦，以后就不用取下来了，永远不要取下来。

男人动手想给女人包扎，女人阻止了男人，不用，已经很好了。

男人不知，女人于前天晚上费了许多气力取下了戒指，她看到一道深深的印痕永远地长在手指上了，就好像他们的爱情未完待续一样。

她不想让男人知道这样的过程，她希望戒指永远取不下来，哪怕长进肉里。

# 情书的味道

男人回家时，女人正坐在一堆洁白的帆中，而那堆洁白的帆，正温柔地行驶在家庭的海洋里。

女人喜欢回味过去，她说自己是个怀旧的人，那些情书，分别记录着她和他的相识、相恋、相知和遥不可及的未来。

男人问女人：你怎么了，又在想心事啦？

女人笑笑说，没啥事，闲着也是闲着，我正在闻这些情书的味道呢。你闻闻看，好清香呀。

是吗？男人不信，过来，调皮地皱着眉头。

女人将那些情书温柔地举过头顶，男人似乎一下子回到了那个青葱的年代。

男人是用一封封情书，逐渐瓦解了女人的心理防线，从而使她水到渠成地落入他为她精心设置的爱情圈套里。由于情书是他们爱的见证，女人便下了通牒给男人：在城里打工，每周必须邮一封信过来，让我知道你的平安。

男人在城里打工，城里离小镇百余公里，男人不经常回家，她不让，说不用浪费那么多的路费，留着为我们的将来做个设想。

男人开始时，翩翩飞鸿依然洋溢着青春般的爱或者激情，慢慢地，他有些对这样的行动感到枯燥无味，老夫老妻了，写哪门子信呀，让人知道多笑话。

因此，一段时间里，他没怎么写信，而是在业余时间里喜欢上了网聊。网聊不过瘾,就裸聊吧。他认识了许多不相识的、比她美丽百倍年轻万倍的女人,他心里面嘀咕着:都说女人似水,不假,但都是年轻女人。

她不依不饶地过来找他了,幸亏他当日没有出去,不然浪费的青春光阴会被她一览无余地抓在手心里变成一种责怪。

他从此再不敢间隔了,每周都写信,写不出来就在网上找。她每次都看得泪水涟涟的,泪水滴在信纸上,变成一种海誓山盟的美梦。

男人又一次回家是在半年后,他回来时,怀里揣着一纸离婚协议书。他不想与她好了,据说他喜欢上一个愿意与他一辈子裸聊的女人,而这个女人离此不远。为此,他甚至荒废了半个多月的时间与她在一起耳鬓厮磨。

女人仍然坐在一堆信纸里,她异常地冷静,她仔细地闻着信纸上的芳香。

他问她,怎么了,你?又在闻那些陈年旧事。

是的,每一封情书都像一个人的性格,我能够闻得出来它们哪封属于刚毅、哪封充满自信、哪封开始沉沦。

是吗,能否讲得清楚一点?

你原来写给我的情书,都是一股清新的茉莉花的芳香,这代表初恋。

结婚以后,你邮我的情书里,我明显感觉到一种与世界抗争的无奈和持家的刚毅,它属于腊月寒梅。

你打工走以后,你写的情书应该叫作并蒂莲,一种牵挂、思念和相互扶持的坚定包在花朵里,让我每时每刻都对你充满挂念。

可最近,我在你写的情书里读到了一种苦涩,它应该叫作苦艾花吧。并且在信纸上我还看到了眼泪化成的盐渍,我疑虑是否是你写信时的汗水或者泪水，但我失望了，那上面是一个女人的眼泪，而这个女人，不是我。

男人怔怔的，不知道如何回答女人的问题。

女人不知道，最近男人写的所有情书都经过了另外一个女人的手查阅审核，她不经意间淌下的汗水或者泪水，都被女人毫无保留地洞察在爱与不爱的视野里。

男人不知道，女人对同性的感触是最为灵敏的，哪怕她只在他的身上或者信物里留下一丝一毫的证据。

男人将那纸离婚协议书撕掉了，扔在废纸篓里。

许多天后，镇上最东头一家一个姓越的寡妇搬走了。

## 爱情街11号

我的爱情出现了故障，不再有当初的信誓旦旦和风花雪月。我不得已将他撵出了家门，他则丢了一纸离婚协议书在桌子上。有时候爱情就是如此简单，始乱终弃和天长地久是邻居。

我决定将房子租出去，离开这个伤心之地。我接下来在《今日消费》上登了广告，条件是每月800元。我这里有空调、有电话，什么都有，就是没有爱情。没有爱情的地方就没有温暖，所以，我知道也就值这个价格。

电话很快有人打过来了，一个低重的声音，问我房子什么价格。我说800块，不还价。

他则问，租半个月可以吗？我大恼，对着电话吼他：先生，最低半年，我广告上说得非常清楚啦！半月，开玩笑！我挂了电话。

五分钟以后，电话又响了，还是他，我没好气地问他：你想骚扰本小姐吗？你选错对象了。

不，我只想租半个月，我妻子要来市里看我，我不想让她知道我是个擦皮鞋的，我告诉她我在市里生活得很好。她只住半个月。我擦皮鞋的地方离你这儿最近了，阳光街11号。

我无语了，有一种沉重感压在我的胸口。又是爱情，我感觉虽然俗了点，但真情还是打动了我久未颤动的心。

我竟然答应了他，怕是鬼使神差的结果。

他过来了，黑得像卖炭翁，手里提着一些苞米，说是半年前从家里带来的，没敢吃，送我。

我没敢要，我害怕苞米已经发霉不能吃了，有毒的。

他妻子过来了，一个典型的乡下女子。我内心里告诉自己，想帮他一下，我对她说我是他的房东，这座房子是他半年前租我的，老贵了，一千多呢。她则唏嘘着埋怨丈夫乱花钱。他说，没事的，俺能挣钱的，这是点小钱。

他白天带着她出去遛弯子，还买回来许多东西，瓜子皮乱飞着。她则小心翼翼地收拾着，害怕弄脏了地面。他大大咧咧地笑着，自家的房子，不要紧。

晚上时，他去外面给人擦皮鞋，她问我，他晚上去哪上班？

我说，是个大厂，三班倒，工资挺高，不好进的，进了便要珍惜机会。

她则点头，信任的样子看着我。更多的时候，她是给我讲她与他的爱情，听了让我心酸不已。他们养了三个娃子，中途死了一个。家里钱少，他便出来打工。她一直担心丈夫在外面受气，便想来看看，现在看到了，市里人挺好的，没有想象中的那么刻薄。

半个月后，他妻子要走了，我破天荒地用自己的车送了她。他过来收拾行装，临走时，将四张崭新的百元大钞塞进我的手里，明显是从银行刚换的。我只拿了一张，还给他三张。他以为我生气了，忙不迭地赔着不是。

我从他们那儿学到了什么才是朴实忠贞的爱情，原来，有爱的地方就有天堂。

我将原来的街牌号给涂改成了“爱情街11号”。我的房子里已经有了他们爱的灵魂住在里面，爱情也是会传染的，我的爱情还会回来。

## 伤害妻子的男人

二月的西伯利亚，狂风卷着残雪，三号政治犯与四号政治犯同时被拉入了监狱里。许多狱犯们一见到来了一名女犯人，他们眼中分明闪现出一种久违的光彩来。

什么罪名？旁边有人小声嘀咕着，可这种声音刚刚发出来，狱警的皮鞭子落了下来，警长皮皮斯基恶狠狠地告诉大家：你们小心着点，老实些，不然，让你们个个去见你们的祖先。

接下来，他又将目光转向了三号政治犯：三号犯人，卡卡里。要知道，你可是犯了重大的政治罪，也许用不了多长时间，你就会被枪毙了。所以，好好保养你的妻子，也许我喜欢上了四号政治犯。

卡卡里小声地咽着唾沫，他本能地用眼睛告诉皮皮斯基：坏事做尽了，是要有报应的。可皮皮斯基发怒了，他一把抓住旁边的一个小个子，皮鞭落下来后，抽出宝剑然后将小个子的胳膊卸了下来。

现场是如此的凄惨，容不得大家更加深深地思量。卡卡里感觉血液突然间被抽空了般难受，他死死地守住妻子尼娜，害怕她受到丝毫的伤害。

但世事并非那样简单，犯人一见到女子，总会起一些匆忙的反应，因此，他们意识到他们的身份地位相同时，便开始调戏她了。尼娜十分勇敢，不停地反唇相讥着，同时也告诉大家：战争马上就要结束了，我们大家应该勇敢地一致对外，而不是互相折磨。

卡卡里开始与人家周旋着，他与许多人比武，目的是赢得尼娜的片刻安宁，但他的气力是有限的。

警长站在他的面前时，他突然间大笑了起来，嘴巴似乎抹了蜜一般狂笑着：警长先生，我们是老乡呀。要知道，我在乡下时，可是有一座城堡的。那座城堡，我想送给你，只是想换取你给我的权利与地位。要知道，这帮可恶的犯人，你知道吗，可是不老实，如果没有一个队长去管理他们，恐怕他们会失控的。再说了，您也有上级吧，一旦您的上级怪罪下来，您如何吃罪得起呀。

警长觉得他的话十分中听，但他的目标始终锁定在了尼娜的身躯上面。

卡卡里开始数落尼娜，她呀，是个妓女，以前什么事情都干过。你们大家可能不信，她敢在大家面前脱下衣服。知道吗，我以前也见过的，但没有法子，我是花了钱在赌场上将她赢下来的，我就得使用，是吧？

是个妓女，警长皮皮斯基转身想走，但他又转过身来，将皮鞭子交给了卡卡里：

你，替我打她几鞭子。我最恨妓女了。

尼娜反抗着，你个疯子，谁是妓女，我是个良家女子。

你还敢狡辩，说你是就是，我抽你。说着，鞭子抡了起来。不大会儿工夫，尼娜满身鲜血淋漓。

旁边的人十分震怒时，皮鞭子重新抡了起来，不大会儿工夫，周边的几个小伙子，完全被打得皮开肉绽了。卡卡里嘴里还嘟囔着，你们可能不知道，我以前是个养驴的，养驴的。知道吗，我就喜欢折磨女人，不管是谁！尼娜，以前，你一直折磨我，今天变天了。他说完，鞭子照旧落了下来。

警长十分满意，他特意夜晚时在监狱的提点会上表扬了卡卡里，说他是个好的领导，希望其他犯人应该学习他的风格，要替沙皇卖命，不要做无谓的抵抗。

每天都会有人被拉出去枪毙，这是警长皮皮斯基的嗜好。但卡卡里的监狱里却很少有人被拉出去，因为，卡卡里的皮鞭教训得大家十分服帖。尤其是对尼娜，每逢警长来访时，卡卡里总会揪着尼娜的头发，让警长看她已经长了虫子的伤口。警长感觉到了一种威胁，不敢近前，而是十分痛苦地摆摆手。

尼娜恐惧地望着卡卡里的不可一世，她与其他犯人不由自主地站成了一个领域，他们开始施用手段反抗他的暴政。有几次，卡卡里被其他犯人打得半死，如果不是尼娜的制止，恐怕他早已经命丧黄泉。

警长眯缝着双眼，站在漫天的雪花中，不停地欣赏着这里的暴乱。他十分满意这样的结果，他是个喜欢闹事的男人，对于那些拙于表演的人，他不得不用子弹告诉他们什么叫作服从。

但随着时间的推移，卡卡里对尼娜的表演开始变本加厉，他不得不使用各式各样的手段来折磨尼娜以博取皮皮斯基的欢心，他简直就成了一条忠实的哈巴狗。尼娜清醒的时候便骂卡卡里是个走狗、卖国贼。卡卡里总会嬉皮笑脸地回答她，人各有志，也许你生来就是被我摧残的。

战争快要结束了，这里的警察们开始枪毙犯人。卡卡里变成了皮皮斯基的代言人，他不停地来回吆喝着，好让大家明白他依然是这座小型监狱里的唯一执权者。

在一个黄昏时分，义军攻入了这座监狱，尼娜与其他犯人一块儿向外面逃跑，许多人气愤不过，抡起拳头来使劲砸向卡卡里的脑袋。

卡卡里的尸体被尼娜发现时，许多人说算了吧，他是个忘恩负义的小人，不值得你如此痴情。

尼娜说好歹夫妻一场，总得埋葬他的尸首。

在清理卡卡里的衣服时，尼娜发现了一本日记，当他打开来看时，她突然间痛哭不止。

日记中这样写道：

我之所以如此残酷地对待我的女人，是为保护她的清白。要知道，她一旦受到了凌辱，恐怕会一头撞死在石壁上。为此，我不得不一次次昧着良心，做自己不喜欢做的事情。当我的双手砸向她的皮肤时，我仿佛看到了上帝在冲着我冷笑，他对我说道：迟早要惩罚你这个变态狂。

我之所以一次次地折磨她，就是为了转移皮皮斯基和他爪牙们的注意力。当我第一次见到他时，我就明白了他的性格，我必须转移他在她身上的邪念。

我之所以挑起大家对我的愤怒，就是想让大家恨我，恨了就有战争，就有争斗。而这一点，正是皮皮斯基想看到的。如果太平静了，他就会报复杀人，一次次地枪毙人。牺牲了肉体，总比牺牲生命要值得吧。

这个伤害了妻子的男人所写的日记，在整个俄国到处传播着。大家纷纷赞扬卡卡里用一种特别的方式，保护了妻子的尊严，并且救下了同监狱的那么多犯人。

日记的最后一页，卡卡里这样写道：

西伯利亚的雪花依然是那么的动人可爱，就像尼娜美丽俏皮的脸颊。但愿她会明白我的苦衷。她会明白的，因为西伯利亚的冬天还有温暖，因为明天的俄国会有阳光。

# 丢失的结婚证

男人回家时，女人正翻箱倒柜找东西，男人便问女人，找什么？

女人爱理不理地没吭声。就像这沉闷的空气一样，他们的爱情出现了波折，不再有当初的风花雪月与浪漫缠绵，有的只是日复一日、年复一年、无休无止的争吵，吵得女儿索性住进学校不回家，男人一直想挽救这段婚姻，但女人不乐意，用女人的话讲：到头了，该分开了。

女人在找结婚证，因为想要结束婚姻关系，没这个红本本，法律上通不过，他们便不能劳燕分飞。男人说道，甭找了，早就丢了，十年前搬家时连同结婚照一块儿丢了。

女人一怔，但她不死心地仍然继续着这个单调却又执着的过程。

结婚证还是没有找着，但她的心依然未变，她回头告诉男人：明早八点去民政局，协议离婚。

第二天一早，他们准时来到民政局，但那里的同志说，没有结婚证不准离婚。女人解释道，不是有事实婚姻吗？我们都结婚十四年了。

十四年了，不容易，你们再考虑下。民政局的同志不死心地劝他们。

还有其他办法吗？女人问。

找人证明也可以，当年的证婚人、伴娘、伴郎。

女人开始寻找当年为他们撮合的李阿姨，好不容易找到了她的家，看到的却是墙上苍老的照片。李阿姨去年去世了，她的爱人接待了他们。他头发花白，见到他们脸上露出了久违的笑：她临走时还说，以给你们俩当证婚人为荣，说你们是好同志。

女人接着去找伴娘、伴郎，伴郎早已经杳如黄鹤，不知飞向了何方。伴娘是男人的前女友，听到他们俩要离婚的消息后，大大摇头：你们呀，太傻啦，守着幸福找幸福。我刚离的婚，现在后悔晚了，他又找了一个。这世上真的没有后悔药卖呀。伴娘说什么也不愿意给他们证明离婚，她将手机关掉了。

女人与男人继续冷战着，男人试探着找到女人，说婚离不成就过呗，我依然爱你。

女人听到了男人第一次说这么直接的情话，她的眼泪汪汪的，回过头挽了他的胳膊。

女人其实不知，结婚证根本就没丢，是男人故意藏了起来，是他在她心如死灰的离婚道路上制造了重重障碍。

所有的这些，他一辈子都不会告诉她。

# 520封爱情信件

查尔是个流浪汉。他原来家境显赫，只是由于好赌，花光了父亲留下的所有财产后，成了穷光蛋。他想展翅振兴家族，却屡屡受挫，最后，他不得搬到伦敦郊区的贫民窟里生活。

想起今非昔比，他感觉对不起自己的父亲。为此，他每每酗酒，渐渐地，身体处于非正常状态，不久就得了重病。

一天下午，邮递员风风火火地冲进了贫民窟里，他一边掩着鼻子，一边大声叫道：查尔，你个死鬼，躲到了这里，你的信。

信封十分讲究，看来邮信者是个体面的人。查尔觉得不可思议，他家道中落后，所有的朋友均离自己远去了，举目无亲友，怎么还会有人邮信给自己。

他撑着病体，好奇地撕开了信，信的内容让他为之一振。

这是一位贵夫人写来的，她的名字叫作莎娅。她住在剑桥市，应该是一位富家小姐。她写此信的目的是为了唤回儿时的记忆，她说他们青梅竹马，只是因为父母的反对而各奔东西。她十分渴望与他长期信件来往。她已经失去了伴侣，如今孤单凄惨，活在世上感到孤独无助，她渴望收到他的回信。

这封信点燃了查尔对儿时的回忆，他想起来了，自己小时候父亲曾经为自己订过一房童养媳，但遗憾的是，父亲觉得她家境不好，硬是拆散了这对苦命鸳鸯。原来，她一直记得此事，千方百计地在寻找自己，查尔的心兴奋不已。

他颤抖着写了封回信，信中他这样写道：我十分想念你，至今在我的梦里，仍然有你朦胧的身影。但愿我们儿时的爱能够在今天延续。

为了庄重起见，他整理了自己唯一的一套行装，然后将信件送到了附近的邮局里。

邮递员看到了他，大声吆喝着：查尔，你的地址太难找了。如果信件经常化，提醒你每周一来这儿查询，会有好消息的。

第三周的周一，他急不可耐地到达了邮局门口时，邮递员将一封信塞进了他的手心里，嘴里面还说道：遇到了桃花运了吧，咸鱼翻身了？

拆开来，查尔顿时满脸是笑。贵夫人莎娅在信中写道：

真是太高兴了，没有想到能够收到你的回信，这真是上帝赐予我最大的惊喜。在病中，在榻前，能够阅读你的来信，让我痛哭了一整个晚上。

查尔没有想到，意外的一封信，竟然改变了自己的人生。他觉得自己应该打扮得体面些，不能再住到贫民窟里，万一莎娅找过来，岂不是让人家瞧不起自己。必须想办法挣钱，然后不能让她认为自己无能。

查尔每周一雷打不动地接信，然后于周末时，回信给莎娅，她的回信也十分及时。就这样，过了一年时间。

一年时间里，查尔的病痊愈了。其实他就是精神颓废导致的病体软弱，意外来信让他战胜了病魔，重新开始审视自己贫困的人生。他去郊区的工厂里找了份临时工，并且手里有了一些积蓄。他租了一套房子，买了一些家具，他盼望着莎娅某日突然出现在自己面前。

查尔有了一种冲动，他想去寻找莎娅，因为信上有她的地址。

查尔坐了一个小时的车，到达了剑桥郊区。他看到一座院落，简洁有生机，院子里坐着一个贵夫人，样子十分中看。她正在院子里晒太阳，查尔想进去时，突然间看到一个男子与那个贵夫人拥抱着，两个人恩爱的细节让查尔瞬间失望至极。

她有自己的男友了，原来，一切都源于自己的自作多情。查尔愤怒地离开了院子，然后乘公交车回家。

但信件没有因此停下来，查尔觉得是贵夫人的来信改变了自己的命运，他不能对不起她，于是，他坚持着写信给莎娅，莎娅也坚持着回信给他。

查尔再也没有去过那个小院，他害怕见到自己不想看到的场景。他用了近十年时间重振家业，直至十年头上，他成了当地首屈一指的富翁。这一年年末，查尔与莎娅之间的信件已经达到了520封。

查尔想着，自己一定要再次踏进小院里，给她一个惊喜，不管她源于报复，还是生活的刺激，抑或是一场玩笑罢了。

当他再次踏进小院时，他依然看到了那位贵夫人，她就坐在椅子上。

请问你是莎娅小姐吗？查尔努力压制着自己内心的忐忑。

您找我的母亲吗？她去年过世了。我是她的女儿，我叫莎落。

什么，您的母亲叫莎娅，这怎么可能？我是查尔，这到底是怎么回事？

先生，我一直在找您。我知道您曾经郁闷不得志，曾经酗酒过度晕倒在路边。曾经有一次，我实在过意不去，将你送到了附近的医院里，然后仓皇离开了。

这又能说明什么？夫人，莎娅到底是谁？

她的确是我的母亲。我母亲十年前患上了精神分裂病，她闲暇时偶尔写了一封信，署名叫查尔，那是她年轻时候情人的名字。当我发现时，她已经让邮递员带走了信。我盼望着这封信不要让一个叫查尔的人收到，可意外又发生了，您回了信，信的内容唤起了母亲对过往事情的回忆。她乐此不疲地写着信，手颤抖时便让我帮着写。我不想破坏她的心境，想着也许这样的事情能够帮助她恢复健康。

就这样，你们的信件多了起来。没有想到的是，母亲因此爱上了写信，并且身体逐渐康复。这让我十分惊喜，我开始鼓励她写信，并且帮助她搜集素材。

后来，我十分好奇，便按着地址找到了您，发现您是一位流浪汉。我想帮助您，便以陌生人的名义向您投了资，您应该收到过一大笔钱。

不错，正是有了那一笔钱，我开始筹建我的公司。这是我人生的转折点。

去年，我失去了两位亲人，我的母亲和我的丈夫。母亲临终前叮嘱我，一定要坚持写信给你。我这些年一直在模仿母亲的笔迹，我不想让你发现破绽，便一直这样坚持着，直到您的到来。

先生，请您原谅我们的冒昧好吗？我们绝对是出于好意，并且因为您的信件，我的母亲延长了十年的生命，我要好好感谢您。

可是，我想不通呀，第一封信怎么会落到我的手心里？

邮递员到处找一个叫查尔的人，而您是郊区附近唯一一个，因此，信便交到了您的手中。

查尔恍然大悟，他有些失望地离开了小院。

他们的信件中断了，十年的坚持，由于双方的见面，导致了他们互相感到对不起对方，因此，他们中断了信件。

过了一个月时间，查尔意外地收到了莎落的来信，信中只有这样几行字：您愿意将信继续写下去吗，直至2000封信，3000封信？

2009年春天，英国首都伦敦东郊，有两位老人开办了至今世界上唯一一所情书展览馆，他们展示了他们将近4000封的爱情信件。游人如织，竞相传颂着查尔和莎落的爱情故事。

# 如果一只鸟儿选择了轻生

加拿大魁北克省的最东端，有一处断崖，断崖邻海。这里人迹罕至，是经济相对落后的区域。但在这处断崖边上，却每年都会发生一些奇怪的现象，成群的鸟儿选择了轻生，它们集体撞击到断崖的岩石上结束自己的生命。

年轻的罗斯毕业后郁郁寡欢，他家中无依无靠，父母早已不在人世，因此，他选择了逃避现实。他独自一人来到了断崖边上，他每天坐在断崖边上看海，看海涛愤怒地将满腔怒火泼洒在岩石身上。

偶尔的一次醉酒后，他发现了这种奇怪的现象，他利用自己生物学的知识认真进行了分析，这使得他对此种现象产生了浓厚的兴趣。他翻阅了图书后发现，世上有这类鸟，它们不易适应环境的改变，噪声和污染使得它们对生活失去了兴致，从而选择了自尽。

他想改变它们的习性，罗斯对自己提出了更高的要求。

他试着逮住了一只小鸟，给它解释活着的意义。他还现身说法地告诉鸟儿，自己如何了得，如何想自杀却劝告自己活了下来。他在驯服了七天七夜后，鸟儿重新回到了人间。可惜的是，三天后，在自杀的鸟儿当中，他重新发现了它。当它被放走时，他在它的脚下拴了一根红头绳。

罗斯愤怒至极，环境改变了它们的生活，可周围全是荒草和乱石，没有污染，没有噪声。他沿着断崖向北徒步走了十几公里，终于，他发现了秘密所在：那个地方正是鸟儿栖息地，却在旁边建起了许多加工厂，工厂内的声音隆隆着，噪声十分吓人。周围的鸟儿成群结队地寻找着良方，它们试图改变这种现状，却无能为力，只好选择了死亡。

罗斯闯到工厂内部，坐到了领导的办公室里，他将自杀的鸟儿放到他的办公桌上，请领导给予解释。那位领导正襟危坐着，只是狞笑，然后将一记耳光送给了罗斯。

罗斯又找了当地政府，陈述了自己的观点。政府官员笑着说道：让鸟儿改变它们的生活方式，它们不能够阻碍经济发展。

这句话提醒了罗斯，罗斯回去后，准备了一大张毯子，将毯子铺到断崖的岩石上，结果却起了很好的缓冲作用，许多鸟儿一次撞击不成功后，选择了退缩，自杀的鸟儿明显减少了许多。

罗斯喜出望外，这样想着，既然是噪声改变了它们的生活，如果我给它们带来节奏感温软的音乐，也许它们会安静下来。

罗斯每天给鸟儿吹箫，音乐悠扬耐听，许多鸟儿停顿下来，落在周围的草地上，还有些大胆的鸟儿试图落到罗斯的肩膀上。罗斯选择了接纳，他和鸟儿成了好朋友。

两年时间，罗斯改变了这里的生态规律，自杀的鸟儿几乎为零。罗斯想着自己可以写一本书，来讲述关于鸟儿自杀的故事。

时间来到了2008年，一位看破红尘的姑娘来到了断崖边。她心爱的丈夫在一次车祸中永远地离开了她，她想选择死亡，到天国去寻找她的最爱。

罗斯看到了她，不说话，现场寂静且柔软。

他只是不停地吹箫，还将一杯杯香茶放在姑娘面前。姑娘回头时，看到了无数只鸟儿，它们伴随着彩云在天上飞，好美的场景呀。

姑娘一直倾听着，他们对峙了好长时间后，她将手递了过来，罗斯牵了她的手。

2009年春天，一个叫罗斯的小伙子和他的爱人出了一本书，书的名字是《如果一只鸟儿选择了轻生》。他们在书中讲述了自杀鸟的故事，并且讲述了他们美丽的相遇和爱情故事。在书的最后，他们这样写道：

如果一只鸟儿选择了轻生，我们的双手虽然无力，却可以为它铺上柔软的草坪；

如果一个可爱的人儿选择了轻生，我们的爱虽然脆弱不堪，也可以为他打开心扉，奏响一曲喜乐直通黎明。

今天真好，没有人自杀。

# 为你等待一百年

1903年，年仅十五岁的赫里与邻村的一位姑娘吉娅订下了娃娃亲，按照阿根廷的传统，他发誓一生只爱吉娅一人，除非她遭遇不测。但根据民族习惯，他只能与吉娅见上一面。在见面时，他看到一位清纯如玉的姑娘，他由衷地喜欢上了她。分手时，他赠送了她一只玉手镯，他留下了一只。到成亲的时候，这对玉手镯会相约永远在一起。

但那年夏天，一场泥石流袭击了附近的几个村庄，赫里在外地打工，躲过了这场劫难。等到他听到消息，回转家园时，他眼前看到的尽是满目疮痍，全家人无一幸免。

他开始配合村民们抢救幸存者，当他到达吉娅的家里时，现场一片狼藉，他拼命地翻找着，试图能够找到幸存的吉娅，但除了瓦砾一堆外，他什么也没有发现，甚至那只玉手镯也可能被泥石流吞没了。

料理完家人的丧事后，年轻的赫里仿佛一夜之间长大成人。政府为他们重新建设了家园，但他却没有放弃寻找吉娅的信念。

他这样分析：如果吉娅已经死去，那么尸体应该能够发现的，但现场只发现了她家人的尸体，那枚玉手镯也不知去向，这至少可能说明，当时吉娅并不在家里，她外出寻亲，或者是去田野里放牧。

但奇怪的是，吉娅并没有回来，赫里十分纳闷，便到处贴了寻人启事，以希冀可以找到失踪多日的吉娅。

有的人过来劝慰赫里，说吉娅的父母本不同意他们的婚事，主要是考虑赫里的家境贫穷。吉娅说不定是受了父母的影响,原本就不同意这桩婚姻,而这场泥石流更加剧了她的念头。也许她回来后,发现家中已经是一片废墟,于是,她便离家出走;或者是找了人更好的男人远遁他乡。

不会的,不可能,她不是这样的人。她的眼神告诉我,她是多么的执着,多么的爱我。虽然我们只见过一面,但我胜似见她一百年。

执着的赫里并没有就此罢休,他开始到处搜索吉娅的下落。

十年过去了,赫里已经长成了一个年轻阳光帅气的小伙子,有一位姑娘走进了他的生活,她听说了赫里的故事后,觉得他是个重情重义的人,值得托付终身。

姑娘开始说服他接受现实,从幻想中摆脱出来,但赫里不肯,他依然每天放牧,每天到吉娅的家门前守候。

吉娅的家因为赫里的坚持,政府并未改建。十年的时间,周围早已经是车水马龙了,而这里却依然是一片废墟。

赫里的心开始动摇了,他准备接受姑娘的爱。当他们快要踏入婚姻殿堂时,他突然间听说了一个消息:在布宜诺斯艾里斯,有人见到了受伤的吉娅,说她躲过了泥石流,却被一伙歹徒绑架到了首都。

赫里的心开始颤抖,他毅然放弃了这段婚姻,前往首都。

他找寻了七天七夜,在警察的配合下,他们抓获了那伙歹徒,发现了三具女性尸体,一具尸体经过鉴定,警察说很有可能正是赫里要寻找的吉娅。

赫里不相信这个现实,当他没有发现那只手镯时,他坚定地认为:这不是吉娅,而是另外一个女孩子。

他又回到了村子里,度日如年。

岁月不居,时节如流,又过去了三十年时间。

已经接近花甲之年的赫里，终于在政府的说服下改造了吉娅的家园，但他提出了条件，留一块一平方米大小的原址，以备奇迹的发生。在那块一平方米的土地上，赫里写下了今生今世的誓言：寻找吉娅，矢志不渝。

赫里在七十岁那年，爱上了一位比自己小十岁的老妇人。老妇人也是那场灾难的幸存者，同样的境遇，加上她富有同情心，使得他们很快便走到了一起。

还有一个主要原因，就是她长得十分像吉娅。赫里在恋爱阶段将她当成了吉娅，并且他在深爱时竟然直接呼出了吉娅的名字。

但他们的爱情只维持了半年时间，因为老妇人实在忍受不了与他睡在一起的老头子，每天以另外一个女子的名字呼唤自己。她不是吉娅的影子，而是实实在在的一个人，她需要真实的爱情。

但她同情他，被他的伟大爱情所感动。她真诚地祝福他，说她要移居美国，如果在异国他乡有关于吉娅的任何消息，她会写信告诉她；在美国，她会成立一个寻找吉娅的组织。

老妇人说到做到，在九十岁那年的夏天，老妇人打电话告诉赫里：在纽约，有一位年纪与吉娅相仿的老妇人，她每日里孤独地生存着，她的手上戴着与赫里一模一样的手镯。

赫里火速赶往纽约，当他看到那种眼神时，他惊呆了：忧郁的眼眸，被岁月蒙盖却依然犀利的眼光，就是她，失踪近一百年的吉娅。

原来，吉娅的确当时外出，躲过了那场灾难，但当她准备去寻找赫里，却被一伙趁火打劫的人贩卖到了美国。后来，她侥幸逃脱，却再也无法回到阿根廷了。

2008年3月，在阿根廷首都布宜诺斯艾利斯，举行了一场盛大的婚庆，两位超过一百岁的老人举行了婚礼。闻讯而来的人，都被他们的爱情故事所感染，他们互相相约着，一定要超过他们100年的相爱纪录。

第二天，在南美洲安第斯高原，海拔4000米的地方，登山爱好者发现了一种100年才开一次的普雅花突然开放。普雅花花期只有两个月，花开之时倾国倾城，极为艳丽。

普雅花坚持了一百年时光，才迎来了一次飞越式的开放；赫里为吉娅等待了一百年，他们的爱情终成正果。

一份爱可以等待一百年，你可以为你的爱人守候多少年？

## 最后一封情书

初恋时，男人喜欢送她情书，不是用复印纸打出来的那种，全部是钢笔一笔一画地写在稿纸上，然后通过邮局秘密地邮给她。

她每天最兴奋的事情就是读他写来的飞鸿，在那些看似平淡的语言里，流露着他火热的深情。那时，她觉得幸福极了。她将它们全部深深地锁在心海的最深处，等将来有一天老了，拿出来和他慢慢分享。

有一首歌唱的，最浪漫的事，就是和他一起慢慢变老。其实是应该加一些元素在里面的：如果能够坐在地毯上，拿起陈年时写的情书读上几篇，那种感觉肯定比当上美国总统还要充满激情。

他们婚后，一直没要孩子，他们想再愉快地浪漫几年。她知道他是在怂恿着她，因为，他传统的家教迫使他早就想要个孩子，只是因为她的执着，他服从了她。

他依然保持着写情书的习惯，他曾经扬言有一天，将情书发表在报纸或者杂志上，让所有人都知道他们爱情的真诚和浪漫。她笑他痴和傻。

但没过几年，男人总觉得身体乏力、头晕，浑身还出现了一些紫色斑点。女人担忧着，去医院检查后，女人懵了，诊断书上分明清楚地写着：再生障碍性贫血。

女人不相信这样的现实，带着男人几乎转遍了北京的各大医院，最后确认，他确实得的是绝症。原本的幸福生活在瞬间荡然无存，残酷的病魔将整个家庭带进了万丈深渊。

随着病情的加重，他的头发开始无限制地脱落，最后不得不接受化疗。他清醒时，喜欢给她讲笑话。看着她愁眉苦脸的样子，他笑话她，有什么大不了的，不要往心里去，明天太阳还要出来。

他的坚强力在感染着她，她下定决心，只要有一线生机，就决不放弃希望。

冬天的傍晚，他的脸和外面的飞雪一样的洁白，她坐在他的床边，给他讲新闻里发生的故事。他喜欢听国家大事，并且原来有着报家为国的雄心壮志，听到乐处，他高兴得手舞足蹈；听到痛处，他和她一起落泪，为人生的无常和世事的难料。

就这样，他在临走的最后一刻，看着她，然后将最后一个吻丢给了这个世界。

第二天上午，报纸上登了一封奇怪的“征婚启事”：我自知将不久于人世。平生无憾，只是觉得对不起娇妻，在世时没有尽到丈夫之责。现代刊登“征婚启事”一则，愿将毕生愿，托于有情之人。吾在九泉之下，万分感谢！

她看到报纸时，眼泪洒落尘埃。

最后一封情书，依然是他对她无尽的牵挂和爱。

## 等你说爱我

在那个不知世事的年龄里，他居然爱上一个天真可爱的带着些野蛮风采的小女孩。她会对他笑，无言的笑，莫名其妙的笑，让人不寒而栗，摸不清是爱是恨，抑或是喜欢或是讨厌。

两个人的相处简单得很，就好像剧中的男女主人公一样，谈得来便是一起说说往事，谈谈将来，或者是在电影院里泡一晚上的时光。两个人的日子单调且自由，只是缺少爱情的元素。

他天生内向，从来不愿意在女孩面前轻易吐露自己的心意。他喜欢她，只是永远藏在心中不告诉她。也许这种爱才是生命中的真爱吧！他发誓会用一辈子的时光来守护她，只是不知道时光有多长，那个人是否愿意接受他的等待。

她像一只火辣辣的小辣椒。学校里曾经有人扬言，她这种女孩像炭火一样痴热，绝对没有人愿意要她，气得她半死，好想找个有火的地方痛痛快快地跳进去。这时候，天生懦弱的他居然出来替她打圆场：会有人要你的。这句话，她等了多年了，只是没想到会从一个毛手毛脚的小子嘴里说出。她送他一个微笑表示谢意，那一刻，他一步迈进了鸟语花香。

那一天，她忽然用手给他比画起来，双手交叉到胸前握紧，然后拱双手到他的身边，然后再转回自己的心边，来回几次，他不知所措，问她怎么了。她说我说的是哑语，看无声电影时学来的，挺好玩的。我刚才那个语言你要学会的。

他觉得她无聊，对自己总是不冷不热的，看来有些话还是不幸言中了，她的确不是一个男孩子愿意和平相处的女孩。在自己单纯的视线里，她的动作凝结成一团雾。转眼便是几个春秋，她的无声酿造成一瓶酒，眨眼便醉了几个轮回。

在与她分手的几年后，成熟高大的他找到了另外一个女孩为伴侣。那天，她与他一起看电影，电影竟然是无声的，她说你看这些孩子多动人呀，虽然处在无声的世界里，却能够演绎得如此精彩。

突然间，他看到了一个女孩在对男孩说着哑语，她的动作竟然和多年前的她一样。他问她，刚才那个动作是什么意思？

那个呀，等你说爱我呀。屏幕下面不是有字吗？

他的眼泪一下子从多年前流到了现在。她问他，怎么啦？

他急忙用手抹眼泪，说没什么，好像眼中进了灰尘。

# 重　逢

他是个出租车司机，风里来雨里去，奔跑着自己的简单人生。由于在市区内交通经常堵塞，且竞争较大，他转而去郊区的机场迎接客人，渐渐地，倒找到了一条适合自己的运行道路，虽然辛苦些，但他感觉其乐无穷。

唯一不幸的是，十年前，他和妻子离异，妻子独自一人去了美国。现在想来，感情不和可能是主要原因。他的脾气暴躁，经常莫名其妙地对他发脾气，时间久后，她无法适应这种暗无天日的生活。当有一天，离婚协议书摆在他面前时，他二话不说，就像春天离开了冬天一样的决绝与无情。他们甚至没有喝过一次诀别酒，便天各一方，从此天南海北，咫尺天涯。

随时年岁的增长，他越发孤单起来，十年期间，也曾尝试着寻找自己的另一半，可每每思想集中不起来，均以不欢而败北。许多女人认为，他是个疼不起的男人。

在内心深处，他一直留着女人的影子，每日里辗转机场，还有另外一层原因，就是希望老天能够赐予自己一次机会，再见一下自己的前妻。

那一日凌晨时分，正昏昏欲睡之时，突然间有人敲自己的窗玻璃，回头看时，却发现一个戴着墨镜的女子，娉娉婷婷的身材，她要搭车去市区。

熟悉的身影映入眼帘时，他仍然没有从深夜的混沌中苏醒，只是在一瞬间，他感觉声音极其相像，隔着后视镜，他看到了她。她若无其事地摆弄着手机，一脸落寞的样子。

是她，她应该刚刚从大洋彼岸漂流过来，有什么事情吗？他忽然有了一种想知道她现在处境的冲动，他问道：去哪里？

女人怔了一下，似乎感觉这声音十分亲切，但马上她灵敏地回答道：

去市第一人民医院。

去医院，难道，她得了什么病？美国医药费惊人的高，回国是为了瞧病吗？

疑惑间，他脚下的马力却加大起来。

他想冒昧问一句下文时，却听见女人打电话的声音：

爸怎么样了？我马上就到。对，刚从芝加哥回来。没关系，不累，爸叫我的名字没有？没有吗？不会的。

女人的眼睛湿润起来，男人的心也动了一下，老爷子病了，他忽然间觉得自己根本上就不是一个负责任的男人。她的老父亲一直在本市，十年前离异后，他竟然一次也没有去看过他老人家。虽然爱情不在了，但残留的亲情关系仍存，他觉得自己太可恨了。

女人继续说道：我在那边不太好，一直没有结婚呀。这你是知道的，外国佬我不喜欢，当初呀，说我是为了气他而走的，也许吧。我想给他一个休整改变的时间。他找了女人没有？没有呀？他那人呀，不好找，根本上就是不懂风情的男人，呵呵。爸稳定了是吧？这就好。爸还提他的名字了，他竟然一次没有去看过爸，不怪他。我们离婚了，一点关系都没了。再说了，当初爸对他有意见，他害怕爸。

男人静静地听着，任凭时间的脚沿着车轮不停地碾向远方。

我今天晚上九点还得回去。对，那边生意太忙了，下个礼拜这个时候再回来。钱不是问题，爸是主要的。签证早办好了。

市医院到了，女人扔了钱在车上，头也不回地走开了。她的身影消失在医院的长廊里，时间恰好是早上六点钟。

今天晚上九点钟，她还要回去。男人一个白天都睡不着觉，习惯了上夜班的他，本来白天需要好好休息，可与她的重逢，冲撞了他的心灵。

煞有介事地，晚上八时许，他开了车到达医院门口。八时五十左右，女人出来了，到处找车的样子，看到有出租车停在门口，开了车门便进去了。

是到机场，他头也不回，默契地执行着白天时候的指令。

女人在车上继续打电话，可能是给美国的朋友打的，用英语。男人的英语不错，能够听得出来里面的内容。女人说道：我爸没事。对，马上回去，生意替我看着点啊。没有碰到他，哪会那么巧呀？出租车司机多了。是，他也是个开出租车的。别，别，这些年他的行踪我可是一清二楚的，听说没有找呢。看机缘吧。我呀，下周三的凌晨还回来，对，时间差不多。

机场到了，女人下了车，忘了给钱，敲了敲车窗，将钱塞进车窗缝隙里，头也没回。

男人一周时间都在苦等，期间，他打开了他们结婚时的相册，重温温暖的旧梦。在相册的最后一页，竟然发现一个电话号码，是她临走时留下来的，自己竟然忘记了这个号码。

试着拨通了电话，十年时间，这个电话应该早作废了，但他还是尝试着。

越洋电话转接的声音，对方接通了电话，却是女人的声音。

男人没有说话，认真地听着里面的声音：谁呀？中国的朋友吗？

我刚刚到芝加哥，下周回去，没事挂了啊。

男人所有的天真与烂漫与洪水般涌来，他哭得一塌糊涂，像个受了委屈的孩子，期间再也没有出过车，躲在家里回想旧事。

还是那个时间，女人出了机场候车大厅，他摁响了喇叭，女人看到了他的车牌号码，走了过来。有好几个出租司机抢客，扯着女人的胳膊。他下了车，将墨镜戴得严实点，一记耳光扫过去，其他几个哥们躲得远远的，女人顺利地上了自己的车。

医院门口，女人下了车，径直走进医院里。

这样的故事经历了一个月时间，男人突然有了一种想去医院看看老人的冲动。

那是个周日，他买了一大堆的水果，去问询处问老人的名字，对方查了半天，却说没有。

他大跌眼镜，不会吧，这怎么可能？

旁边一个值夜班的大姐，他上前询问，说有一个女人每天周三凌晨过来看视自己的父亲，那时候人少，您一定知道。

对，我记起来了，她第一次来时，问自己的父亲住在哪儿，就是你提的名字，我帮忙查找，却没有，后来她打了电话才知道，是二院，不是一院，她搞错了。可奇怪的是，连续几个周三凌晨，她还是这个时候过来，下了出租车后，在大厅里坐上一小会儿，然后出去，又上了一辆保时捷。

他怔住了，觉得云里雾里，后来想明白了，她是为了给自己留一个恰当的时间与地点罢了，她不想破坏这种宁静与祥和。好傻的女人呀！

男人再次去机场时，提前了一个小时，他径直走进接机大厅里，查询着航班信息。蓦地，他发现一个女人的身影，她就坐在旁边的椅子上面，她睡着了。竟然是她！

男人的眼泪肆意横流，她根本就没有再回美国，所有的一切，只不过是一个美丽的谎言罢了。她每周天早晨从宾馆来到大厅里，只不过为了给他一个接待她的温暖的理由。

男人走上前去，将自己的衣服脱了下来，盖在她的身上，然后自己回到出租车里。

六时许，女人准时走了出来，手里提着男人的衣服，疯狂地搜寻着，当找不到男人的出租车时，她歇斯底里地狂叫着，在出租车的车流与人流中间大叫着他的名字。

十年的时间，换得了一场感天动地的重逢，从此爱的故事重新拉开帷幕，就如江河湖海，再也无法收拾奔流不息的爱。

第一次回来时，她就发现了他，感动、无奈交加着。他们彼此心里一直念着对方，女人回来，的确是为了看自己的病弱的父亲，可第一次走错了医院。从此后，她为自己的爱情编织了一个规律性的理由，电话里的事情，只是她的爱情渲染罢了。可男人抓住了这难得的天时、地利和人和，找回了自己十年前丢弃的爱情。

再也不会有他合适的女人了，既然上天让爱情重逢，男人的选择只有一个：奋不顾身。

我们的生活中处处有重逢，能够将重逢化整为零，重新计算幸福的人，却寥若晨星，但愿我们每个人都是能够计算爱情的人。

# 爱情鸿沟

男人接到女人的短信，说我们生活在一起太累了，分手吧。男人没有回短信，女人又发了一条：男人何苦为难女人。

他们的爱情走到了尽头，不再有当初的铮铮誓言。这也许是每一个男女必须经历的过程，只是有些男女将他们的爱情小心地磨合，就像一辆车，修好了，重新登上征途。而他们，选择了放弃。

男人给女人打了电话：今晚回家吃分手饭吧，明天去民政局。

女人说我加班呢，迟一点回家。

男人说我做饭，等你。

女人很晚才下班，疲惫地踏上了回家的路程，想到过了今晚他们的爱情就会轻轻地画上一个句号，她也有些于心不忍。回想起过往的岁月，她心潮澎湃，禁不住哭得如梨花带雨。

远远的，她看到了男人在寒风中裹着衣服，痛苦的样子，蹲在楼梯口，看到她回来了，大声嚷着：注意脚下，刚挖的新沟，没有灯，注意安全。

女人此时才看清楚脚下居然有一条沟，如果不是他提醒，肯定会出危险。

女人尾随着男人回家时，男人赶紧开了空调，去冰箱里拿鱼、鸡和菜。

女人吃惊地问他，你一直没来家吗？等了两个多小时。

我不知道你何时回来，所以干脆就守着。要知道，那条沟可是刚挖的，我过时，整个身子摔了进去。我害怕你重蹈我的覆辙。

女人心疼地拽了男人过来，看到男人的脸皮破了，血流早已经凝固。

女人与男人共同迈进厨房里，女人以前很少下厨，他们两人一声不吭地做着饭。

男人端了饭时说道，饭有些煳了，但愿这最后一顿饭不会影响你的心情。

女人毫不犹豫地回答道：不，我还愿意吃你做的煳饭，一辈子。

男人用了近两个小时的时间，填平了摆在他们中间的爱情鸿沟。

# 丈夫身边的女人

男人要到远方去出差,女人像只小猫一样依依不舍,叮嘱他在外面小心点,注意好钱,注意好女人。男人笑了,诡秘地笑着说,你呀,就多心。

男人请女人去吃海鲜,吃完后男人打了的送女人回家。他看着女人的身影出现在八层阳台时,才放心地转身去了机场。

深夜零时许,男人大概已经到达了那座城市,女人本想打个电话问问,可时间太晚了。男人临行前嘱托第二天会给她电话。

正在蒙眬间,手机响了,是男人的电话。女人睡眼惺忪地接了电话,却听到对方是个女人的声音:你没事吧。

这是谁?在异乡的城市,子夜零点时分,竟然有一个女人用丈夫的手机给自己打电话,是挑衅,还是丈夫欠了人家钱?抑或是有更深层次的问题?

女人的心陡然提到了嗓子眼,她极力压制住内心的焦急稳定地回答着:没事。你是谁?

对方听了后,说了声没事就好,就挂了电话。

女人傻了,急忙回拨,电话却无人接听,再打过去时,电话却不在服务区。

女人一夜未眠,想着自己平时对男人的好,禁不住顿足捶胸。

不要脸的女人,不要脸的男人!一定是丈夫晚上叫了小姐,人家扣留了他。这个该天杀的,老毛病又犯了。结婚时候向天发誓不会再做那种龌龊之事，如今却忘掉了承诺。

女人想过去那座城市，却不知道该去哪儿找他，便忍了下来。丈夫预定出差的时间是三天，可直到第四天过去了，他仍然没有回来。女人知道出大事了，不管如何，都得营救他，再试着拨电话时，却通了。那边，丈夫微弱的声音传来：

雅子，是我，我没事。

你没事，我有事，说吧，那个女人是谁？三天前的那个晚上，打电话问我有事没，你真是瞒天过海呀？

听我解释，是这样的。我那晚刚下飞机，便感觉腹痛难忍，我忍着剧痛去了附近的医院。我首先想到可能是食物中毒，想到你也吃了海鲜，害怕你有事，便忍着痛向旁边的护士指了指你的号码。她听懂了，便拨了电话。我醒来时，她告诉我你没事时，甭提我有多高兴啦。

编，接着编！你可真是个编故事高手，你以为我会相信吗？

让护士小姐给你说吧！不信，有伤口为证。

一个熟悉的声音传来，护士小姐叙述的与丈夫所述的基本一致。女人信服了，想到远在异乡的丈夫在进手术室之前竟然惦念着自己的安危，她突然间放声痛哭起来。

男人回来时，拍拍肚子，说道，纯属误会，急性阑尾炎，割掉了，伤口为证。相信我身边没有女人了吧？

女人搂了丈夫，说道，不，我愿意做你身边永远的女人。

# 爱情永在服务区

她是一个十足的坏女人，先后嫁了两个老公，头一个她嫌弃他是个窝囊废，每天非打即骂。她每天的日常工作便是搂着年幼的孩子，与胡同口的一大帮老娘们下棋打牌，直至天色将晚时，她才会想到嗷嗷待哺的孩子与家里的冷碗冷灶。

过不下去了，只好分开。固执的她坚持要了孩子，找到了初恋男友。男友早就在手机中向她信誓旦旦。有些坏事的婆子们在暗地里数落她，肯定是红杏出墙后，才将原来的男人一脚蹬开的。她不置可否。

这个男人短命，第二年秋天，扔下她和刚刚生下的幼儿撒手而去。她简直就是一个命苦的女人。

没有人再向她张罗爱情了，她的心也已经死了。但她不擅长挣钱糊口，常常让两个孩子哭爹喊娘的。

突然有一天，一个外来打工的男人找到了她，问她愿不愿意嫁他，与他一块儿回小城家里去。她犹豫了半晌，男人对她说道：我不嫌弃两个孩子，只要你不嫌弃我就行。

在思忖良久后，她还是答应了他。他屁颠屁颠，高兴不已，用省下的钱为她置办了嫁妆，一款手机，还有一些日常生活用品。

到时，她有些后悔。这个小城，远离闹市，接近山区，手机根本没有任何信号。她觉得他欺骗了她，晚上不与他住在一张床上，搂着两个孩子躲在沙发里。她不准他碰自己的身体，觉得他肮脏。

他只会傻笑，白天时去山里打石头挣钱，晚上回家时累死累活的，但总会将晚饭给他们娘仨布置得像模像样的。

他们根本就不像是一对夫妻，但男人却感觉她是天上掉下的林妹妹，遇谁都说自己娶了老婆，美得像神仙似的。其实，他们根本就没有睡在一块儿过，她与他约法三章，除非自己高兴了、乐意了。

她费尽周折，终于在网上找到了一个喜爱自己的男人，通过聊天，她向他倾诉了自己所有的不幸。他表示同情，说自己住在大城市里，有着好的住房条件、吃不完的山珍海味，说得她心花怒放。

她终于撇下两个孩子要去大城市里，临别时对男人说，闷了，去外面找个朋友。

男人从贴身的小口袋里掏出一个脏兮兮的手机，他笑着说：我有手机了，虽然旧点。我的号码告诉你。

她本不打算回来了，因此，并没有记下男人告诉自己的号码。

在大城市里，她没有收获理想与爱情。那个男人本来就是个骗子，他什么都没有。他只是生活累了，想找个肉体替身而已。她宁死不从，男人不依不饶，一记耳光将她打醒。她慌不择路般地逃窜在都市陌生的街头。

她回到了男人的小城里，孩子们过来围住她，泪水涟涟的。她问，他呢？孩子们指了指房子上面。

男人高高举着个破手机，看到她回来，一脸惊喜：咱家有信号了，在房子上面。我打通了你的电话，却没有人接。

在她离去的日日夜夜，男人每天都在房子上面高高地举着手机，只是为了随时接听她的电话，包括她的任性、虚荣和自私。

男人睡觉时，她裹着被子挤进他的被窝里。

女人深深地感谢男人：他用他的朴素与执着，为自己的慌乱和无助搭建了一台永恒的信号塔，让她的爱情永在服务区。

# 爱情的成本核算

女人在和男人吵架，女人爱摔东西，不可一世，满腔愤怒地摔，不大会儿工夫，便将地板摔成了一片瓦砾。什么值钱摔什么，让你小子与我吵，让你气我。

男人则在旁边不断地躲避着，但总会有几片残渣迸射出来，溅到男人的细皮嫩肉上，瞬间便让男人的肌肤开了花，鲜血横流。

男人到医院包扎伤口去了，女人则住进了朋友家里，医院方面来了电话，说伤口严重感染，让她过来。她忙不迭地赶了过去，掏了大量的医药费后，她搀扶着男人坐公交车回家。

男人进行了总结，说每次吵架的代价是相当大的，就拿这次来说，我住院花了近一千元，够我半个月工资了，摔坏的东西我统计了一下，足足有一千元左右。一次吵架就花费了我们近一个月收入，太不值得了。

都怨你，让你气我，下次我还摔这么多东西。

你摔这么多东西，还不如我请你去外面吃一顿大餐呢。下次吵架，一定不要摔值钱的东西了，或者是干脆就不要吵了，你克制一点。

你为什么总做惹我生气的事情，就拿上次来说，你给你老家一笔钱，却不让我知道，你说该不该吵？

那事情怨我，下次我注意就是了。可过日子，哪有不出现矛盾的，我以后保证会改的。

时隔不久，又一次吵架山雨欲来，女人拉好了架势准备进行内战，男人则一贯进行自守。女人刚想摔东西，男人吆喝着：注意代价。

女人没好气地顿了顿脚，扔掉了电视机，然后去拿不值钱的扫帚或者其他垃圾物品，但男人还是挨了打，受了点小伤。此次吵架经过初步统计，至少花费了三百元。

还是太高，男人嘟哝着，我们还是减少吵架的频次吧。

下次不摔东西了，就是吵你，练唇剑舌枪。

女人果然照着做了，可代价却接踵而至，女人由于吵架太猛，得了急性咽炎，去医院输液花费了至少一百元。女人骂自己没用，一拳捅在男人的肩膀上，男人一个趔趄。

女人与男人最后协商了一个结果，尽量减少吵架的概率，再有气时，便互相避让，看不着也就不会生气了。这样坚持了一段时间后，他们的爱情竟然顺风顺水起来，相互和谐的时候多了，瞪眼睛的时候少了。

男人总结了经验，说道：爱情对于双方来说是双赢的结果，如果整天吵架，就无法和谐共存，也就不能使家庭过上好日子。所以说，上天赐予你爱情就是为了相互疼爱对方。

女人点着头，缩在男人怀里，像一只猫咪。

# 在伤口上播下爱的种子

我时常看到外婆躺在自家的庭院里，外公悠闲在旁边为她打着蒲扇，一旦有人经过问好时，外婆总会神经过敏地从躺椅上坐起来，随嘴问着：你是谁呀？是那个叫姗姗的小女孩吗？

但每次，外婆总会失望着紧锁愁眉，外公在旁边插科打诨着：你呀，都多少年的事啦，成神经病了。

外婆总是不正面回答他的话，随身的口袋里掏出一个小日记本来，认真地翻阅着。那上面都是外婆一生中医治过的病人清单，那是她一生的功绩，许多人在她晚年时都过来感谢她的恩德，有的是感谢她为自己家添了一对双胞胎，有的是感谢她治好了许多神医都医不好的疑难杂症。而她呢，总是听对方说完后摇摇头：我不需要人歌颂我的功德，我只是希望那个叫姗姗的小女孩过来找我。或者她已经不在人世了，她的父母过来骂我几句，踢我两脚都行。是我不好，这是我一生中唯一的一次败笔。

外公告诉我：外婆在年轻的时候，有一次与外公吵嘴，还喝了酒，恰巧有一个急诊的小女孩姗姗，她在未清醒状态下给小女孩做了手术，结果手术造成了大出血。小女孩奄奄一息，小女孩的家人见回天无力，便将她转到了市里的医院。外婆一心想知道姗姗的最终病情，但无奈之下，她只接到了法院的一张传票。她病了好一阵子，病好后，一怒之下砍掉了自己的一根小指头，以示惩戒。自那以后，外婆一生兢兢业业，悬壶济世，从未出现过任何错误。

我曾经劝过外婆,人这一生中,哪能不犯错误呀,您又不是圣人。

外婆斜眼看我,我很少见她用这种态度对待她的宝贝外孙。你知道个啥?我是明知故犯,是喝了酒,不是技术不行。这种错误属于不可饶恕的错误。

终于有一天,外公喜上眉梢地推开庭院的门,来到她的身边。姗姗找到了,她好好的。

是吗?外婆仿佛年轻了十来岁,一下子从躺椅上蹦了下来,她用一种疑惑的目光望着她的爱人:你别是又找个假的蒙我吧?!这也是一个不可饶恕的错误。

哪能呀,是真的,我们下午就去找她,在市郊区的一所农场里。如今,她已经是一个农大的学生了。

晚上回来时,外婆的饭量增加到了两碗,脸上的鱼尾纹也明显减少了许多。她破例哼起了小曲,疑惑时便又翻起日记本认真看着,同时嘴里面还会自言自语着:水平高就是水平高,即使是在喝醉了酒的时候,用药也是正确的。

在外婆去世后,我才知道了外公的良苦用心,外公费尽了心思才找到了一个与姗姗一模一样的女孩子。这期间的劳苦可想而知,那个女孩子无论如何也不愿意与外公一同骗一个年世已高的老妇人。

我曾经对外公的这种做法不理解,在一个偶尔的时机,我与他探讨这个话题,外公的回答让我十分意外:

已经是个错误了,她念念不忘了一辈子,我不想用"人非圣贤孰能无过"来宽慰她。她要的只是一个结果,所以,我找了一个与姗姗十分相似的女孩子,我想告诉她:她好好地活着,你也应该好好地活着,没有任何痛苦地活着。在伤口上撒下盐,或是播下爱的种子,应该是两种截然不同的结果。

伤口上播下爱的种子，在一个草长莺飞的春日，生命里就可以看到爱的花朵在枝头娇艳。推开春天的大门，原来深深的庭院里，早已经是一片芳菲。

## 水土不服的爱情

她尾随在他的身后，像一只可爱的小猫咪，暂别了雍容华贵、空气宜人的江南水乡，为了爱情，去了北国冰城。她曾经这样想过：自己的爱情是否也会水土不服？“橘生南方则为橘，橘生北方则为枳”，自己的这颗南方娇小玲珑的小金橘是否可以适应得了北风的凛冽和肃杀？但只要有爱，一切都已经无足轻重了。

但身体刚刚置入北国凛冽的寒风中，她便病倒了，是那种浑身无力的疼。他心疼得不得了，守在床边嘘寒问暖的，生怕她这个异乡客感到生分。但还是有一种委屈油然而生，想起南方和煦的阳光，感受着手脚上的痒和痛，她禁不住便骂他，打他，责怪他为什么不留在南方，偏偏为了父母一纸书信便将他们的爱情换了个方位；还说我们是为自己活的，不是为了你的家庭。

在将近四个月的爱情折磨中，她下定了决心，不想再这样维持下去了，她想提前卸载掉他们的爱情。

正当她左右为难时，他却出现了，高兴地说道：父母已经答应我了，我陪你回南方去，为了你，还为了我们的爱情。

她几乎是泪如泉涌，与他一起去拜别二老，马不停蹄地离开。

南方的空气逐渐掩盖了她的冷漠，她的皮肤开始恢复弹性。他却装作若无其事的样子，每日里学着南方的炒菜，不再大口大口地喝酒，学会了小资。他的适应能力居然如此之强，她禁不住跟他开玩笑说：你太适合南方了。

她其实不知，他是为了他们的爱情，才鼓励自己适应这里的生活。多少个不眠之夜，他思念着北国的家乡，思念着草原，多少次梦见父母的白发在疯长。

两年时间里，他们相敬如宾，他一次也没有提出过回北国的念头。

有一次，她翻看他的手机短信，竟然发现了他与父亲之间的一连串对话，从一年前就已经开始了，内容居然是：父母身体不好，希望他能够回来。他与父亲约定了日期，两年时间，只要是到了，他无论如何都要回家侍候二老。屈指算来，他回家的日期已经不远了。

想到他为自己所做的牺牲，她突然间感觉自己是否太自私了。爱情是双方共同呵护的，而自己却天生享受着爱的温暖，让他独自承受着不能承受之痛。

晚上时，她意外地问道：我们回冰城吧？

你不害怕水土不服吗，还有北国的寒冷？

我已经锻炼了非常强的适应能力。水土不服是相对的，心灵的依靠坚持才是绝对的，不信，我们打赌，给我一辈子时间。她伸出了手与他勾小指头。

他怔怔地，愣了半晌后，搂着她，潸然泪下。

水土不服的爱情，以理解做底，灌体贴之水，施坚持之肥，这才是最适合爱情生长的土壤。

## 点绛唇

青春期的女孩子，通常以自卑的形象出现在自己心仪的男孩子面前。她们脆弱如同弹过的玻璃球，稍微经过时间的手，便瞬间光怪陆离。

她不爱说话，学习成绩也一塌糊涂，在老师的眼里，她宛如一尊中看却不中用的佛像，在自己的天空里等待一场期待已久的经典膜拜。

没有人在意她懦弱下的美丽，除了他。

男孩子竟然是个化妆爱好者，抽屉里塞满了唇膏。他喜欢折磨那些可人的化妆品，也将自己的眉修成了银针，纤细无力却小巧曼妙。一沙一尘埃，三起三落间，蔚然成趣的修长，毫无收敛的浓淡便绽放在她的面前。

她这样想，如果有一天，他能够再为自己化一次妆，一定会成为自己人生路程上的传奇。

这个机会终于破天荒地来临了。学校组织比赛，他是化妆者，强者自有强者的地位，他为每位上台演讲的学生精心准备着装束。轮到她了，她之所以报名参加，只不过是为了赢得他的眷顾罢了。

青春期的孩子，许多行为不受自己的监控，有时候，一个眼神竟然可以改变一个人生观。

他为她精心准备着，脸上化了淡妆，和谐可爱。他专注于她的唇，将她修饰得宛如人间仙子，不浓不淡，不嗔不怪，不笑则已，一笑倾人的那种。

他的执着惹来了一段冷嘲热讽。他将她当成了艺术品，绘的时间最长，引起的效果最好，与她口若悬河的演讲相映成趣。演讲结束后，当着那么多人的面，她竟然疯狂地跑上前，与他热烈拥抱。

在这样的年纪里，注定这样的故事会被人改写，学校里关于他们的故事疯狂流传，就好像一段故事被人添枝加叶，添油加醋，一发而不可收。

一记耳光，惊醒了她的美梦，装束纷纷零落，而他的嘴角却溢出了常人难以察觉的冷笑。

她转学了，这是所有的初恋故事的统一版本，家长害怕女儿过早地涉足爱的领域，老师恐惧学生们对爱的执着。从此以后，学校里连化妆的机会也不给了，他只好给男孩子化妆，给自己化妆。

毕业那年，竟然重新遇到了她，她已经出落成了一个标准的东方美女，梳着公主头，有轻微的唇彩映现。男孩子上前，不知道如何形容自己的落寞。

她优雅地感谢他改变了一个女孩子的半个人生，是他的化妆让她找到了肯定，激起了她对自己潜力的渴望。自己原来也是爱美的，只是平常里将自己无意中装进了麻袋里，不为外人知，不被自己认识罢了。

他没有想到，一段化妆的经历，竟然改变了她的志向，而他则苦笑着。她其实不知，他那样做，完全是出于一段苦痛的想法，他一直抽空帮在殡仪馆工作的父亲化妆，他想施展自己的爱好，一时间却找不到适合的对象。他为班里所有的人都化妆，唯独对于她的装束倾尽了所有的谨慎与专注。

一期一会的青春，其实不需要过多的关照与爱慕，就像古代女子的唇彩，在笑不露齿的年华里，好歹遇上了，好歹忘了吧，记得不记得，都是你我青春的疼与挣扎。

JINGPINZHENCANG

第四辑

JINGPINZHENCANG

# 爱的第三次机会

面对爱情，许多人无法决定自己的未来。第一次时，他们叹息无缘，往往无法决断；第二次时，他们常常因为客观因素的影响而改变自己的初衷；第三次时，也是最后一次机会啦，那时我在想，如果错过今晚，我们也许就咫尺天涯。

# 将离婚做成漂亮的事

朋友亮子的婚姻从来只有红灯，没有绿灯。亮子说性格决定爱情，他就是一个爱情里的傻子，三次失败的婚姻，注定让他漂泊完成下半生。他曾经想过改变自己拙劣的性格成分，但基因的元素早已经浑然天成，任凭他如何激励自己八面玲珑，打落牙齿和血吞也无济于事。装一时可以，装一世的爱只属于海市蜃楼。

亮子第一次爱情是媒妁之言，那女子传统如月，日子过得虽然如水，倒也有些许相敬如宾的成分。一切源自亮子的嗜酒如命，结果是在一次稀里糊涂的酒醉状态下便摁下了离婚的合同。木讷的女子只是用哭泣代表着自己的承诺，从此后，闭关修炼，决意不再涉问尘事烦恼，天涯两相忘，再多的悲欢离合也只属于他们各自的劫难。

第二次时吸取了教训，自己苦苦追求，以赢得母亲的谆谆告诫，总以为幸福可以长久，没有想到娶到的却是一个烟花女子，将自己的高枝伸出中规中矩的院墙之外，迎接另一个世界的阳光明媚。这样的女子，不爱着自己，何苦与之长相厮守，于是便一纸协议，一顿彻头彻尾的拳脚，结束了短暂的婚姻生涯。那女子后来再见过，害怕亮子的眼神，拽着那个奶油小生的胳膊，一路东奔西突地寻找逃跑的突破口。

第三次依然是春花秋月，越南女子，几万元买进，毫无感情，只是性欲上的满足与渴望。孩子生下后，女子借口回家，一去不复返，白云千载空悠悠。

与亮子交谈时,亮子最遗憾的事情却不是自己失败的婚姻,而是自己在处理离婚上的态度没有品位,有失高雅。本来离婚应该做成一件漂亮的事情,已经散了,何苦留下一记伤疤带入下一艘渡船。

亮子告诉我:

第一次时,怨自己,那段爱情至今没齿难忘,那是一段可以挽救的婚姻,没有人劝慰我。年轻气盛,总以为天长日久,来日方长,没有想到爱也是可遇不可求的东西,过了再次经营的时限,想起时后悔不迭。现在那女子在一处庵院内已忘却红尘,再见时早已经红颜苍老,任凭再有力的双手也无法将她拽入另一个爱的轮回。如果当初自己态度好点,就算是暂时的分离,却也会是另外一种天地。伏笔没有埋好,没有人会喜欢下辈子的铺垫与弥补。

第二次时也不必那样打得不可开交。亮子清晰地记得,自己将那个女子摁在地上痛打的印痕,女子苦苦求饶却得不到亮子的停手。既然人家心有所属,成人之美也算是一种大度,何必死缠烂打,死死纠缠,这样嫁接起来的爱情不会等到瓜熟蒂落。

最后一次却是语言与生活方式的问题。亮子生生将中国的传统模式契合在越南女子的身上,没有理解,只有要求。越南女子到超市买错了东西,竟然得到亮子的一记响亮的耳光。临走时,亮子丝毫没有意会到爱情即将远去。草草收场的离别,注定成为一段悲剧,只留下一段怅惘的情绪在九天之外集结。

世上所有的事情,都应该做得漂漂亮亮,不拖泥带水,不苟延残喘。爱可以死去活来,离也要风生水起,离婚虽然是一件痛事,为何不能好好收场,为每个人下一次的爱情埋下快乐的注脚?分手为何不可以草长莺飞,欣欣向荣?

亮子在市里成立了全球第一家离婚酒店,酒店内项目林立。亮子是领导兼员工兼厨师兼经纪人，他接待的第一对离婚人来自政界，他们的爱情失败透顶，腐烂像腐败一样，到了判刑的程度。亮子公示了自己预先设立的项目：现身说法告诉他们自己的三次婚姻，倾诉分手的理由，吃最后的晚餐、喝最后的酒，写下最后的祝福。

亮子的离婚酒店开始时无人问津，但自从他成功地挽救两对濒临绝境的婚姻后，声名鹊起。用他的话讲：离婚通常由一件小事引起，积累成堆，积重难返。在这期间，缺少沟通交流却是主因，不理解、误会加重加深。如果有了一个离婚中介，领着他们好好倾诉衷肠，说不定有些爱情并没有病入膏肓；如果真是到了无法挽回的地步，那么，也要让他们和平分手，和谐收尾；分手时仍然是朋友，也许将来还有可能产生新的火花。

世界上所有的事情，都要做得快乐、漂亮。我们来这世上已属不易，何必留下伤心和诀别？留给彼此一段美好的回忆，将过去酿成一杯难忘的酒，为将来的幸福寻找慰藉与理由，这也是一件幸事和乐事呀！

# 离婚后的六个月

## 一个月

终于摆脱她近十年的统治了，我歇斯底里地张狂着，首先跑到那家酒吧里尽情地酗酒，还煞有介事地与老板娘喝了几个作秀般的交杯酒。老板娘移动着自己肥胖的身体，劝慰我道：要不要再给你找一个。我摆摆手，眼睛中闪烁着少有的吉祥之兆，我要再单身几年。

晚上回到家里时，已经接近酩酊大醉，开门时，嘴里面习惯性地叫着她的名字，半天才醒悟过来。以前她在时，遇到我喝醉了酒这种情况，会马上从床上蹦起来，手脚并作地忙乱着，手中给我拿拖鞋，脚上不停地搓着我的脚部粘的污泥。最要命的便是女人的嘴，不停地唠叨着，本来微醺的状态非常良好，可是她的话语却突然间成了醒酒剂，搞得七零八落的，索性便大骂起来，对骂接着开始。她干脆丢下我，躲在沙发里面生闷气，后来看到我昏睡得不省人事，她便苦笑着，对个醉鬼生什么气呀？！

现在的房间里，已经剩下我一个人了，女儿尾随着她去了另外一套她们的公寓了。我可以随心所欲，不可一世地将整个房间当成自己的人间天堂，失去束缚的人生该是多么潇洒自由！

## 两个月

屋子不成了屋子,垃圾扔得到处都是,原来失去女人的家,突然间竟然成了地狱!我不管这些,只管按部就班地编织自己所谓的美好人生。

我的网络生活开始加剧,我找到了那个美丽的裸聊小姐,她不停地摆动着腰肢,勾引着我,终于稀里糊涂地接受了她的盛情相邀,终于被欲望的旋涡所接纳。

我与她相约在一间鬼屋里,那个女人习惯地妖娆着,像一朵毒花。她迅速地占领了我的思想高地,然后向我的人生高地发动猛攻。

我半梦半醒梦呓着时,才感觉天旋地转起来,醒来时,却发现自己像只鸟儿一样被锁在一间黑屋里接受煎熬,身上所有的钱财已经消失殆尽。

原来天下的女人有两种:一种是刀子嘴豆腐心,就像我的前妻;还有一种是蛇蝎心肠,说着人的话,做着鬼的事情。

## 三个月

我的身体开始有病变,到医院检查后,医生说是不良生活习惯的恶果。我向他倾诉了我的个人遭遇,说离婚后自己的生物钟出现了错乱;说自己酗酒如命,不停地享受着,拼命地追赶着自己以前失去的个人生涯。

医生笑道：我不是心理医生，但需要告诫你，好的习惯需要养成。你以前的习惯不是挺好吗？显然是你老婆的功劳，她在督促着你，不是在害你。你现在高血压、高血脂，不要再喝酒，否则会生命垂危。

这是我头一次从一个陌生人的嘴里得知老婆的好处，原来竟然是她的鞭策才令我的健康得以保全。她原本喜欢早上叫我晨跑，我一直赖床，她便信誓旦旦折磨我。每次晨练时，我都是赌气过去的，但那三年时光里，我的身体却出奇的好，毫无健康问题；就是偶尔喝点小酒，也可以保持君子风度。现在不行了，头脑发重，身体发轻，随时会有作古的可能性。

我开始怀念那个在我生命里至关重要的女人。

## 四个月

我再次遇到她时，是在医院里。女儿搂着她，我看她的眼睛，竟然发现都是黑黛。女儿心疼地告诉我，爸，妈有病了，晚上睡不着，老是出汗。

她小时候受过一次致命的伤害，如果睡眠质量不好，便会浑身无力。以前带她去看过老中医，中医曾经告诫她：要保持全身轻松，不可拼命工作。

我问女儿她的状况，女儿说道：

爸，要不你还回去吧。妈身体不好，你离开后，老是精神恍惚，有时候说错话、做错事。她的单位已经勒令她回家休息了。

女儿的心事如潮，我的心事如海。

而她却拒绝了女儿的说法：已经散了，何必纠缠着彼此的生活。

我想凑上前去说句贴心的话,却发现手无缚鸡之力。

我开始关注自己的生活,养成良好的习惯,不再酗酒,不再神经质。我开始拒绝网上的那如鬼子嚎叫的请求。

我更开始关注她的生活,搜集她的个人材料,从女儿嘴里得知她的健康状况。有时候,不让她不知道,我让女儿捎一些可口的饭菜给她。

毕竟,我们相处过十年苦日子;毕竟,我们也曾经花前月下,只是后来彼此的人生观发生了裂痕。

## 五个月

我严厉拒绝了一个媒人的好事之举。她领着一个女人走进我的家里,女子东瞅西看地,没有看见我,便答应了。只要房子好,人无所谓。

我的天呀,你难道要与房子生活吗?

此时彼时,我正与网上的一个离异女人热聊,倾诉衷肠,念叨彼此的伤痛。她说起自己以前的生活,念及前夫,依然爱恋如初。我说你们应该复合,她说,面子问题呗,刚离了,哪能说合就合。他臭毛病太多,我的面子问题也老在折磨我。等等吧,彼此都需要自我批评。

她的爱情故事触动了我的心事,原来生活在一块儿时,什么都不算好,现在离开了,却有些念念不舍。真正的爱情早已经融入了彼此的血液里、基因里,真正的爱情,不再是爱情,而是亲情,情同兄妹,爱如手足,如何割舍得开?

我继续关注网上的女子,她的网名叫糊涂花,糊涂地活了大半辈子，却毫无生机；曾经春过，秋过，如今却杳如黄鹤。我与她是严格意义上想象的那种人。

当她提出视频请求时，我严词拒绝。我们为对方留一片心事吧，这样对谁都好。

我劝慰她，应该注意一下自己的前夫，也许他正后悔着呢。特别是孩子，孩子成了单亲后，她的身心会受到很大的伤害。

## 六个月

我没有想到，她会光临我家，当时，我正苦苦等待糊涂花回复我的个人消息，因为我想告诉她我的真实身份。糊涂花就是我的前妻，我从女儿那儿知道了她的QQ号，我想接近她，重新了解她。原来真正的爱情来源于生活，却高于生活。

我没有来得及关闭网络，她瞅了瞅周围的环境，说道：

不错呀，我原本以为离了我，你的臭毛病会故态萌生，没有想到你的习惯挺好的。药还吃吗？

我点头表示是的，她一眼瞅到了网络上的QQ。我伸出去的手，没有来得及关闭唯一的关于爱的秘密。

她眼圈通红地看着我，问我：你网上与我聊的话，全是真心的吗？

是的，我已经后悔了，如果一个男人说后悔的时候，那表示他真的后悔了。男人的面子比生命还重，我已经放下了面子和生命。

我打开她带来的袋子，里面竟然全部是她取的药。她刚刚从医院回来。

我二话不说，拉扯着她，开了车，直奔二百公里以外的一个郊区。我联系了那个老中医，当老中医听不清我给谁看病时，我大声号叫着：我的爱人，老婆，孩子的娘。

我们花了半年时间，为一段刻骨铭心的爱情疗伤，我们珍惜复合后的生活，原来爱情与工作、学习和生活早已经融成一体。这世上原本就没有单纯如冰的爱情，爱情中要渗透着彼此的脾气、毛病、性格，还有彼此的父母与朋友。因为，所有的所有，包罗万象着，爱屋及乌着，却都是我们最亲的人。

# 30号孕妇

一个美艳如花的孕妇，执着地走在大马士革的大街上，面对川流不息的人群，她一脸凝重。她要去为男友报仇，在三个月以前，就在这条暗无天日的大马士革大街上，他在走投无路的情况下，引爆了自己身上绑着的炸弹。

她一直向前面走，她要找个旅馆先住下来。一个胖妇人拦住了她，向她介绍自己旅馆的品位如何独特，政府如何承诺这儿能够保证安全，等等。

女子本对世事充满了失望，无所谓的样子进了这家旅馆。

胖妇人一见她是个孕妇，张罗着自己的儿子跑前跑后。儿子与女子年纪相仿，一脸的真诚，人就是老实点。

女子趴在窗口，瞅适合的地点，如何在人最多的时候引爆炸弹。

胖妇人过来与她聊天，她爱理不理的，不爱说话的样子。胖妇人却向她煞有介事地介绍自己的身世与孩子：

丈夫死于战乱；儿子叫塔吉，28岁，未婚，战乱年代里，不敢奢谈爱情。

有一个女儿，三个月前死于一场自杀式袭击。

三个月前，女子心里一怔，她特想知道详情，便开了尊口，追问道：

三个月前发生的爆炸，什么地点？引爆者是谁？

一个男人，听说是个十分负责任的男人，为了自己的妻子能过上好日子，当了人肉炸弹。当时，他就住在我的这个小店里。我的女儿十分喜欢他，还告诉我，如果他是个好人，就愿意嫁给他。但第二天晚上，危险却发生了，无数人追杀他。他走投无路时，要挟我的女儿到了对面的大街上，他将她当成了人质。女儿劝他，他却不听。他口口声声骂当局无能，听从美国人的摆布，骂世道无常，自己的女友至今仍然生活在水深火热之中。他要给她幸福，他只想做完了这笔生意，拿着钱远走高飞，过与世无争的幸福生活。

最后的最后，警察竟然不顾我的女儿，要开枪射杀他们。他眼睁睁地看着我的女儿倒在血泊中，他疯狂地骂着喊着，最后一刻引爆了身上绑着的炸弹。

就这样，他死了，灰飞烟灭。我的女儿也随他而去了。而政府诬陷我们与恐怖分子同伙，竟然一分钱补助也没有给我们。

女子哽咽起来，双手颤抖着抓紧窗口处的栏杆。情绪波动的她在一瞬间找到了适合自己的地点，就在对面的肉铺旁，那儿是整条小街的圆心。

女子不知道胖妇人为何要向自己说这些故事，也许是出于同情心吧。

胖妇人十分辛勤地跑前跑后，告诉女子要注意肚里的宝宝，这可是你的未来。现在，所有的仇恨应该放下来，宝贝是最重要的。

女子苦笑，搂着隆起的肚子长叹着。

塔吉人虽老实，但勤快得很，一会儿招呼女子要吃饭了，一会儿说母亲炖了鸡汤给她，暖胃保胎。

胖妇人问她的名字，她回答道：叫我30号孕妇好了。30号是她男友的代号。

从那一刻起，胖妇人便喊起了她名字的省略词，总是在楼下叫着：30号，吃饭了。这样，其他宾客不停地朝着楼梯口张望着。

女子那晚回来时，已经午夜时分，女子找了家酒吧，喝得酩酊大醉，回来时一家两口仍然未睡，他们正担心女子的安危。

见她回来，胖妇人过来搀扶她上楼，胖妇人埋怨道：你不应该喝这么多的酒，是对胎儿的不负责任。

女子推开了胖妇人，她讨厌假惺惺的好意，不就是想摸清自己的底细，好报告给政府拿到奖金：我要告诉你们，我就是下一颗人肉炸弹。

女子从楼梯上滚了下来，是无意中踩空了楼梯。

二人一起惊呼着上前阻拦，一大包炸弹从女子的怀中滚落。

塔吉惊呼着赶了上来，抱着炸弹疯狂地跑到了后面的空地上，仅仅在一瞬间，炸弹爆炸了，弹片将塔吉炸成了重伤。

女子一直在病床上照顾塔吉，她感觉对不起这家人，自己的男友误伤了胖妇人的女儿，自己一时任性，竟然又连累了塔吉。

胖妇人一直在劝慰女子放弃可怕的复仇思想，冤冤相报何时了，叙利亚人民需要的是安宁，不是疯狂。

塔吉三个月后痊愈了。三个月的厮守，他们萌生了爱情元素，当胖妇人将自己的儿子隆重地介绍给女子时，女子的脸上显现了少有的吉祥与阳光。

一个月后，塔吉幸福地娶了女子为妻。

一年以后，女子挺着肚子从楼上下来，旁边塔吉殷勤地搂扶着她，女子一脸幸福的风采。

胖妇人从柜台处迎了过来，小声嘱托着：塔吉，照顾好你的妻子，她现在怀孕了，你要小心翼翼。

妈，我知道了，放心吧。

女子与塔吉相依着走在大马士革的街头。此时的叙利亚刚刚从黑暗中苏醒，春光明媚，霞光万道。

## 最浪漫的婚礼

她后悔自己当初的选择。他，一个穷小子，上不了厅堂，下不了厨房，饭来张口的穷酸样子，就喜欢要自己的小聪明，几句好听的话语，几句温暖如阳的谎言，便骗走了她的爱情。

他们同居了半载，他向她求婚，祈求她为自己的家族生一对好看可爱的小宝宝。她的心情十分复杂，犹豫不决。母亲的苦口婆心，使得她的心中五味杂陈。自己的条件优越，父母已经拿到了高额的退休工资，而他呢，家在农村，父母每天面朝黄土背朝天辛苦劳作，挣来的钱还不够在市里买上几平方米的房子。

她曾经给他提过硬性条件，必须在城里买房。他嘴里面答应她，可一天到晚地周转于人才市场上，后来在没有办法的情况下，竟然背着她跑到码头上打零工，一天下来，人瘦了一圈子，让她目不忍睹。

她曾想过拂袖而去，可是他们互相留过誓言的，一旦一个人离开，另一个人将肝肠寸断，岂能苟活于世？！他心胸狭窄，如果想不开，寻了短见，岂不是自己的罪过。

她终日在舍与不舍中纠缠，对他的问题也是不置可否。有时候便是火冒三丈，他逼紧了，她便回答：你有钱吗？你看人家，结婚时十几辆宝马。你呢，你如果给我制造出世界上最浪漫的婚礼来，我就嫁给你，否则，免谈。

这算是一种摊牌吧。在这个物欲横流的社会里，谁还敢相信朴素如瓦的爱情。

爱情离了钱便无法有人间烟火，婚姻缺了钱便无法天长地久，这是母亲教给她的至理名言。

他却突然间消失了，第一天，她无所谓；第二天，还可以坚持；三天了，无可无不可，心里头像蚂蚁噬咬一样的无助。他怎么了，难道真是想不开？打他的电话，关机状态；找亲戚朋友，没有任何消息。她拼命地发短信给他，说你回来吧，一切好商量。他不回音信，杳如黄鹤。

半个月时间，她瘦了一大圈儿。一个清晨，他却突然间来了电话，说与一帮环保哥们正绕着千岛湖旅行呢。

骑自行车，奔驰四百公里，简直就是个疯子！她摁了手机，发誓不再理这个没心没肺的男生。不知道如何在婚礼上下功夫，自己却跑到九霄云外快乐去了。

回来时，他人瘦了，健壮得要命，拉了她，讲路上的所见所闻，说自己如何涉的险，说得她心动，好想自己也骑上自行车，来一次环球旅行。

可婚礼的问题依然没有着落，总不能躲在出租屋里，备上一壶酒，对酒成三人吧。

他却胸有成竹的样子。国庆节当天，一百多辆自行车，停在他家门口，全是他结识的网友们，有同城的，还有异乡的。他们骑着自行车赶过来就是为了参加他们的豪华婚礼，没有豪车，更无派对，却吸引了无数人的眼球。有人打着“婚礼万岁”的牌子，还有人兴奋地弹着婚礼进行曲，一行人浩浩荡荡，开始了结婚之旅。

媒体记者赶了过来，成排的采访车直播了整个婚礼过程，电视台闻风而动，他们实在不想错过如此有创意的婚礼现场。枝头的小鸟儿也雀跃无比，它们在为新人祝福天长地久。

环保之游，浪漫之旅，震撼天地的“爱”，声势浩大的“心”，绵延了一百多公里。他们从城市一隅骑向另一座城市的边缘，从傍晚骑到深夜，从前世走向来生。

爱，永远不必苛求于形式与豪华。最浪漫的婚礼其实就存在于爱的创意中，这才是真正的天地和谐，真实的和和美美。

## 寻找二十年前的一个吻

二十年前的一个傍晚，夕阳徐徐落在眉梢，没有在哪个人的心事上做片刻停留，便进入地球的另个半球权作安歇。

失恋的小子安乐像只虫子一样在纽约的大街上东奔西突。这次失恋对他来说是致命的，他想在狂乱的奔跑中找到一丝安慰自己的生机，可周围的人群送来的是谩骂与不理解，因为他的奔跑带翻了市场上许多物品，那些唯利是图的商家，哪顾得上一个孩子的青春梦魇。

时间一分一秒地爬过去，像虫子一样驶离自己的坐标。

安乐终于在一个胡同口停下了身影，他从怀中掏出了匕首，想结束自己年轻的生命。

失恋中的孩子，如果失去了外力抚慰，通常会以最恶劣的姿态轻生。

与此同时，他听到了胡同的尽头传来了一个女孩子的哭泣声，循声过去，一个女孩子正无助地四处张望着，似乎她遇到了危险。

安乐暂且收敛了自杀的意念，他跑到女孩子面前，才知晓，女孩子被抢劫了，她丢失了100美元，而这些钱是为了给母亲做手术用的。

安乐二话不说，从怀中掏出了自己仅有的积蓄，尽数塞进女孩子的口袋里。反正这些钱对自己来讲已经是身外之物，留着也没有什么用处。

女孩子感激不已，二人相视着，奇妙的感觉油然而生。

挣扎在死亡边缘的两个年轻人，相拥着吻了起来。这是一场精彩的不需要下文的经典约会，他们同病相怜，惺惺相惜，在彼此的身上相互取暖。

吻过后，海角天涯，天各一方。

时间眨了一下眼睛，转眼二十年。

这期间，安乐受到了鼓舞，他觉得在自己最困难的时候，竟然得到了一个姑娘的芳泽，简直是上帝送给自己的礼物与机会。他酗酒三天后，重新选择了理想，他决心继续生活下去，用爱心迎接每一个黎明。他利用业余时间，考取了一所大学，毕业后专修律师专业。机缘巧合，他的事业风生水起，在二十年的时间里，他有了自己的律师事务所。

二十年后的某一个早晨，金融危机蔓延全球，安乐的律师事务所由于经营不善，加上前妻敛走了他的大部分资产，打官司却漫长无期，他失业了，倒闭了，重新挣扎在死或不死的边缘。

命运无常，时常以捉弄人的方式延续着它的爱恨情愁，供奉着它的伟大与不可捉摸。

安乐想起了二十年前的那个傍晚，他重新想到了死亡。一颗曾经轻狂的心早已经老化，再也激不起片刻的波澜。

正在他左右为难之时，在报纸上，他忽然看到了一则《寻吻启事》：二十年前的一个傍晚，一个男孩子送给了一个女孩子一个激动人心的吻，从此后，本来她残缺的天空中竟然树立起一面信念的旗。她用他送她的钱，为母亲治好了病，并且在二十年的时间里，结婚、离异、再婚，再离，健康、有病、康复、患癌，时至如今，她已经富可敌国，许多男人愿意在她的石榴裙下接受爱的膜拜。但是她却一直记得二十年前的那个旧吻，那样的贴心暖人，就像春风掠过脸面，像夏雨滋润心田。如果他仍然活着，如果他仍然单身，我愿意带着所有的财产嫁过去，寻求一个安乐的晚年。

安乐的心久久难以平静。这幕场景对他来说再熟悉不过了，没有想到，她的人生竟然充满了变数，如今她已经罹患癌症，她应该最需要安慰与鼓励。

安乐在思量一周时间后，毅然决然地推开了那扇古老而沧桑的大门。

大门口早已经门庭若市，许多在金融危机中失业的男人们，怀着一份充满欲望的心情应征，他们说自己就是二十年前的那个男主角。有些人竟然信誓旦旦地惟妙惟肖地讲述那个自己编织的与吻相关的故事，只不过是为了博得她的红颜一笑。

安乐走进去时，看到一幕薄纱，女人就卧在纱帐里，她不愿意让人看见自己的病态。

安乐开始讲述自己的故事，自己如何轻薄，如何不知趣，婚姻如何不幸，包括二十年前的那幕场景，在他的讲述下闪着吉祥的清光。

女人怔住了，突然间问道：

你还记得那一张美元吗？

当然记得，那张美元上面，是我轻生前要说的话，我看破了红尘，想远离尘世，但遇到了你，让我重新找到了希望。一个吻，改变了我的人生旅程。

一张美元递了出来，斑驳陆离的字迹早已经泛青泛黄，却无法阻碍一段爱情故事的发生。

两个人相拥在一起，尽情地拥吻着，二十年前的一幕经典重现。

安乐尽心尽力地照顾奇娅，有了爱情鼓舞的人，心情明快，有助于康复与治疗效果，奇娅每日与安乐生活在一起，重新找到了希望。

二十年前，他们各自面对着困厄的绝境，一个吻，改变了彼此的志向，打开了彼此的心扉。时间并没有将他们的爱情拉入荒无人烟的境地，二十年后，同样是两个人的生死攸关，生命却重新送给了他们一段春秋大义，一段苦求却不得、懈怠则晚矣的爱情童话。

人在绝境的时候，决不要怨天尤人，上帝会送你一段插曲，让你从此酝酿一段人间佳话。

# 可以用钱买来的爱情

男人厌倦与女人在一起的爱恨情愁，和所有的男人一样，他跃跃欲试于一种新鲜的爱情元素。他想出墙，想在外面的庭院中寻找另外一种云卷云舒。因此，他希冀着，憧憬着，寻找着。

在自己所住的小区门口，他有幸捡到了一张宣传单子，上面写着一句宣传语：可以用钱买来爱情。现实中的爱情虚幻无力，如果在网上，如果你加了这个号，如果你打了这个电话，你就会倾听到世界上最美妙的声音。这是关于爱情的解释，关于超一流婚姻的密码。

男人无可无不可，拿得起、放不下的样子。

他将这张宣传单子塞进了箱子深处，生怕女人发现了骂自己一句死不要脸。

男人开始疏远女人，故意的，若即若离的，惹得女人终于按捺不住了，对每日早出晚归的他丢下了一句话便回了娘家。这句话是：待在一起的时间太久了，分开些时间吧。

男人兴奋不已，回家时，将音箱调到最高音量，惹得楼下的一个小脚太太每日必上楼来拍打房门。这还不说，上网，寻找裸聊时间，寻觅感情慰藉，哪一项刺激玩哪一项。这样狂欢了几日后，欲罢不能，白天上班老走神，有好几次被老板揪到了“面闭室”里接受质询。

男人于某个时刻摸到了那张宣传单子，用钱可以买来爱情，虽然如镜花水月，但也可以尝试，也可以寻找另外一种别致的生活方式，不然，如何对得起匆匆的人生。

男人兴奋地加了对方的号码，对方迟疑着，好不容易加上了，却一句话不说。男人似乎找到了可以倾诉的机会，拼命地给对方说我爱你，在心中呆滞太久的欲望想在某个时刻发泄出来。他的目标是这样的，先压住阵脚，用语言哄骗对方，不就是出钱吗，待一步步选好时机后，便勾引对方出来，然后再得手。这是所有网恋人的一种普遍心理。

男人说了半天，对方只回了一句话：正式项目未开始，请将一千元打入账户里，然后才能买到爱情的一丁点。

打就打，男人没有迟疑，通过自己的网银，三下五除二便成功了。对方露出了笑脸，项目便开始了，对方不进行视频，却可以让男人倾诉衷肠。男人说了自己困惑的事情，对方解答得妙趣横生，似乎十分了解他的心情。对方说道：其实，每一个男人都辛苦。这时男人大哭起来，不可遏止地，他突然间爱上了对方，甚至连对方是男是女都不知道。

对方下线了，男人有些意犹未尽，突然间看到了电话号码，如饥似渴地打了过去。对方却说道，电话聊天也需要交费，这是一个新的项目。

男人不解，问道：什么逻辑，我已经交了网费了。

爱情也需要珍惜，世上没有白送的爱情，如果不交钱，恕不接待。男人怔怔的，忽然间觉得妻子以前送给自己的爱情，一分钱也没有要过。

闲着也是闲着，钱还是交了。对方甜美的声音传来，声音却是一种过滤了的声音，问她时，对方解释道：我不想让人识得我的“庐山真面目”，这样的距离感才有渴望与激情。

果然，网上的对方是一个女人，男人求之不得，心中烦闷，于是，大量的以前与妻子未讲过的话语和盘托出。但对方却拒不谈性，这样的高雅绝非一般网友所为。当对方说到自己是博士生时，男人突然间觉得是好伟大浪漫的爱情：这种高学历的爱情，正是自己可望而不可求的。

他竟然忘了，自己的妻子也是心理学博士学位。

男人的生物钟受到了影响，夜晚时不可一世，白天却郁闷贪睡，业绩每况愈下，老板差点送给他一盘清炒鱿鱼。

到晚上的时候，对方突然间说道：你以后得注意点，老是很晚了打电话，你要注意休息，我也要注意。明天我还要上班呢，我可是业余时间才搞这样的项目的。

男人在某一刻突然间顿悟，电话里的女子，才是自己朝思暮想的最爱，原来用钱真的可以买来爱情。她温柔体贴，平易近人，知道你的过去，了解你的将来，善解人意的她也对爱情失落过。如此的境遇，这样的缘分，难道不是一场经典的爱情约会吗？

再一次电话时，男人旁敲侧击道：

我想见你，娶你。我有钱，我愿意以钱买一辈子的爱情与幸福。

女子却在对面讲道：钱可以买来性与爱情，买不来幸福的。开始时新鲜，过一段时间就会僵硬无比。平淡才是爱情的主题，如果能够学会在平淡中寻找浪漫，才是爱的真谛。

一连几日，女人不上线，男人不解，后来才想到了，两个月时间过去了，可能是钱不够了。于是乎，他拼命地往对方的账户里打钱，却没有得到任何回复。

妻子这段时间一直没有过来，连个电话也没有打过，男人觉得该慰问一下子，就算分手了，也毕竟有过一场刻骨铭心的动情时刻。

电话通了，却没有人接。男人心绪难平。

过了几日，电话里对方却打来了电话，说钱收到了，自己动了阑尾炎手术，不好意思。

男人怜悯地说道：你有病了，我得去看看你，这时候人最需要安慰。

女人不肯，挂了电话。

次日，妻子却回了家里，脸色苍白，虚脱得要命，说要在家里休息几日。男人生怕自己的秘密暴露了，便删除了所有的对话消息。

男人与妻子同床异梦，老想着那个可人的女子，那甜美的过滤过的声音。

男人趁夜起床，跑到卫生间里对她去电话，对方却处于关机状态。

女人晚上起床时，跌倒在洗手间里，男人上前时，竟然蓦地发现，女人的肚腹上有一个伤疤，典型的阑尾炎手术留下的伤疤。

男人心中一怔，无法自已地掉眼泪。

女人重新入了院，男人在女人的包里翻出了一大堆的广告宣传单子。泪眼朦胧中，男人仿佛看到女人在小区的门口，自己必经的路上，到处散着传单。

女人出院时，男人亲自下厨房做菜，吃饭时，男人脸讪讪地说道：钱可以买来爱情，但买不来幸福。

女人眼圈通红，突然间扑到男人怀里：我们要个孩子吧。

男人郑重地点头。

## 预约生病

他是个软弱可欺的男人，至少在她的眼里如此。擎不起家庭的诸多风雨，恋爱时有深情隐瞒着，有闪烁的双眸遮风挡雨，尚看不清楚，由恋爱阶段步入婚姻殿堂后，他的病情便逐步加剧。

争吵一般情况下都是女人挑起来的。女人好强，是世间诸位男人的管家。女人总在为琐事繁忙，家长里短，瓜田李下，人间烟火，女人有说不完的话题，占不完的上风。男人不管占理不占理，通常采用置之不理的办法，任由她将性子放大做强。

一般的男人大多情况下会摔门而出。爱情的问题不过如此，有时候拉开一段距离才是最佳的解决办法。而他则出类拔萃，一吵架，便捂着胸口痛苦难忍。

他体质差，从小缺乏系统性的锻炼，吵架时气血两衰，头晕目眩是必然因素。医生的结论让她痛哭不已，她只好暂时收了性子，遇到不快的事情时，只有偷偷地抹眼泪，不敢让他看到，不敢在他的面前发作。

女人在一家私企上班，办公室恋情流行。她也不能例外，曾经一段时间里，她发疯似的迷恋上了男上司，一个纯爷们，走路虎虎生风，作风硬朗，体质健康强硬，一股子男子汉气质。他正是自己目前恋爱的缺失项。有意无意地，选择机会加班，靠近他。哪个女人没有这样那样的激情再现，可饶，不可欺，但千万别当真。将一个人当成偶像，是一件多么痛快淋漓的事情，但苦苦地追一个人，是一件如此愚蠢的选择!

女人的心事在电脑里似苦药般倒了出来,与闺友聊天,在群里分享,问大家如何处理。许多网友劝她离婚吧,选择自己适合自己的、自己喜欢的,是苦短人生中的一元二次方程。

正当她筹划得当时,他却突然病了,动静挺大的那种,以前从未有过的虚弱,大汗满面。孩子依偎着父亲大人,以泪洗面。她软了心,暂且收回了良苦用心,陪他去医院接受治疗。

病好后,她为他制订了一套身体锻炼计划,劝他不要总待在屋子里爬格子、打游戏,多去外面接受明媚的阳光。

男人感激得无可名状,女人却感觉自己好自私。男人不知,女人这样做,是想甩掉包袱罢了,他病好彻底后,她就会离开他和孩子远走高飞,将储蓄已久的幸福统统表白出来,让风知道,雨知道,尤其是让他的上司知道。因他上司正在酝酿离婚,而上司对自己极有好感,他们的结合一定会是跨世纪的、旷日持久的、千载难逢的。

男人认真地接受了她的意见,与病弱的孩子一起参加训练,特训班,强有力的那种。男人每天下班后便跑进训练班里,一大一小两个男人,幸福得不得了。女人一个人照例在公司里加班。其实,那是为了上司的出现,为了与他磨合出一段属于自私的春秋大义,千古深情。

男人的身体在半年后有了质的进步,体重迅速地增加了二十余斤,药也停了,饭量也大涨;儿子的身体也如初生牛犊。

她继续在QQ上倾诉自己的感受,按捺不住了,一切均已恢复正常,上司那边也有意无意中吐露了内心的渴望。她终于起草好了一份离婚协议书,准备于第二天掷于他的面前,撕破婚姻后期的最后一张可恶的嘴脸。

莫名其妙的事情又发生了，他居然高血压，于晚上下班的路上晕倒。时机如此之准，难道是上天对自己可怕想法的惩罚？！尽管如此，毕竟是自己的男人，马不停蹄地往医院赶，男人早已经度过了危险期。她躲在医院的卫生间，无语泪先流。

时间的潮水汹涌而过，她的念头持续了二十余年时间，却始终没能兑现。说到头，她是个认真负责任的女人，如果自己仓促离开，他们父子如何度过凄凉的下半生。因此，她毫不犹豫地拒绝了上司的多次无理取闹。而终于有一天看镜子中的自己时，才发现苍老不知不觉间爬上了额头。时也命也，那些缠绕无尽的幻想，终将随年华的逝去而消失殆尽，这便是一个女人的半生缘。

整理电脑，硬盘爆满，一份隐藏的文件夹却突然间暴露在眼前，是男人的文件夹，里面竟然隐藏着一百多个文件。从结婚的时候起，这个内向羞涩的男人，便坚持每天写日记，里面尽是些对爱的感悟与对婚姻的理解。他悟性高，对爱的理解十分透彻，是个世间绝好的男人，虽然人单力薄，但绝对不会背着她做出些山高水长的绯闻来。这也是一种幸福，女人们通常需要用半辈子时光才可以悟出。

她花了大半个晚上的时间重温这些爱的经典，却发现了男人的一个小伎俩：男人时刻关注着她的动向，一旦她有风吹草动的迹象时，他便预约生病，与他同在医院的同学一道，将她的思想拉回到现实里。

她有一种受了愚弄的沧桑感，甚至有些恼怒。但在一篇文章的最后，他这样写道：

总有一天，她会知道我的秘密，她会怪罪于我，说我不像男人。但这也是一个男人的爱的秘密吧。不管用什么办法，能够让她留下来厮守，就是一种成功。

这是一个男人的另类誓言，她收了恼火，只留下满满的幸福。

有些计策不甚高明，但却同样闪现着爱的光辉。因为这是一个男人对女人的爱不释手，一个男人对一份爱情的铮铮铁骨。能够将一份爱装腔作势地演绎二十年，不显山不露水，你除了感动外，别无他法。

## 前不着村后不着店的爱情

朋友的爱情遇到了麻烦,原本漂亮的爱情,竟然被微博上的一则信息打乱了。有人在微博上大晒朋友以前的旧事,说他风流不羁,十足爱情生活中的一个流氓。

我去劝慰他,本以为他应该一脸尴尬,万没想到,他笑脸如花,春光乍泄。

朋友讲道:爱情散了,也好。遇到一个前不着村后不着店的爱情,这样的苦挨对谁都是一场战争,散了挺好的。

有人说他的坏话,将他水到渠成的爱情搅了个乱七八糟,他竟然不怨怼,不仇恨,这是怎样的一种逻辑,我疑惑不解。

我是喜欢她,但她就是不让我接近她。爱一个人有两种结果,一种是肌肤相亲,一种是精神慰藉。这是两个谁也逃不了的必然结果,可是,她一个也不给我。说结婚吧,我们长跑了八年时间,她的家人不同意,现在仍然僵持着。她是个孝顺的女儿,我也是个孝顺的儿子呀!母亲为了我的婚姻哭得死去活来,原来是催促,后来干脆成了无奈。这样的爱情马拉松,不仅仅伤害我一个人。

她为什么不结婚?你应该了解其中的理由。我试探着问。

她说要做母亲的工作,母亲不同意,就不能结婚。偏偏我还发下了誓言,今生决不首先说不爱她。这一次酒后的诺言竟然被她记了八年时光,我不能够移情别恋,就得像树桩一样厮守着。爱情有两种结果,要么失恋,长痛不如短痛,不要浪费彼此的生命,耗费彼此的神经；要么相守。我们都喜欢后者，如果你被过山车挤到了当中环节，欲罢不能，左右为难之时，与其说死守倒不如天各一方。

所以说，我感谢这份留言，让她对我产生了怀疑，她开始疏远我，不打电话，不叫我吃饭。她开始纠缠自己的初恋，天知道她在他的面前竟然叽叽喳喳像个小麻雀一样。在我的面前，她则装成了一位拘谨的公主。

我终于明白朋友的释怀了。夹在爱情当中的人，虽然努力开花，却一直无法结出爱情的果子，这样的春天恐怕不叫春天，只能算是一场逢场作戏、让外人瞻仰的爱情秀罢了。我们生活在现实世界里，蜗居在欲望的旋涡里，如果一份爱情永远让你举案齐眉而无法水乳交融，那么这样的爱，恐怕只能像釜底抽薪般被人间的烟火煮成一场人走茶凉的故事罢了。

后来才进一步知道事情的真相：微博上的坏话竟然是朋友自己写的。现在他们双方都结束了爱情奥运，各自拥有了一份甜蜜幸福的爱情世界杯。

## 相视一千年

2011年，印度巴当哈古址出土了一批文物，令人叹为观止的不是古色古香的文化遗迹，而是在一处墓穴里发现了一大片的尸骨。尸骨凌乱地倒在地上，七零八落的样子印证着当时一定发生了惨绝人寰的故事。但奇怪的是，有两个尸骨的头颅对视在一起，即使尸骨的其他部位都已经零落成泥，但头颅始终坚定地对立在一起，这让考古学家十分费解。

考古学家通过对历史古物的研究，试图揭开这段故事的真相。

距现在一千年，这里是印度的朱罗国首都所在，这里接近佛塔，朱罗国的国王下旨在此处修建寺庙，而遗址所在地距离佛塔三百米。他们一定是施工者，想打通前往佛塔的地下室，要么是战争发生了，要么是出现了塌方，所有的人都被埋在里面，无人救援，直至氧气耗尽，人如灯灭，所有的人都在东奔西突，呼吸的窘迫感使得他们心力交瘁。唯有两个人，静静地对视着，在黑暗中找寻彼此的目光，直至他们碾落成泥，香消玉殒。

这是考古学家恢复的当时故事的真实面貌。经过DNA检测后发现，两具尸骨一男一女，他们可能是一对恋人，被当局政府强迫进入地下通道施工。事故发生后，他们没有慌乱，只是相视着。他们相视了一千年。

这样的爱情素材绝对是头条，印度当地的媒体死追烂打，将这则故事神化、升华，直至出现多种多样的爱情版本。有的说他们可能已经结了婚，想念家中的孩子；有的则说他们是私奔者，朱罗国允许情人私奔；更有甚者说这只是一种巧合罢了，在那样闭塞的环境中，他们相视坚守有何用处，只是徒劳，他们应该冲出去寻找机会逃跑。

著名心理学家坦尔却谈到了古代人与现代人爱情观的差别：这样的故事发生了一千多年前，绝对是真实的。他们相视着对方，其实是一种鼓励与彼此承担痛苦，说明他们相爱已久，骨子里埋藏着彼此的爱。他们可以没有钱，可以身处绝境，但他们却用自己伟大的爱情故事传承了一千年。这是古代人的爱情观，他们可以举案齐眉，相敬如宾，现代人的爱情不可能如此。现在的都市生活物欲横流，试问：有哪个男人回家后，暧昧地注视过自己的爱人十分钟时间？

所以说，结论就是他们是亲密的爱人。

坦尔的经典结论得到了大多数学者的支持，《印度时报》发起注视爱人十分钟的倡议，请求所有相爱的人回到家中后，深情地注视爱人十分钟。在这十分钟里，放下所有的委屈与不满，扔掉所有的自私与虚伪，就这样相视着，直至天荒地老。调查结果是，几乎没有人能够做到。

一千年和十分钟，这就是古今爱情的差别。当眼眸触碰到对方的心扉，所有的爱恨情愁都已经不聚而散，留下来的，尽是虔诚、微笑与浪漫。

我渴望这种至真至诚的爱情。

# 书与爱情

老师叮嘱学生应对考试的一段对话吸引了我的注意力。

老师说：一段文章至少要看三遍以上才能够答下面的问题，否则你无法读懂文章的内涵，答出来的答案必定是错误的。

文章需要看三遍，书至少要看上十遍才能够理解透彻，爱情要看上多少遍才能够明白爱的真谛呢，恐怕是一辈子吧。

心理学家说：一辈子用不了，至少需要十年时间。十年时间里，从不认识到认识，从肌肤相亲到水乳交融，从开花到结果，从打骂到连骂的脾气也消失殆尽，尽剩下理解与友谊万岁。

细想起来，读书与爱情竟然如此相同，其间的况味值得唠叨一番。

小时候看书，从来都是走马观花，可能与个人的脾气有关吧。看完后能够记下的情节少之又少，大抵是一些打架的细节，或者是男女主人公悲惨的爱情结局，骂作者胡乱编造，害自己一梦苍凉。现在想起来，恐怕爱情故事是迄今为止唯一的最精彩最吸引人的书籍主题吧。第一遍时只知道感性，第二遍时便知道一些细节了，直至第十遍时，运用自如，原来主人公的爱情观念与自己如此相像，根本上就是可以当成典范了。于是乎，模仿起来，找一个可爱的女孩子，共叙或有或无的故事，然后便枕在爱的海洋里酣然入睡了。

原来书籍竟然是爱情的源泉。许多时候，我们的爱情观都是从书中学来的，但“纸上得来终觉浅，绝知此事要躬行”，于是，恋爱便开始了。

爱情的第一年，春花秋月，冬暖夏凉，从来不知道疲倦。那时候的天空狭窄且自由，根本无从关注与自己有关的亲情或者人间烟火。等到有一天，她终于对你说道，我们或者该进入婚姻进程时，你才感觉到自己原来根本就没有准备好。

在你的疑惑中，爱情第二年开始了，就像一本书，被你无关痛痒地翻到了第二个章节，无论你想怎么退却，故事已经开始了，你看到的都是故事的过程。此时你才感觉到，爱情不过如此，浪漫却平淡。第二年里，你们学会了打架，学会了争吵柴米油盐，你更学会将自己的满脸涂黑，从厨房里像个小丑一样走出来。

沧桑间，时间从你的手中溜走，十年时间竟然过去了。

一本书被你翻烂了，你明白了许多道理，原来书中的确有过人之处，你不仅学会了应对爱情的办法，还学会了如何处世、如何生活，如何对待双方的老人和朋友。爱情生活翻开了崭新的一页，你们不再责怪彼此的种种，不再像个小偷一样跟在对方的后面，看她是否仍在与她的初恋纠结。赖在一起久了，根都连在一块儿了，身子如何自由，哪能跑得出这片家的原野？

原来真正的爱情需要时间的考验，所以我反对电视里的相亲节目，怎么看怎么觉得像自己小时候的玩耍，原来一日也能看尽长安花。

只是这世上，很少有人去品尝一本书十遍以上，很少或者根本也没有人去用一辈子时间审视检讨改进自己的爱情；书翻久了会烂页的，爱情久了也会受伤。我最大的梦想就是老了不中用了，与自己的爱人一块儿收拾残缺的旧书，该缝补的要修补。

原来爱情也可以在行将就木的时候，焕然一新。我们决不能丢给后世的是千疮百孔的爱。

# 执子之手

她有一双灵巧的手、纤细的手，惹人羡慕的手，如蛇一般滑腻的手。无数个男人在她的面前“啧啧”地走过，她送给他们的唯有不屑一顾的手影，直到遇到了他。他没势力，没才华，所有的只是一颗爱她的滚烫的心。当他的山盟海誓化作一种承诺挂在她年轻的枝头时，她突然有了一种以身相许的冲动。那夜，她从一个女孩变成了女人。

婚后，她爱摆弄自己的双手。这双手。曾经是岁月的聚焦，她会用所有的闲暇时间保护它。她买了各式各样的护手霜，给它配上各种的饰品以作为对它的奖赏。在所有人面前，只要她一伸出手，众人都会投来赞许的眼光，令他刹那间有一种满足的幸福感。

直到那一天，在他的办公室里，她发现了另一双柔嫩的手，那手袅袅娜娜、小鸟伊人地将一杯体贴茶放在他的面前。她无奈地笑笑，终于又见了同样的手，她仿佛忽然回到了年轻的时候。

她开始独守空房，他总以各种理由推托着与她的相会。开始时她想着，男人都应以事业为重的，这也是当初她看上他的一个主要依据。她继续想着，也许，他是一个会判断局势的好男人。

终于在一个华灯初上的夜晚，在都市的霓虹灯下，失魂落魄的她又发现了那双手。当时，那双手正被他悠闲地牵着，他们好似并蒂莲一样消失在某所公寓前。从那时起，她忽然知晓，他们的爱情到了终点。

他终于向她提出了分手的要求，他不带走任何东西，所有的财产都是她的。她最后问他，你喜欢她的手吗？她能与你偕老吗？他无语。

他的婚礼在一周后举行。他正值壮年，事业丰收，爱情新鲜，老夫少妻，是所有人羡慕的焦点。春风得意的他，拉着那双柔滑的手，回想着他们恩爱的种种细节，情到深处，他们动情地热吻。

有人送礼物来了，一个精致的盒子，一层一层的。众人议论纷纷，猜测着这一定是一件意想不到的礼品。他高兴得不得了，与她一起打开盒子。

在掀开蒙布的一刹那，他看到了一幅触目惊心的图画：一双写满纹路的手、苍白的手，伤痕累累的手。

在双手的下面，血迹斑斑地写着一行小字：死生契阔，与子成说；执子之手，与子偕老。

# 给自己十二小时

那一年夏天，阳光惨烈，像极了我曾经富有、现在却一穷二白的爱情。我们的婚姻才刚刚涉过五年的时光，却因为无法容忍对方的缺点而宣布流产，生命中没有几个五年，在过去的五年时光里，我抛弃了荣华富贵，将青春孤注一掷地押给了他。没想到，生命跟我开了个致命的玩笑，最后，我们的爱情丧失在彼此无法容忍的客观现实里。

离婚协议就放在我们面前，我强忍着没哭。我看到他的眼角竟然闪现着不经意的泪花。我们要了两杯柠檬茶，苦苦的那种茶。他最后要求我，留下了吧。我说没机会啦，我以前给你太多的机会，可每次你都让我失望。我要走了，再见。

尽管他一再表白，但我的心在那一刻却如死灰。他的手停留在协议书上面，笔微微颤抖着。协议书上面签着我的大名，另一段空白留给他，也留给我们曾经风花雪月的爱情。

他还是没有签字，等我转身看他时，他早已如一只风筝，消失在我的视线里。

离登机的时间还远，我没有离开茶舍，而是将他丝毫未动的茶碗端了过来。我开始拿勺子戳柠檬的皮，一下两下，然后我感到所有的苦味全部散发出来。我喝了一口，有些无法承受柠檬皮的苦涩，我大声地叫着服务员，我告诉那个男服务生，我要求换一杯茶，并且茶里的柠檬要剥皮。

男服务生犹豫了一下，然后为我换了一杯冰冻的柠檬茶，但茶里的柠檬还是没有去皮。我大声地怒斥他，你没听清吗？本小姐要不带皮的柠檬。

他看了我一眼，不慌不忙地说道：请您稍等一下，柠檬皮只有经过充分的浸泡之后，它的苦味才能溶解于茶水中，那将是一种甘冽清醇的味道。你不要着急，千万不要想着在三分钟内将柠檬的苦味全部挤压出来，那样只会将茶水搅得很浑，将事情弄得一团糟。

我愣了一下，心中突然有一种被触动的温暖。我问他，先生，需要多长时间才能将柠檬的香味发挥到极致呢？他回答我，十二小时，只需要十二个小时，柠檬的所有精华就会全部释放出来。也就是说，如果你想得到一杯甘醇无比的柠檬茶，你必须经受得住十二个小时的等待。

他顿了顿，继续说道，不仅是泡柠檬茶，生命中的许多抉择，只要能够给自己十二个小时的思考或者等待，就会出现意想不到的转机，你会突然发现，原来事情并没有想象的那样是一团乱麻。

我笑了。他有些哗众取宠，但我喜欢他这样的取悦人。他的一席话使我的内心经受了一次温馨的洗涤，我感到自己原来的不可一世在瞬间烟消云散，更多一点的是那些美好无比的往事，他仿佛就在我的身边，触手可及。

我撕碎了离婚协议，连带着那张机票，满心欢喜地回家。我自己动手开始泡制柠檬茶，然后，我就坐在桌子前静等。我看着一片片柠檬开始自由地呼吸，然后，它们的每一个细胞涨张裂开来。然后，我感受到柠檬的香味和灵魂在溶解。然后的然后，我感到自己早已经泪流满面。

十二个小时后，我听到了门铃的响声，我打开来，看到一大束红玫瑰正在跳动着青春的热情。他挺有绅士风度地对我说，小姐，我向你道歉，能再给我一次机会吗？我知道以前都是自己的过错，希望你原谅我。

我拉了他的手，面前放着一杯柠檬茶，他喝了口，然后整座房屋里都是醉人的馨香。

我告诉他，以后，不管遇到多少烦恼，都让我们静下心来，好好地想一想这杯柠檬茶。因为，它需要经过十二个小时的等待，才能释放出所有的芳华，我们的爱情也如此。

我庆幸在分手的时候，能够给自己十二个小时的生命过滤。原来，生命如茶，爱情如茶，慢慢地等，慢慢分析，再去爱，滋味无穷。

# 酝酿了十年的爱情

那一年的夏天凄风苦雨，为了掩盖自己内心深处的悲痛和失落，我背着父母在城市的一角开了间电话亭。我没有告诉父母子凯离开我的消息，我怕他们会难受。在他们的心里，子凯已经成了我家的上门女婿，但谁能料想，连他那种看似忠厚老实的人也会被这个社会的物欲横流所征服。在他的背后，有一个富贵女人狰狞的脸和诡秘的笑。

生意不怎么好，但我的心里渐渐踏实起来。一个人的日子里，我懂得了珍惜，学会用独处来收拾自己原本残破的爱情格局，我想我会好起来的，为了自己，也为了家人。

那天下午，天灰蒙蒙的，一个头戴鸭舌帽的男孩走进了我的电话亭，他说想打个电话，我说没问题。他拨了一个号码，然后便说了起来，我便有事没事地听着。他在电话里说道：你还好吗？十年了，不知你还记得我吗？十年前的那个夏天，一个天真的小男孩将一封信塞在你的书包里，然后便仓皇地逃走了。我在信中告诉你，我愿意等你，请你给我一段时间。

接下来是长久的沉默，我有些感动地听着他们的对话，也许是那边的女孩在沉默无语，一种沧桑感和同病相怜感油然而生。我努力控制着自己的神经，人家的私人电话，我是没有权力偷听的，但我的视线却一直落在他的身上。

通话结束了，我收了钱，然后目送着他离开。

原本只是一个普通的浪漫的电话而已，过了几天，我便忘却了。但下周的同一时间，我却又看到了那个男孩的身影，他同样的装束，进了屋，说想打个电话，我说没问题。我希望增加客户的回头率，以期望能够多得到一些报酬，商品社会嘛。

他又开始说起来：五年前的那个夏天，我去了你所在的城市，当时，你已经是某所大学的高才生；而我呢，只是一个无名小卒。我曾经想过这只是一种奢想，但我还是控制不了自己。我看到了你的身影，看到你的身边一个高高大大的男孩在陪伴着你。当时，我的心都碎了，羡慕还是嫉妒，我说不好。我只是想不应该是这样的结局，你知道吗？我躲在你学校门口的石礅前哭了一天，保安过来拉我，我去了酒馆，喝了太多的酒，酒馆的人将我扔在大街上。我醒了，漫天的雨呀。

男孩哭了，我的心猛地揪了起来。男孩子仿佛是动了真情，我身不由己地将一叠纸巾送给他，他转身说了声谢谢，然后继续通话。

我的心开始有莫名其妙的伤感，今年夏天雨水有些泛滥，像极了我糟糕的心情，我不知道如何面对这样的处境。下周，他还会来，向他心爱的人倾诉自己的衷肠。不管如何，他已经有了向爱人倾诉的机会，还有人能够听懂他的话语。而我呢，面对失落的爱，我的心如刀绞，我恨不得用一种报复的心将子凯的身影从我的脑海里一刀斩去，然后便永无挂念。

下周的同一时间，他又来了。这次，他换了一身牛仔衣，映衬着他高挑的身材。

他在电话里说：三年前的一个黄昏，我做生意下班时遇到了你，当时你好像喝多了，一个人孤单地跑在大街上，满街的汽车不停地鸣着笛。我走上前去将你拉到一边，你说他不理你了，他爱上了别的女孩。我说还有我呢，你说你是谁呀。正当我准备将你送往家时，那个高高大大的男孩又出现了，你用手打他。他像个犯了错误的孩子，听从你的摆布。最后的结果是，我目送着你像一粒尘埃消逝在我的视线里。我要祝贺你们的重归于好。

我的心猛地一怔，以前的一幕幕突然闪现在我的脑海里。这好像是与我有关的故事，我努力搜索着记忆。五年前，我与子凯闹了矛盾，好像与这故事有些相似，只不过是雷同罢了。我感到一种从未有过的惊喜，是他帮助我回忆起了我原本快要枯竭的思维。

又过了一周，他居然又出现了。这次他没戴帽子，却戴了一面墨镜，非常大度地走进来，向我问好，然后拿起了电话。我爱倾听他讲故事。

他说：半年前的某天，我突然听到了你失恋的消息，我的心有一种欣喜，同时又为你感到伤感。如果是我，相爱的十年的人突然离去，我也会选择悲痛欲绝。之后，我好想跑过来劝你，但我一直没有勇气。后来，我想到了写信安慰你，却找不到你的地址；邮到学校，学校说查无此人；邮到你原来的住处，更是说地址不详。我不泄气地寻找，终于，我在这个城市的一角发现了你。你终日以泪洗面，我躲在远处不忍卒视。我只有默默地祝福你能够挺过难关。我要告诉你，这世界上不止一个男人爱了你十年，依然有一个坚强的人躲在远处默默地为你祈祷，他愿意为你遮风挡雨。

话说到这里，我突然间哭了起来。他回过头来看我，我强忍着失落劝慰他：放心吧，女孩会明白你的心的，相信你们一定会走到一起的。他一双大手伸了过来，谢谢，理解万岁。

终于，我对他的惊奇由一种理解变成了安慰，我开始观察他的一举一动，包括他打过去的电话。

令我更加惊奇的是，他拨过去的电话竟然是天气预报的电话“121”。我不甘心地查了通话记录，居然每次都是“121”。我不知所以然，以为自己可能受到了神经病的纠缠，我好害怕。

在地板上，我找到了一张纸条，上面记着一个电话号码，下面记着一个名字——“许文强”，是他吗？记忆的潮水一下子冲破了时间的栅栏……那个原来黑黑的男孩子，一直用一种“不到黄河不死心”的目光望着我，被我骂得体无完肤的是他，被我一棍子打倒在地的是他。是他，难道他说的所有话都是要说给我的吗？

蓦然间，有一种幸福感荡漾在我的周围，我拿起电话，迫不及待地拨通了那个号码，我尽量压着内心深处的激动对他说：你是许文强吗？我是电话亭的老板，你的东西丢在这里啦，你能过来拿一下吗？

一个熟悉的身影闪了进来，我将纸条交给他，他转身就离开了。

不知过了多久，我后悔不迭地拿起了电话，屋外突然响起了一阵急促的手机铃声。是他，他没走，他一直躲在黑夜注视着我，保护着我。是他，他爱了我十年。

两双手紧紧地握在一起，我看到他憔悴的面容。对不起，我不是故意的，你能给我一个证明的机会吗？

我说，不需要了，生命中没有几个十年，有一个十年，难道不能证明你的爱吗？

那天，我的灵魂终于有了幸福的依托。他的肩膀虽然不宽阔，却结实得要命；他的体魄虽然不高大，却依然英俊挺拔。我真的庆幸自己找到了失落已久的爱情。

一杯酝酿了十年的酒，忽然间被岁月的手打开，然后便是芳香四溢，醉了一生的光阴。

# 雪白的信纸

孩子三岁那年的夏天，为了减少家中的贫困程度和完成自己承诺给她的旦旦誓言，他毅然决然的告别了美妻娇子，踏上了外出打工的路途。

异乡的天空照常有日出日落，但却有太多的艰辛和磨难。他每天执着地奔走于工棚和工地间，以风为餐，以露为宿，他憧憬着他们美好的未来。

偶尔一个闲暇的时机，他便窝在工棚简易的地板上随便捡一张破烂不堪的纸给妻子写信。在信中，他告诉她一切安好，让她不要牵挂，等挣够了钱，他就会踏上回家的路途。他还告诉她不需要回信，他知道她一个人守家不易，看孩子不易，他不想自己的信成为她的负担。

身后一个瘦弱的身躯，回过头来，正是工地的工友老郭。他出来打工已有十来年了，他刚来，老郭更是无微不至地在关怀着他。用老郭的话来说，他送走了一拨又一拨打工仔，人出来不易，所以需要互相照顾。

他问他，给妻子写信呢？他点点头。老郭继续说，你用这么一张破纸写信，你妻子能放心得下吗？他猛地一怔，老郭继续说道，我年轻时候出来打工，老婆在家里总是对我放心不下，有一次她给我回信，说我骗了她，她说信纸上都是些污泥，你怎么可能在机关工作呢？！还有一次我回家，虽然我换了原来的沾满油腥的脏衣服，但她还是发现了我的破绽，我的指甲里都是些残存的杂质。那一夜，她搂着我的肩膀告诉我不要再外出了，我的心里痛苦不堪。但后来，我答应她会换一家好的单位工作，其实我回的还是原来的单位。只是我改变了一些生活习惯，在以后的日子里，我没事时总喜欢用指甲剪子磨自己的指甲玩。另外，我还喜欢帮别人洗衣服，有些人说我的嗜好很特别，其实他们不知，因为只有这样，我才能将残存在身子上令她担心的证据毁灭掉。

老郭的眼里竟然装满了泪水，他继续说道：在外面工作，最牵挂你的人在家里，所以，你的一丝一毫的信物都会成为她眼里的最爱。所有的女人都是心细如丝的，她们可以通过一件简单的信物来判断你在哪个地方、做的什么工作，然后再考虑你的安全、困难……

说着，老郭从抽屉里拿出一叠雪白的信纸给他，他接过来，眼里有大片大片的泪花涌出。他在信纸上加了这样几句话：请不要牵挂，我的工作简单安全。这里山好水好，人也好。

其实，有时候，爱就是一点一滴的简单表达，包括你穿的洁净的衣服、指甲里的那些污泥，还有那些如月光般纯净的雪白的信纸。

# 爱情的三个筛子

女人有一个体贴入微的丈夫，丈夫待她好，两人就像天上的月亮与星星一样交相辉映。他也有着极其体面的工作，是某银行的高层。不甘落后的她为了取得与他平等的地位，业余时间自学成才，终于在春节前成了某私企的中层，总算差距小了些，她感觉近距离的幸福居然如此美妙。

那天，她照常上班，心情如同皎月一样纯净、明亮。她临走时没忘了吻一下丈夫的额头，她希望这种浪漫能够长久地存在于他们中间。

快要进办公室门时，她竟然听到了同事们的议论声：男人呀，可不能有钱有位子，有钱了就会在外面包养情人。她推门而入，员工看见她，赶紧一哄而散，坐下时有的还交头接耳地小议着，同时还斜着眼看她。女人的直觉告诉自己，她们刚才谈论的内容可能与自己有关，她禁不住热血沸腾。想起近几天丈夫有些敷衍塞责、草草了事或者言不由衷，与自己调情时也是有气无力的样子，她顿时明白了。第六感觉告诉自己并且提醒自己，她一直担心的事还是发生了。

一整天，她的心情糟透了，她会无缘无故地骂刚才议论事情的手下；也会捕风捉影地快步走到她们中间，偷听她们究竟又在说自己什么坏话。这一切归根于他的不自重、不检点。有些事情可以忍受，有些伤害碍于尊严，必须反抗到底。

回到家时，她赌气没给他做饭，他回来时屋里仍是清锅冷灶的。

她直白地问他，最近做了什么亏心事？跟哪个小狐狸精鬼混呢？男人一头雾水，他尽力压住怒火，和蔼地摸摸她的头，她一把甩开了，让他必须回答问题。男人本来心情挺好的，白天辛苦了一整天，晚上回家时本希望是暖暖的情景。他们吵了起来，越吵越凶，她上前抓他的脸，准备让他来点破相，好让那些小狐狸精知道自己的厉害。他一时疏忽，抬手打了她。

他们闹腾了两天，最后不欢而散，匆忙间离婚证办得利利索索的，绝对比谈恋爱时要迅速得多。

女人离婚的消息不胫而走，整个单位都在为他们惋惜。当下属们问她具体原因时，她一股气将那天偷听她们的谈话内容说了出来。下属们个个大吃一惊，她们说大姐，你误会了，我们说的不是你先生，你可能搞错了。我们看见你跑，只是觉得你是上司，害怕你炒我们。我们坐下后仍然交头接耳，只是觉得谈得不彻底，有些意犹未尽，所以想再套点最新消息。

她一下子懵了，匆匆忙忙地向他的单位跑，刚跑到一半，便传来了不幸的消息：她丈夫喝了一夜的酒，清晨开着车冒险去单位上班，车从桥上跌了下来，人再没醒来。女人跑到医院时，医生交给她一些丈夫的遗物，最上层赫然一本鲜红的离婚证书。

女人痛苦到了极点。没有根据的猜忌，结束了自己的婚姻，也结束了丈夫的生命，世上最爱她的人和她最爱的人永远走了，只留下永远的无法挽回的败局。

忽然想起了一则寓言故事。一位农夫追赶上伊索大师，说要给他讲个故事，伊索问他，你这个故事经过三道筛子了吗？那人愣了，问什么是三道筛子。伊索说，一是这故事真实吗？二是这故事是善意的吗？三是这故事重要吗？那人想了想回答：只是听来的，好像是在说某人的坏话吧。要说起来这事不讲也行，没什么重要的，只是消遣。既然没有经过这三道筛子，就不用讲了吧。

其实，爱情也需要这三道筛子，任何听来的消息都是靠不住的，能够靠得住的只是知心爱人的肩膀；任何传闻都会存在某种假想的恶意，听到的人会立即联想到自己最亲近的人，从而产生猜忌和怀疑；任何无中生有的东西都是无足轻重的，最重要的是两颗心如何交融在一起，创造幸福的明天。

# 面条的第十种做法

她深深地爱着面前这位高高大大的男子，爱得有些不折不扣，恨不得把自己变成一个钥匙串儿，挂在他的腰上。

她嫁给他的理由很简单，因为他会做一手好饭，这很简单，却成为她幸福的源泉。柴米油盐的生活才是最真实的，她就是喜欢他做的饭菜，也许这就叫做爱屋及乌吧。

他有着一手做面条的绝活，尤其是会做别的男人不会做的相思面。他说这是古代的一位男子，思念远去的妻子，于是他做了碗面放在海边，跪在那里等待妻子的回家。他的真诚感动了上苍，上苍吃了那碗面，感动得眼中流泪，他满足了男子的要求，让他的妻子找到了回家的路。

于是，她总在别的女人面前讲这个故事以及他的男人。女子们啧啧赞叹着，像是在倾听一个古老的神话与传说。这时候，女人的脸上很满足。

女人病时，就爱吃男人做的面，面食轻轻淡淡的，加一个酸酸甜甜的西红柿，再滴上几滴香油，吃到嘴里，甜满整个生命。

男人告诉她，面条有着许多种做法，他能够一口气做出九种面条来，什么担担面、刀削面、拉面、烩面等。那时候，只要她喜欢，他会马上为她做出各种香甜可口的面条来，哪怕是在隆冬时的深夜。

她问他：面条怎么只有九种做法呢，没有第十种吗？

他搔搔头：暂时还没想起来，等想起来，我第一个做给你吃。

但男人的心开始慢慢地偏离女人的坐标。这也许是每个男人都会有的习惯性思维吧，随着生活的深入和日子的延长，男人开始讨厌面前这个黄脸婆。他开始无休止地出没于风月场合。

终于，火山还是爆发了，他义无反顾、一意孤行地不听从别人的劝阻，没有看见女人脸上淌下的热泪，远遁他乡。

在离开女人的日子里，他觉得自己自由了，终于可以真真正正地做一回男人。许多长得靓丽、貌美如花的女孩一声情哥哥叫得他魂飞天外，他认真地体会着这种新鲜的况味。

终于，他的做法引起了老天的惩罚，他一塌糊涂地病倒在床上。在遥远的异乡，周围没有一个亲人，他忽然间觉得好无助。

在男人昏睡不醒时，电话打到女人身边，女人风风火火地跑到了他的面前，醒来时，一种温暖的液体正输进他脆弱的身体。

女人正坐在身边，桌子上放着一碗鸡蛋面，香味四溢，他狼吞虎咽着吃完了那碗面条，觉得身体康健如初。

他在忽然间明白了面条的第十种做法，他飞快地跑到厨房。主料是爱情，辅料是真心，加上一份执着、二斤真诚、三滴忏悔、四两理解，便做成了一碗令人断肠的爱情面。

当他把这碗面条端到女人身边时，猛地觉醒，自己差点丢掉了一生的幸福。

## 那个不懂得为她系鞋带的男人

那一时，她天真烂漫的年纪，正好赶上表哥和表嫂到自己家里来做客。夕阳西下时，表哥提出要出去跑步，由表嫂作陪，他们坐在矮凳上换跑鞋。表嫂没等表哥动手，便恩爱地将跑鞋套在他的脚上，同时伸出手麻利地为表哥系上鞋带，看得她有些难为情，脸绯红绯红，表嫂却抬起头说道，他手笨，幸亏遇到了我。

从那时起，她从内心深处发誓，找到一个愿意为她系鞋带的男孩子；没有别的要求，就这么简单，为她系一生一世的鞋带。

她遇到他时，被他的高大威猛所折服。当他的手放在她的肩头时，她突然有了一种以身相许的冲动。

婚姻生活平而不淡，这是她恋爱时对他的要求，但日子一天天划过耳际时，她突然有了一种失落感，望着在自己身边早已酣睡多时的他，她扪心自问，这就是自己的最爱吗？

翻阅自己多年前的日记时，她才突然想起自己的夙愿，她发疯似的翻箱倒柜地找跑鞋，她要在一个良机告诉他，要他陪自己跑步，并且她要实现自己多年前的爱情心愿。

一周后的一个下午，受朋友之约，他们要到西山去滑雪，他拿出刚为她买的滑雪鞋，神秘地笑着说，给你一个惊喜。她脸上装作若无其事的样子，其实心里早已经笑开了花。和他们同去的，还有一位朋友的妻子，她已经怀孕了，挺着个大肚子。朋友有急事，嘱托他们要照顾她一下。她看着她笨拙地弯下身去换雪鞋，她够不着，挺难受的样子，好不容易穿上了，鞋带无论如何都无法系上去。正在此时，他却主动向前帮助她。他很大度，没有屈尊降贵的窘迫，更无大献谄媚的尴尬，就像给一个未成年的小姑娘系鞋带一样。

她心里不是个滋味，本来是为了考验他对自己的感情是否牢固，但他却抢先帮助了别人。她赌气地自己系好了鞋带，将他丢在了后头。

从那天起，她有事没事时，总找借口和他争吵，开始时他还让着她，直到后来有些变本加厉时，他才还起嘴来。双方白热化时，她夺门而出。

那一天，她在别处听到了表哥离婚的消息，是表嫂首先提出的。就好像有人冲撞了她的爱情观，她一下子晕了，老公来接她时，她仍处在落魄中。她将表哥离婚的消息告诉他，本来以为他会大吃一惊的，谁知道他却笑着说道：我早就看出来了，你那个表嫂是在作秀，不是真爱。他们做的是表面夫妻，迟早会散的，越早越好。

她想了想，话锋一转问他：你那天为什么不愿意为我系鞋带？他脸红得像个犯了错误的孩子：可能是我不懂得为你系吧。我只是将援助之手伸向了弱者。在我看来，帮助你系鞋带并不是爱你的唯一方式。我不会作秀，不懂就是不懂。

她突然若有所悟地一把搂住了他。会系鞋带者有了外遇，不懂得系鞋带的人却对自己疼爱有加，她懂得了爱情的变通。

原来，那个不懂得为她系鞋带的男人，竟然就是自己的最爱。

# 二十五瓦的温暖

男人紧紧地搂住女人，窗外是翻飞的白雪，他们的蜗居在一片风雪中飘摇着。

窗户没有玻璃，男人白天时想了许多办法，他首先找了些塑料布遮挡，但风太狂了，一阵瓦砾飞过后，一个个窟窿便像蚂蚁窝一样布满了窗口。他又找了些纸箱，情况好转了些，但风是无孔不入的，他们深深地感受到家徒四壁的凄凉。

男人曾经说过，会为心爱的女人买上一栋豪华的别墅，然后为她准备一场极尽奢华的婚礼。但这一切都如镜花水月般空洞无力，他们就在这残酷的岁月里，悄悄地结合了，不管世事无常，不管岁月跌宕。

女人冻得直咳嗽。屋里光线很暗，为了节省费用，他们只装了一只二十五瓦的电灯，男人每夜里在这种光线下写稿直到深夜。女人每夜里偎在男人身旁，手里面翻飞着男人的毛衣。

女人半夜里浑身烧起来，男人找了几片感冒药给女人喝下去。她迷迷糊糊，直喊冷，男人坐上床抱起她，但仍然无济于事。她浑身烫得厉害，脸上却一片冰凉，身后是呼呼的凉风，一个狡猾的小孔不知何时在冰雪的夹击下在纸箱上形成。他回转身去，尽量用身子挡住那些肆虐的寒风。

男人抬头看见了灯泡，他喜上眉梢，他起身摘下灯泡来，放到女人的脸前，灯泡散射出一种温暖的光来，女人的脸色逐渐红润起来。

男人想将灯泡固定起来，但风将灯泡刮得来回跑，他生怕不小心烫着了女人的脸。后来，他索性自己拿着灯泡，左手换右手上，来回折腾着。

夜深时，女人好了些，出了一身的汗，嚷着口渴，男人回身给她水喝。女人安然地睡了，在温暖的灯泡下。

男人被一个冷战惊醒，他差点将灯泡放在女人的脸上，在没有办法的情况下，男人想到了古人的“悬梁刺股”，他将自己的手吊在房梁上，并且测量了灯泡和女人脸庞之间的距离，每逢他快要睡着时，他总会被一阵坠痛惊醒。就这样，在黎明到来时，女人从梦中醒了过来。

她首先感到一种从未有过的温暖，这种暖近在咫尺，睁开眼时，她看到男人正将灯泡从手臂上垂下来，灯泡离得那么近，却始终没有烫伤女人的脸。

女人的眼泪染湿了双眼，她心想着，这样的男人，就是随他受苦受累一辈子，也是心甘情愿的。

二十五瓦灯泡下的爱和付出，足可以温暖她的一生。

# 二十年的缄默之爱

他们原本是无法走到一起的，但命运却无情地将他们的生命编织在一起，成就了一段永远的童话。

他天生是个哑巴，孤苦伶仃的样子。她随着母亲一个人艰难地流落到了他的家乡，也算是机缘巧合吧，母亲在一个雪天病倒在他家门前。

推开低矮的房门，他发现了她瘦弱的目光。当时，她已经冷饿交加，在死亡的边缘。他好心地让她和母亲进屋。然后，她和她母亲一住就是三四年的光景。母亲在这里养病，他呢，没有任何怨言，整日里奔走着请医生给她母亲看病。

她业余里喜欢看书，他家有许多本旧时的小画书，她便有事没事时翻看着。渐渐地，她竟然能够明白画中的意思。她的母亲在一个大雪夜离开了她，临死前，母亲死死地抓住他的手，她早已把他当成了自己的亲人。她明白，母亲是要他照顾她一辈子。他忍痛点头。

他送她到附近的学校念书，他把她当成了亲妹子照料。他语言有障碍，但有的是力气，他比画着告诉她愿意照顾她上大学。当时，她的眼泪汹涌而下。

他受许多人歧视，工作中自然受人欺负。那一天，她替他鸣不平，与一帮小子们舌战，他们没想到他居然有这么个口齿伶俐的妹妹来，于是乎便动手动脚起来。看到她受了欺负，他内心深处的愤怒如洪水般澎湃而出，他高举着狼牙棒，打得那些小子们跪地求饶。夜晚，她就着灯光替他包扎伤口，她早已哭得梨花带雨。

她考上了大学，他每月给她邮钱来，却从不到学校里看她。她知道他是在替自己维护尊严。班里的许多男生喜欢她，但她却置之不理，她的心中早有所属，她毕业后要回到他的身边，他需要女人的呵护和照料。

他坚决不答应她的请求，他比画着告诉她，他是个哑巴，会给她带来一生的贫穷和抬不起头。她哭着说没关系，他还是没答应她。

一周后，她却突然病倒了，送到医院时，医生告诉他，她嗓子里长了个瘤子，可能一辈子不能说话啦。

他痛哭流涕，在她的面前比画着说都是自己害了她。她用眼神告诉他，我们同病相怜，我们结婚吧。

就这样，他们从两小无猜过渡到了相敬如宾和举案齐眉。他们养育了一个健康可爱的孩子，并且相濡以沫着过了二十年的光景。

他突然病倒了，严重的心脏病。他全身浮肿，双手无力抬起，只有用眼神与她交流。这一次，她坚强着没有哭，她娴熟地根据他的眼神照顾着他，她希望她的虔诚能够换来奇迹。

但他还是去了，在一个寒冷的冬夜里。这令她突然想起了那个大雪纷飞的雪夜，那双炯炯有神的目光，而如今，却阴阳两隔。

在为他操办丧事时，她却突然说道，他还是走了。接下来，她号啕大哭。

是她为了报答他，编织了一个二十年不说话的谎言。二十年，足可以令一座城市毁灭甚至于重生，但她却做到了滴水不漏，这才是真正的爱呀。

# 爱从“胭脂”到“西红柿”

女人在一个不经意的时机里，发现了男人“红杏出墙”的证据。原先，女人的第六感觉告诉自己，她面前的这个男人可能会有墙外开花的动机，但女人不相信自己的感觉，觉得自己可能是多虑了，越活神经就会越过敏。

但那天，女人在收拾男人的衣服时，在他的白衬衣上发现一块惊人的红，他就印在衬衣的领口上。开始她不敢相信自己的眼睛，觉得可能是西红柿的红，因为男人爱吃那样的蔬菜，甜甜的、酸酸的。西红柿是他们爱情美满的有力见证，可以这样说，就是凭着他初恋时一如西红柿一样的火热情感，她才嫁了他。

但仔细分析后，女人却失望了，这种红分明是胭脂的红，红得做作、不自然，就好像一枚定时炸弹放在了女人的心里。她七上八下地想着对策，按照常规，女人本可以选择“破罐破摔”的策略，因为这是一种最通常的方法，也是最有效的方式，但她没那样做。

在一次次的侦查过后，女人最终证实了自己的观点，出墙的女人是自己的同事，她的家离自己的不远，只有一站的距离，她曾经带着他一同去过。没想到的是，那儿成了他们感情的“流放集中营”。

那天下午，在男人进入那个女人家后，女人拿了男人的白衬衣，那上面分明一块惊人的红，红得让人不寒而栗。

女人敲了她家的门，一阵忙乱过后，那个娇艳的女人一身憔悴地开门，脸上印着无法掩饰的惊慌。女人的脸上很平静，说：很抱歉打搅你,你能借我一块透明皂吗?我老公吃西红柿时不小心把红色印到了白衬衣上,我想洗一下。

女人怔了一下,继而明白似的,苦笑:有的,等会儿。女人的眼里藏满了泪水,她真想冲进去,拿他个人赃俱获。

等到男人回家时,那点深深的红已经被女人的巧手变成浅浅的红,继而成了一片雪白,就好像上面什么也没有发生过。

爱从胭脂到西红柿的过渡里,她用理智赢回了属于自己的爱。那个女人,称赞她是天底下最聪慧的女人。

胭脂的红是那种虚伪的红、弱不禁风的红和华而不实的红,而唯有西红柿的红,是那种精致的红、雅丽的红,带着自然的凉风、衬着火红的激情,就好像一枚爱情的信号弹,释放在生命纯洁的天空中。

# 爱的第三次机会

在那个爱情流行的年代里，女孩深深地爱上了一个男孩。在她的心中，男孩就是自己的天使，就是自己的太阳，她渴望太阳的光辉，她希望自己有一天能够偎依在他的怀里，和他一起数天上的星星。

但眼前的男孩是内向的，就好像是朵花儿开在遥远的云端，可望而不可即。她真的希望有一天，男孩能够走到自己的窗前，把一朵漂亮的玫瑰花放在自己的床头，那一刻，她会把整个爱的心全部给他。

其实，追女孩的人是很多的，多的好像花园里盛开着的鲜花。但女孩总想：花儿开万朵，只有一朵是属于自己的。于是，她在耐心地等，等待爱情降临的那一天。

就在群星璀璨之时，女孩的妈妈忽然告诉女孩：他们要全家搬离这个城市，因为他们工作上的关系。这就意味着女孩也要离开这里，离开她爱情萌芽的城市。

整座大学校园里都在传说着女孩要离开的故事，并且说今天是女孩在这座城市居住的最后一晚，明天，她就要随着她的父母远走他乡。

傍晚时分，女孩把自己关在房间里流泪，她多么希望男孩能够走过来，轻轻地对自己说一声“我爱你”，那么也许自己就会改变原来的决定。

静静地等着，连花儿也瞌睡了，终于，踏着夜幕，男孩来了。他的手里握着一大束玫瑰，里面装着男孩的求爱信。

女孩等了许久，但虚掩的门始终无人打开，隔着门缝，她清楚地看见男孩正蹲在自己的门口，脸上一脸的焦急和无可奈何。就这样，一个晚上过去了，在黎明到来前，男孩还是没有勇气推开那扇爱情的大门，他走开了。

女孩不知如何处理自己残剩的爱情，于是，她跟母亲说了谎，她说今晚她有一件很重要的事情要做，是关于自己的学业问题，所以，请明天再走。母亲答应了。

第二天晚上，机会仍然稍纵即逝。听说女孩没走的消息，许多男孩都来探望，他们带来了各式各样的花儿，整个屋子里都是迷人的芳香。

男孩闻讯而来，也许他在心中鼓励自己，是真诚给了自己最后一次机遇，决不能再次流失。但不幸的是，男孩来时，天上突然下起了雨，这又一次打击了他必胜的信心。他在想，算了吧，也许就是有缘无分吧，老天爷也在反对自己的决定。在女孩的屋前小停片刻后，男孩毅然离开了。

第三天的上午，女孩病了，病得不可收拾。女孩的母亲慌了神，给她请了医生，吃了药。女孩迷迷糊糊地躺在床上，眼前尽是男孩的影子。当然，他们搬家的计划也暂时搁浅。

第三天的晚上，男孩还是来了，他没有拿那些旧式的玫瑰花，而是买了些好的药品，在女孩的门前踌躇半天后，是女孩的咳嗽声提醒了他，他推开了那扇爱情的大门。

五年后，我和妻子坐在春暖花开的季节里看远处的风景，妻子突然问我：你知道为什么当初我没走吗？我回答她：你舍不得吧。妻子摇摇头告诉我：其实，我在给你第三次的机会。因为面对爱情，许多人无法决定自己的未来，第一次时，他们叹息无缘，往往无法决断；第二次时，他们常常因为客观因素的影响而改变自己的初衷；第三次时，也是最后一次机会啦，那时我再想，如果错过今晚，我们也许就咫尺天涯。

那时，三月的阳光很柔和，落满整个人间。

亲爱的朋友们，你给你的爱人第三次机会了吗，面对爱情，人都有失手的时候，如果可以，请你把握住第三次良机。

## 为爱情充值

她一直认为,他是个落魄的男人,不仅衣着上不讲究,而且行动上也缺乏一个男人应有的气节和大度。在他的内向和老实面前,她一直占着生活和感情的上风,所以,从一开始,她注定成为花,而他只是一棵长在庭院里的草。

她在机关工作,外面的应酬很多。而他呢,由于不喜欢在外面工作,自然而然地接替了她原先的内务任务,因此每天下班回家,她总能幸福地吃到他亲手做的饭菜。这个男人,还是有优点的,这世上会做一手好菜的男人,真的没几个。

她常接到紧急出差的任务,并且一出就是好几天,而常常到外边后,她总是出现手机停机的现象,不是别的原因,也许电话量真是太大了,自己原先充值的话费根本不够漫游的费用。每次,她都是着急得不得了,找个公用电话亭,打到他的手机上,让他到家对面的移动电话亭为自己交款。

回家时,她总是抱怨他:你怎么回事,不知道我手机没费了吗?整天都胡忙些啥呀,连自己的老婆都照顾不周,你还是个男人吗?

他忙着赔礼道歉,嘴里面说着烧香的话:下次一定会注意的。从今天开始,如果你的手机再出现停机现象,唯我是问。

从那以后,每次她的手机余额不足时,总会收到一条已缴费的短信,提示她已经有人为她交了话费。她幸福得不得了,那些恩爱的短信,成了记忆中最温馨的享受。

慢慢地，她觉得自己的心情在变坏，老是有事没事便骂某个事物，恨某个人。还没到更年期，这心怎么如此的烦躁呀？而他成了她的主要发泄对象，什么一个男的却整日待在家里呀，你看人家某某某当了一个地道的经理！或者，为其他方面的一些因素她便大发雷霆。后来最厉害的一次，她摔了他给她买的廉价耳环，结果是她要与他分手。

正在事态恶化时，远在东北的老家突然打来电话，让他赶紧回家，说是母亲病危。他顾不了许多，心急火燎地去了火车站，买了票回老家。

一个人守在清冷的家里，她忽然觉得心如刀绞，没有人为她做饭，也没有人听她刺耳的骂声。原来，仔细想想，她所有的宣泄只是因为她还在意他，或者说她的心中还有他存在的位置。

三天后，她禁不住打了他的手机，毕竟他第一次出远门，又是母亲病危。那边却传来惊人的声音：你所拨打的电话已欠费停机。那声音是如此的冷漠，像是有人关了门，上了锁，或者说自己深爱的人突然间就消失在自己的生命里。

那天上午，人们看见一个女人冒着瓢泼大雨去移动电话亭缴费，碰上人家要下班，她拼命地求人家把费用给缴上，人家不答应时，她甚至痛哭流涕，泪水涟涟。

原来，当爱情遇到困难的局面时，只要是深爱的人，都会毫不犹豫地为自己的爱情充值。他一直在默默地这样做着，已经许多年了。正是他悄无声息的耕耘，才换来自己脸上的笑容和欢乐。

那天，她把幸福和知足常乐充进了他的手机里，等待着爱情的回归。

# 幸福住在时间的肩头

年轻时的他，少年轻狂，总想到外面去闯闯大千世界，去寻找自己梦中的幸福。于是，他禁不住命运和爱情的诱惑，去外面打工，并且结识了年轻而又单纯的她。他们的爱情几乎是在一夜之间成熟的，就像冬天的雪，只一个昼夜，便落满整座小村庄。

婚后也曾经热恋过几天，那时，他们互相是对方身上的一部分，出门时总会如胶似漆，生怕一不留神会丢在山坡上。

但他的心是浮躁的，慢慢地，他开始讨厌她，就好像讨厌那已经逝去的残秋。他的目光又望向了远方，因为他认为，外面的世界会更精彩。

堂而皇之地，他离开了她，对她说想到外面转转，要她在家里照顾孩子。她答应了，因为她觉得她了解他，即使留住了他的人，他的心也会在远方浮游。

在这期间，他出出进进整个小村庄，他曾经得到过、失去过，也曾经为一点点伤心的事情悄悄地抹男子汉不轻易流的眼泪。但是，他从来都是独来独往的，他始终认为幸福就在不远处，他要用双手抓住它，然后走到她的面前，树立自己男子汉的威严。

一眨眼，孩子已经长得和铁锹一般高了，他也快进入了不惑之年。但对于人生，他始终是费解的，活了大半辈子，难道生命就是如此的平淡和无聊，向往中的幸福仍然如镜花水月。

一个飘着雪的冬天，他独自一人去山上打猎。今天的收获不错，他的心情也很好，由于想多打些成果，他误了回家的时间。大雪已经在黑暗到来前封了山，他拖着沉重的收获，向山外开拓。

费了九牛二虎之力，他终于破雪而出，外面雾蒙蒙的一片，分不清天、地和生命。幸亏离家不远，他一条恒心地向家里进军。

远远地，一个熟悉的身影掠入他的视线，仔细辨认，正是他的糟糠之妻。她的手里拿着一只水杯，正站在村口张望。当他从妻子手里接过水杯的一刹那，他忽然感觉幸福从空中不迎自降，他努力地抵抗，想不承认这个事实，但它来得是如此地迅速，让他措手不及。

水杯里正有雾袅袅升起，那热气暖透了他的万丈雄心。

路上，他问她：你怎么站在路口等我？

她回答：雪太大，我担心你。

只这两句话，他们再无言语。

快到家了，她忽然问他：你知道幸福住在什么地方吗？

他很诧异地摇摇头，她说：幸福就住在时间的肩头。

他知道：是时间，丈量了他们的爱情长度；是时间，考验了他们的爱情保质期。

只为这一切，他如梦方醒。

# 48条手机短信

他们婚后不久，他便张罗着要去南方的大城市打工。他说现在政策好了，国家正在保护农民工的合法权益，趁这个机会可以出去多赚些钱。

她虽然舍不得新婚燕尔的甜蜜，但对他的提法她还是忍痛点头表示同意。他用手抹去她脸上残留的泪痕后，接过她准备好的行李，挥手再见。

他一去没回头，唯一的联系方式便是每月一次的家信。他念过几天书，有些文采，在信上他告诉她这里的生活很好，高楼林立，包工头对他们也很好，问寒问暖的。信的末尾，还有一个大的唇印和一对双胞胎娃娃。她的脸瞬间变得通红。

眼看着到春节了，这是他离开后的第一个春节，她盼望着他能够回来，早早地回来，因为她的思念已经生了根。但他却提前来了信，说春节期间工资高，来回路费太贵了，还不如春节期间趁别人回去时在这里挣一回高工资。

她哭得梨花带雨，她能说些什么呢，难道只是一句想念便能够打消他执着的念头吗？她回了信，草草地两句，告诉他注意安全。因为写信对她来说，确实是一种负担。

又一个月过去了，一个小小的包裹却突然邮给了她，打开来，她喜上眉梢，是一台小型的手机，旁边用铅字打印上的一句简短的话语：从今后，不写信了。农村人不识几个字，麻烦。给你买了部手机，发短信给你吧。我们也应该与时俱进。

那晚她开机后，竟然收到了他的第一条手机短信，他告诉她以后每周会给她报一次平安，他还说不要她回短信，更不要回电话，异地话费实在太贵了。

她欣喜若狂，逢人便说她掌柜的有出息了，还给她买了手机。手机成了维系他们感情的主要媒介，她常常抱着手机一觉睡到天明。

他在短信里告诉她，这里阳光明媚的，不像是冬天，比家乡的冬天暖和多了；这里有麦当劳的香味，还说等她来时，一定会带着她去吃；这里到处充满了音乐声，干活时他的心情很高兴，每天都是带着快乐进入梦乡。

她很是开心，那个地方成了她的向往，她曾经做梦时去了那地方，草长莺飞的，人山人海的；他走过来搂着她，空气里飘着的都是麦当劳的香味。

在他发过第48条手机短信后，转眼间又是一年已经过去了。她的渴望在心里无声无息地生长，收拾了简单的行李，带了他最爱吃的山花生，没有告诉他，去了南方的城市。

城市里人真多呀，她迷了路，若不是警察的帮助，恐怕几天几夜她也走不出城市的街头。警察问她你找哪个地方呀，她说了去处，警察说那个地方离这儿远着呢，在郊区呢，你有他的电话吗？你可以打电话让他来接你。她说他不让打的呀，说是什么漫游，话费太贵了。警察看了看手机告诉她，不要紧的，你打吧，这是本市的号码。

她不会打，警察教她翻出了存好的48条短信，好找得很，来自于同一个号码。通了，一个男人的声音，说你找谁呀？她说你可是我男人根生呀，我是山红呀！

那边沉默了半天后告诉她，根生出去了，我暂时拿着他的手机。

你是嫂子吧,我们派人去接你。

一个小时后,一辆出租车停在她的面前,她上了车,去了梦中的地方。

她一路好奇,问根生哪去了,怎么不来呢?一个农民工模样的人告诉她,他出去办事去了,忙得很。

到了目的地后,几个小伙子将她安置下来,但等了半天工夫,就是不见根生的影子,他们说他还没回来。她出去转弯,刚才在车上没看清楚,这哪是梦中的花园呀,破烂的街道,残缺不全的破门;是有歌声,那是远方店铺里传出的噪声;是很暖和,几十个人挤在一间破房里,能不暖和吗?

她直皱眉头,心里说根生还骗我呢,还说有麦当劳呢,恐怕都进到别人肚子里啦。他们吃的饭很糟,工友们可怜她,给她多加了几个菜。他们吃的全部是黑黑的饼,一看就让人恶心的那种。

根生还没来,她朝几个闲着的屋子瞎走,突然拐弯时,她发现一个牌位供在一座空屋的中央,上面赫然写着好兄弟根生之灵位。她懵了,不知所措,不知如何迈步。

工友们鱼贯而入,一个工友拿着一张存折给她,上面竟然有几万元的存款。

工友们都哭了起来,一位工友含着泪告诉她,根生一年前就去世了,他死于一起工伤事故。工地的老板将他送到医院时,他快闭了眼,他含着泪告诉我们,千万不要将此事告诉你。

工地老板过意不去,便进行了赔偿。这是所有赔偿的存款,你看一下,收好。

工友们继续说,根生临死时不让我们告诉你,为了安慰你,我们笨拙地想了好几天,最后便想起了给你发手机短信的方式。因为我们知道,如果写信的话,便会露出马脚来。

我们只是想瞒你到下年开春,然后将真相告诉你。她哭着倒在地上,抱着根生的牌位,哭了半天后,她突然想起了什么,拿起手机来,拼命地翻看那些短信,看着看着,她扑通一声给他们跪倒在地上。

她知道,她会用一辈子去珍藏这48条短信,因为这里面藏满了温暖和活着的力量。

# 爱情没有重拨键

她是一个靠写字为生的女子，她孤独地将自己的理想藏在无人知晓的内心深处，等待着有一天它能够爆裂绽放，然后便倾国倾城。

遇见他是在一次笔会上，那是一段初夏的和煦时光，他脸上流淌的灿烂像是另一种花香，固执地绕鼻不息。她恨不得变成了一只依人的小鸟，栖在他的枝头。

他们认识，交谈，一起喝茶，一起浪漫地过了几天时间。分手时，她记住了他的笑，包括他的手机号码。她对他说，我穷得很，没有手机，只有一台老式的座机电话。他则说，没关系的，座机电话安全。

每逢写字累的时候，她就会固执地摁他的电话。他的号码挺长的，摁一次总觉得麻烦。好歹有个重拨键，她的业务又少，所以，每次，她都是摁下重拨键，然后那边总会传来他的笑声，无论是白天还是深夜。

有一次，电话响了好几声他竟然没有接，她胡思乱想着，好不容易通了，那边却是一声声的惊雷。她突然想到了，打雷天是不能随便接手机的，这是一个手机方面的常识。他在电话里说，不好意思，接迟了，我去洗澡了。她知道，他为了掩饰外界环境的困扰，为她编织了一个谎言，里面分明的雷声，哪里有洗澡水的声音。放了电话，她笑了，为他的真诚、他的爱。

那天，一位大学时代的女友找到了她，非要拖着她去参加一个舞会。她不爱这种场合，总觉得自己不适合或者自己根本就没有一套像样的舞会服饰。在那个舞会上,她遇到了另一种富贵的目光。当时,他把她当成了古代弹箜篌的女子,他请她跳舞,然后给她讲这世上最美丽的爱情童话。她的心从来没有这样翻腾过,就好像有人扔了块金子在自己的心海里,从此再未平息。

夜晚回家时,她借着酒力撕掉了自己所有的作品。她不停地哭,哭自己的命运不济,偏偏生就一个贫寒的家庭。电话却响了,是他打来的。她在电话里大骂他的无用、卑贱,她说你除了会写字你还会做什么。他说我们是在笔会上认识的,我只会写字,别的我一窍不通,一个十足的傻子,一个不知道女人究竟需求什么的疯子。

她挂了他的电话,从此开始了一种全新的生存方式。那个富家公子对她很好,为她买了许多的饰品,她可以正大光明、五光十色地出现在任何高级的场合。她的妖艳加上一些珠光宝气的点缀,简直成了画里的仙子。

从那时起,她住进了一栋豪华别墅里,她的蜗居,她再也没回去过。她每天过着花天酒地的生活,想着以前从未想过的美梦,她会笑笑,然后哭哭,笑自己居然也成了轻佻的女人,哭命运为什么转了个弯,自己实现了华丽的转身。

她周日出去找一些老同学游玩,在一条熙熙攘攘的大街上,她突然看到了那个富家公子,他的旁边赫然站着一个比她还要妖娆的女人,一个孩子正走在他们中间,他不时地叫着爸爸、妈妈。

她呆了,就好像有人打破了镜子,或者有人拿石子扔在一片湖里。她哭着跑开了,她没想到自己竟然无意中掉进了别人设计好的圈套里;或者如一树的梨花,纷纷地落,落得惊心动魄,回天无力。

她坐在自己的房间里,用手习惯性摁动了重拨键,里面却传来电话已经停机的声音。她诧异地看了看号码,没有错误。她却不知,她已经半年时间没有再与他联络,就好像飞天的风筝突然线断了,然后便是咫尺天涯。

那个电话,再也没有通过。她突然明白了,爱情是没有重拨键的,这世上,并没有一味的等待,就好像一株树不会因为某个人而永远不开花。

## 像一分钟这么短的爱情

某年某月的某一天，为了维护我在家中日益失去的统治地位，我悍然发动了婚后的第一场战争。战争的结果很残酷，而我却以弱势战胜了一贯以老大姐身份在我面前炫耀的她。

那一时，她很无助，坐在沙发上一个劲地哭，还嚷着要分家，她住西屋，我住东屋，以后“井水不犯河水”。

还有，她抹着眼泪，从怀里掏出钥匙给我，说这些年钱都是你攒下来的，都是你的，我只有喝西北风的份。

虽然我已经胜利了，但男人最害怕的武器便是女人的眼泪，古往今来，有多少志士仁人都是在最后关键时刻昏倒在女人的“石榴裙”下。

我以半个月的时间来抹平这场战争造成的伤害，在这半个月期间，我只有一个人睡在沙发上，搂着个大熊猫玩具；有时候，正睡着，突然就从沙发上滚了下来。

那天，一对朋友到访。他和她已经结婚十年了，当初，在家人的反对声里，在众人不理解的眼神里，他们挣脱了各种各样的牵绊走在了一起。许多人预测说他们的婚姻不会长久，但现在，面前的他却是光彩照人。她呢，依然习惯着搀着他的胳膊。现在看来，他们真是天造地设的一双。

我向他们倾诉了自己的尴尬处境，并且对他们说今天只有吃咸菜的份了，老婆回娘家去了。

他笑笑说，我有个秘诀，也是我们十年经验的升华，不知你愿意要否？

我说要的，掏多少钱都买。

只有一句话：给她一分钟的爱情，不多，只要一分钟就够了。

我听得云里雾里，夫妻整日生活在一起，不到处是爱吗？

朋友接着阐述他的观点：虽然我们每天都在一起，但世事却将我们的心拉开了，工作、压力和生活无数只挠钩将我们的爱拉得四分五裂的。

每天只需要用一分钟的爱情，你只需要在她上班走前，给她一个深情鼓励的拥抱，或者是一个甜蜜的吻，她就会带着一份好心情去开始一天的新生活。或者你在下班时，用一分钟的时间给她沏上一杯咖啡，小屋内香气盈人，一派春天的景象。

我忽然明白了，原来所有的症结都在于此，每天瞎忙活，没白天黑夜的，到家倒头就睡，就连说话的机会都少了，爱情肯定也失去了原先的浪漫和鲜活。

那天妻子回来时，我躲在门后面，拿出我用一分钟时间在街对面买来的玫瑰花，然后我又花一分钟时间帮她整理了她带来的资料。然后，我又拿出一分钟时间为她倒了杯凉白开。看来浪漫是人造出来的，不是上天随便恩赐的。

妻子感动得不得了，说我一叶知秋啦。我说不是都忙吗？随便干一点，把你的时间替你挤出点来，我们好享受。

人的一生是由无数个一分钟组成的，一分钟的力量虽然渺小，但如果把它长年累月地加起来，它将产生无穷无尽的温馨和和谐，我们坐在这座温暖的港湾里，尽情地拥抱，尽情地幸福。

像一分钟这么短的爱情，有谁在一直坚持，并且能够坚持一生？

## 将熟悉当成陌生

本来风生水起的爱情生涯，却因为双方的一场战事而变得不可收拾。爱情有时候十分脆弱，一两个可疑的事件发生，便会彻底葬送爱的前途。

男人与女人将双方的所有缺点暴露出来，骂得对方体无完肤，遍体鳞伤依然不罢休，好像双方不是伉俪，倒成了陌生的仇人。我们面对陌生人如何？我们会恭敬、小心，害怕说错了话，害怕伤害了对方的尊严，倒是在熟悉的人面前，我们常常无所顾忌，变本加厉。爱情太熟悉了，倒成了点燃不和谐的导火索。

男人最先反悔，男人通常是爱情事件中的始作俑者，但也是最早采取挽回措施的人。

男人给女人打电话，女人彻底伤了心，以前经历的种种，如今全部拿出了晾晒后，却发现男人变了心，爱情失了味，岁月没有了美丽的感觉。

这样的爱情，与其抱残守缺，倒不如干脆扔了、废了，让它从此“半身不遂”。

经历了好长时间的心灵纠缠，女人通常这个时候内心总在挣扎不休，因为对于爱情的判断力需要绝对的准确，如果下错了棋，一生一世的幸福便从此败北。

女人征求了家人的意见，枚举了男人的种种劣行，原原本本、清清楚楚地映在脑海里，只等着时间的闸门打开后，便一发而不可收拾。

家人的意见与自己的意见不谋而合后，女人有一种刻骨铭心的伤感，但终于还是忍下心来，决心埋葬这一段不堪回首的爱事。

协议书是通过邮递的方式传过去的，女人已经不想再见男人，万一改变了主意，一转眼恨便成了沧海桑田。

以前闹过几次，女人与男人只当是爱的游戏罢了，如今上纲上线后，男人郁闷地喝酒，自卑地扔家具。一段婚姻，不过是一段插曲罢了，扔了又如何？

男人酒后在大街上狂走，竟然被一辆车撞了个正着。婚姻的历史事件有时候就是一种雪上加霜，但也许是一种柳暗花明。

女人接了电话，三步并作两步地跑到医院里，医生却下了死亡通牒，他面临着成为植物人的风险。

怎么好好的爱情，一瞬间便成了永远？女人埋怨自己的不理不睬，他在本市毫无亲人，父母在乡下年迈，如何敢惊动含辛茹苦的他们。女人不顾家人的反对，硬着头皮请了假，悉心照顾男人。好歹夫妻一场，即使是陌生的路人，遇上了，也不可以袖手旁观。

男人半年时间后苏醒，却完全失去了记忆。女人需要重新面对陌生的男人，男人需要从零时刻开始，重新规划与女人的爱。

女人为了挽回男人的记忆，重新穿起青葱年代的衣裳，将自己打扮得像个学生妹似的，清纯地唱歌跳舞。许多人看着，眼里溢满了泪水。家人由不解转成了心疼。她自己的命运，自己要把握好。

男人重新拾回了与女人的爱情，不过是一段崭新的时刻。男人对女人十分疼爱，病好后，简直是每天都要与女人进行一场划时代的经典约会。女人经过了此事，重新审视与男人的幸福观，觉得这样也好；太熟悉了，容易生分，容易不珍惜；将熟悉当成陌生，知道如何爱、如何走路、如何宽容。

男人的事业心极强，与原来一般无二。他只是对原来的记忆模糊，他甚至忘了自己的年纪。三年时间，男人便成了强人，将家庭筑成了温暖的巢穴，将女人打扮得风华正茂、风韵犹存。在别人的眼里，重新拾回的爱情，简直是世间最经典的爱情。

女人却在一个不经意的时机发现了男人隐藏的秘密。男人写的日记被以隐藏的格式锁在自己的文件夹里，女人搜索一个文件时，蓦然发现，男人早已经恢复了记忆。但他珍惜现在的生活状态，他在日记中这样写道：我要隐藏一辈子这个秘密，不是耍小性子，不是欺骗，只是珍惜。太熟悉的爱情容易莽撞和刻薄。现在的生活挺好的，我们永远都处在初恋时刻，我们的爱情永远处在陌生与熟悉之间，这样的距离，适合沟通，适合深爱而不是深究。

女人也下定了决心，将这个秘密隐藏到底。

# 爱原来是一床温暖的被子

1993年的秋天，我大学毕业，被分配到离家乡很远的一个农场工作。在那里，我不仅度过了生命中最重要的一段岁月，而且还收获了我硕果累累的爱情。

农场远离闹市，条件很是清苦。在这里工作的，都是家境不好的，或者是和我一样的农业大学毕业的学生。我们的寝室简单得很，就是用木板砌成的房子，夏天蚊子嗡嗡成韵，冬天冷风嗖嗖、雪花飘飘。

我心仪的是一个安徽来的女孩，她高高的个头，圆圆的嘴，两只眼睛像天上的弯月一般多情。从见到她那天起，我就觉得她应该是我生命中重要的一个女人，从最初到最终。

难得的情缘使我从内心深处总在找机会接近她，但我天生是害羞的那种人，不擅长表达个人的情感，而只会害单相思。这大概是每个刚出道男孩的弱点吧。和她工作了将近半个月，我只将她当成一幅美丽的风景，没有敢和她说一句话。而她也是那种内向的人，从不轻易开一下玉口，就是咳嗽，也有一种淑女的风范。这使我更加深了感情的冲动。

终于，在我犹豫了好长时间后，我走到她的身边，对她轻声说：今晚去后山好吗？我等你！一句话，竟然好像是一辈子。我不知是不是自己吃了豹子胆，竟然敢对一个贤惠的女孩吐露芬芳，但最终我的勇气还是像火山一样爆发了。她脸上红红的，背过脸去，害怕别人看见那种别致的风景。

晚上，我提前吃了饭去了后山。秋天的夜晚，有风儿柔柔地吹过，一种浪漫的感觉油然而生。而我却一直在背着自己刚刚准备的台词，我害怕一失口，会惹怒了一株含苞欲放的花朵。没有带表，我一直等着，不知道是几点钟，也不知道当时是什么样一种心情。但除了有昆虫的鸣叫声外，我什么也没有等到，四周静静的，我一直等到下半夜，也没有等上我的心上人，难道是被风儿带走了，或者她根本就没有在意今晚的约会。

我的处女约会就这样流产了。第二天，在一起工作时，我不服输，上前问她为何没有去。她吞吞吐吐：我去了，可是后山黑糊糊的，什么也看不到，我不知你在哪儿。原来是上天的捉弄，不是主观的原因。我松了口气，为一次模棱两可的约会而心中惭愧。

后来，由于白天工作忙的原因，我没有再敢提及个人的感情，只是顺其自然地发展着。我们就像两株木棉，平行着站在一起，我们的工作枝叶相交，而生活却始终有尊严地各自存在着。

而我的“贼心”却始终没有死，就像一个即将泯灭的烟头一样，在秋夜的风里燃着微亮的光。迫于青春的诱惑力，原始的好感和初春的萌芽一直在鼓舞着我的斗志。

在半个月后的一个黄昏，我借着朦胧的残光写了一张纸条，在没人注意的情况下偷偷送给了她。她很配合地用手握紧，把它塞在衣服袋子的最里面，生怕别人发现我们的秘密。纸条上写着：今晚再去后山，不见不散。

已经到了深秋，风也有些微凉，我在想着相见时的一些话语，并且把自己的衣服脱下来搭在手背上。因为天气也帮了我的大忙，我可以借口天冷的缘故，把衣服轻轻披在她的身上，这样，我们的感情便有了一种美好的中介。由于时间尚早，我悠然地点了一支烟，烟光一闪一闪，有一阵雾气开始在身边和心里升腾。

天已经完全黑了下来，像一口锅扣在了地面上。我站起身来，向前走两步，再向后返两步。我在模仿着故事里的一些镜头，自己必须先锻炼好，才能充分发挥，要不然，若是在一个姑娘面前丢了丑，那可是抬不起头的事。

就这样，我一直等着，等着，但姑娘还是没有来。我在猜想着各种各样的结果，也许会如第一次那样，姑娘本来就对我无意；不会的，如果是那样的话，她就不会接我的“请帖”了；可能是临时有任务，需要加班吧，也是站不住脚的，我们本身就排在一个组，不可能通知她去而我不去呀；或者是路上出了差错，更不会啦，她来得比我早，这一带的地形很熟悉，就是闭上眼睛也不会迷路的。

夜已经很深了，远处已经传来零点的钟声，我的心如刀绞一般难受：明天，不，也许一辈子，我都不会理她的，她简直就是在亵渎一场纯真的感情。

第二天，我很晚才起来，工作时斜眼看她，却发现她正在看我。在午休时，她竟然给我使了个眼色，我心领神会。虽然昨晚发生了一个很不痛快的结局，但谁敢对一个俊俏的姑娘说不呢？！我尾随她到了一个山坡上，我单刀直入：“你昨晚，怎么又没去？”“我去了，可是我看见有人在吸烟，我以为是农场主在看守林子，所以，没敢过去。”说着，她眼角甚至出现了泪水。我多想伸出手去，为她抚掉眼角的泪珠，但光天化日的，我不敢出手。

由于自己的疏忽，我又丢掉了一次美丽的约会，但我不怨姑娘，更不能怨老天爷，罪魁祸首便是自己，是自己没有把握好时机。

再后来的一个黑夜改变了这种僵持的状态。

那已经到了冬天，那晚下着小雨。不幸的是，我的房子漏雨了，那是我直到很晚才发现的问题，被子、行李、身上穿的衣服淋得一塌糊涂，雨顺着房梁肆无忌惮，我的情况非常糟糕。

没有办法，我想起了求救的办法。隔着我的小屋10米的距离，就是女孩的小屋，我犹豫了仿佛一个世纪，将自己完全置身于雨中。那可是一扇厚重的门，推开会是一种什么样的结果，我不敢想象，害怕自己真的会被尘世的流言蜚语淹没。

终于，我站在了她的门前，强烈的冰冷使我鼓足了平生的勇气敲了一下爱情的大门。“谁呀？”女孩还没有完全睡着。我嘶哑着声音说：“是我。我的房子漏雨了，想避一下雨。”

接下来，没有任何声响，我等待了好长的时间，长时间的沉默使我明白我的选择是冒失的，可能会毁了一段原本纯洁的友谊。在我转身要走时，那扇门打开了，“进来吧！”一个意想不到的结果，加上受了风寒，使我情不自禁地晕了过去。

醒来时，发现屋里闪着温柔的灯光，自己竟然躺在被子里，旁边，那个女孩，被子搭在身上，一双脚露在外面。我心里很是激动，一个陌生的女孩，没有别的理由可以让人相信，为了一个男孩，在这个冬日的夜晚，自己情愿睡在冰冷里，而将被子盖在他的身上。

原来，爱真是不需要太多的理由和借口，一个温暖的动作，能够一生拥有一次，生命就已经够了。

从那时起，我就下定了决心，她必定成为我生命中唯一的女人，从这个世纪到另一个世纪，从生命的第一步到最后一步。

后来，我们真的成了恋人。再后来，我们水到渠成地成就了一生一世的情缘。

婚后，我们生活很幸福。虽然我们只有一所简陋的房子，但这些都是不重要的，重要的是我们相濡以沫地站在一起，共同迎接远处天空袭来的雨和风。我们经常会一起下到地里，挑战工作时遇到的各种困难；或者走到我们相恋的后山，想想那两个晚上尴尬的往事。

1995年的春天，在我们结婚一年后，由于工作成绩突出，我们调离了那座农场，去了一所大城市。在那里，我们还有很长的路需要走，还有更多的坎坷等待着我们去跨过。

我时常想：原来，爱情就是一床温暖的被子，我们相互搀扶着、拥抱着，彼此承担着风险和责任般躺在被子里。我们睡着时，正是青春年少，而醒来时却是白发苍苍。原来，我们真的是睡了一生。

# 两个送我水晶项链的男人

可恶的夏天总是特别漫长，而我的心情和我的病情一样糟糕，两种情境和氛围融在一起，我觉得周围的环境实在是坏到了极点。

不知从何时起，我的身体开始每况愈下，先是浑身无力，不想动，不想吃饭，接下来，便是整日整夜无法睡眠。躺在床上，我多想闭上眼睛美美地睡上一天，但是，刚刚闭上眼，我感觉有许多种可恶的风景一下子冲到我眼前，它们在压迫着我的感情神经，让我紧张得不能呼吸。我不知所措，不知所以然。

在这期间，我的丈夫无疑成了最大的牺牲品，他不仅辞了工作在家里照顾我，而且他还为我借了一大笔外债。而我却始终无动于衷，因为我已经差不多成了一个废人。没有感情作为基础，人哪能称之为人，简直成了一种冷血动物。

所有的医生对我检查后，都无可奈何。他们无法确定我的病情缘由，因为我的各个器官都很正常，包括心跳、脉搏，都比正常人还要正常。最后，在无计可施时，他们不得不作出判断：我可能受了很大的刺激，不然绝不会有这样的结果。

就这样，在春花秋月中，我百无聊赖地过着毫无任何意义的生活。其实，我有些厌倦现在的生活，厌倦包括我丈夫在内的所有人。我的初恋是洁白的，那是在一所小村庄的旁边，在一个天上没有星星和月亮的夜晚，我和我的初恋走在小河边。那是我在学校生活中最为浪漫的一段故事。那时候，我们相互安慰着对方的心，抚慰着对方的灵魂，我们无拘无束，就好像春天的天空中飞翔着的小燕子一样自由。

但是，花开过后却是长时间的沉默。我们有着地域上和身份上的不同，我的出身十分低微，而他呢，却是一个富翁的公子。在我们和他的家人相互僵持几个回合后，他不得不低下高贵的头颅，他没有选择身份卑微的我，而是选择了金钱和富有的生活。在一个漆黑如墨的夜晚，他给我丢下了一串水晶项链后，狼狈逃窜，身后传来我的大笑声。

我没有在乎一串项链的价值。虽然我一直希望自己有一件像样的饰品，但没有爱情的生活里，有再昂贵的物品也会变得一钱不值。我把那串项链扔到小河里，汤汤的河水也飘走了我的初恋和情怀。

为了报复他的背叛，我答应了我现在丈夫的要求。他曾经无休止地追求过我，在一夜之间我便成了他的新娘。他很高兴的样子，傻乎乎的，丝毫没有感到我把他当成爱情的试制品。

但是，也许是上天的报应，我没有感受到爱情带来的浪漫和温柔，在生活中，我不知疲倦地对他发着我的脾气，好像他就是那个可恶的骗走我感情的男人。尤其是在我病后，我的脾气变得捉摸不定，连我自己都无法控制。我常常指挥他做这做那；或者把他当成一个无可救药的病人，拿着针锥在他的身上，毫不留情地做着试验。

一个有阳光照进病房的下午，我试着稳定一下自己难耐的情绪，想闭上眼睛睡一会儿。这时，他突然推开门闯了进来，嘴里还大声呼喊着："亲爱的，我们有救了！你看这是什么？"他的吵闹惊醒了我，我抬起头看，却发现是一串精致的水晶项链。这串项链，曾经在我的生活中多么熟悉地存在过，一下子，我的记忆回到了从前，回到了那个小河流水的夜晚。我拿过那串项链，放在嘴边轻轻地吹着，我分明听见有海风吹过的声音。

他继续喋喋不休："不知是谁，通过邮局给你邮了这串项链，可能是你的哪位朋友。我想这可能能够调节你的心情，或许你的病会有所转机。"他兴奋得像个孩子，他哪里知道，我所有的病源其实就在这里。有谁能够代表我清纯如雪的初恋？只有那个曾经属于我的男人。也许，真的是他，他已经回心转意，在十年后的今天，他的灵魂已经战胜了他的理智，他用这串项链作为一个开始，他要给我一个惊喜，然后，毫无保留地来到我的面前。

我猜想着，就像一个刚刚会做梦的小女孩。那夜，我居然能够安心地入睡。睡梦里，我还梦见了他，他穿着笔挺的西服，我则穿着他为我订做的红嫁衣，我们挽着手走进结婚的礼堂，耳边响起了教堂外的钟声。

还是一阵钟声惊醒了我，太阳已经升到了窗边。看着温柔无比的太阳，我突然产生了一种强烈的冲动，我要去找他，不分场合、不管路途地前去。然而，另一种声音从耳边响起：你眼前的这个男人如何处理呢？难道他只是你的一件衣服，不穿了就该扔掉了吗？毫不客气地，我回答这种声音：没有什么理由能够阻挡我寻找幸福。至于他，我如果有钱啦，我可以给他一大笔的钱，让他再找一个女人。我是不属于他的。

就这样，一种思想一旦在脑海里成了型后，就无论如何也难以抹去。在傍晚，他出去为我张罗晚饭时，我离开了病床。大病初愈的身体，我显然有些无法自持，尤其是外面的天太残酷了，好像整个世界都处在蒸笼里。

这没有阻挡我前进的步伐，我佝偻着身子，扶着墙前去不远处的一个饰品店。在那里，有着各式各样的装饰品，那里一度成为我年轻时的梦。我去那里的目的是想问问老板这串项链出自何处,这样,我就找到了一条寻找爱情的方向。

那里的老板热情地接待了我,他笑着说:“看来你的身体已经恢复得差不多啦,脸色也不错。我能帮助你吗?”“是这样的,老板,我需要鉴定一下这串项链的出处,你能够帮助我吗?”我迫切地问他。“噢,是这串吗?这是我店里的独家产品。”他看都没有看就回答我。他的回答让我惊喜万分,他接着说:“是这样的,前几天,你的丈夫过来,让我借他一串项链,就是你手里拿着的那串。他说你害了一场大病,所以想给你一个惊喜。以后有钱了,他会还我的。”

仿佛在突然间,一个梦倒在尘埃里,取而代之的是另一个清晰无比、充满无限关爱的身躯站在我的面前。他令我无比渺小,泪流满面。在他的宽容面前,我所有的自私被拆卸得七零八落,最后只剩下一个躯壳在风中颤抖。

那是个再平凡不过的下午,我却突然感觉到了有一种温馨掠过心头,我将那串项链丢在货柜上,告诉老板说:“我们已经不需要它了。”我没有回答老板诧异的问话,而是一溜烟地奔跑在回家的路上。

我曾经收到过两个男人的水晶项链,前面的那串,曾经令我心力交瘁,浑身伤痛,我知道我应该扔掉它;后面的一串虽是我送回去的,但是现在,我已经找到了它。

梦境过后,现实是如此的明媚、幸福。

# 爱的墓志铭

我坐在整座教室里最阴暗的角落，与青苔一起看日出日落，品人生苦短。

我是所有人眼里的拙劣才子，我不爱理科只重文，我煞有介事地主张着自己的少年心事，将古体诗酝酿得出神入化。许多人说我是没落的星星，因为古体诗只属于挂在床头的读品，绝对已经不可能再入大雅之堂，现在是新体诗的天下。

雪菲是唯一欣赏我的人，我也尝试着学会了欣赏她，并且慢慢地，感情由浅入深，由感性深入理性。

由于她的出现，每逢上作文课，便成了我的天堂。

这主要源于我的一首小诗在市报上发表了，虽然短得像一刹那光景，但已经在班里掀起了无尽的波澜。雪菲竟然是第一个知道此事的人，她拿着一份报纸，在班里将我的诗当成了范文。张狂的少年头一次得到了别人的肯定，尤其是雪菲是我的语文老师。虽然她只长我七岁，却在突然间，我将她当成我唯一最亲的人。

唯一最亲的，不是作秀，也不是少年的胡写乱画。我父亲早逝，母亲是继母，她的张扬导致了我散漫不羁的性格。在家中，在地球上，我是孤独前行的江湖少年。

好歹我继承了父亲洒脱的脾气，我不在乎是与非，不在意别人如何看我的前途是否烂漫，我只是告诉自己：活自己的日子，看云卷云舒。

雪菲从那天起，与我的接触多了起来。她穿着长裙子，时常穿梭于夏日时光里，将我的思想拉进想入非非，在一个少年16岁的天平上瞬间结成一张无比思念的网。

我曾经信誓旦旦地为她写了一大摞的爱情诗，有些甚至是赤裸的表白，但我没有敢将这些表白出来，我知道世事沉浮，由不得你胡乱发表你的爱。

我在乎她的任何行动，曾经像个少侠一样，跟踪她的业余生活。我知道她爱进哪家酒吧，我好想当一名侍者，静等着她的到来，虽然无法共度，但也可以在推杯换盏间让遐想联翩的心事瞬间释怀。

每一首古体诗都是我真情的流露，我将它们捂得严严实实的。这一度耽误了我的学习成绩，使我的整体水平一直处于下游状态。但我的作文成绩却是风生水起、如日中天。我尤其喜欢将每道作文题目与爱联系在一起，虽然有时候有些牵强，但哪个改卷的老师不喜欢爱情？

雪菲喜在心上，说我简直是个奇才。她将我叫进她的办公室里，我闻见了她的体香，无边无际的弥漫开来，像一只梭子将我的心、胃与肠穿了个千疮百孔。原来许多爱就发生在瞬间，却可以流传久远。

终于有一日，我发现了她竟然与一个糟糕的老头子站在一起。他们极其不相配，如果是她的父亲，我一定会不以为然，但据可靠人士介绍说，那个垂垂老矣的家伙，竟然是她的男朋友。

我持着无法原谅的心情面对着她的所有言行，原来她竟然喜欢那家伙的钱，她不想将自己永久囿固在这块狭窄的天地里，她想腾飞，想化作白云朵朵。因此，她选择了一段出类拔萃的生活。

我愤恨，她良好的印象在我的脑海里败北、沦落。我想到了古代的名伶、戏子，我无法解决自己起伏不平的心情。我喝了啤酒，第一次，我将自己的烦恼交给了时间与无尽的怅惘。

突然间收到了她的信，她让我帮助她写一首古体诗，内容大概是表白一下她喜悦的心情。我没有拒绝，我用尽了所有才华，在一个小时之内，连写了三篇古体诗，诗中表白了一个有了爱的女子的悲欢离合。我知道她收到后会唾骂我的，因为我揭开了她的心事，也将自己初恋焚烧毁灭，送给了时间之外的穷乡僻壤。

其实她有所不知，甚至所有的学子们都不知我写古体诗的由来。由于家境衰微，我只好随着本家一个爷爷给人雕刻墓志铭，多少个墓碑曾经在我的手中经过。我写过春露秋霜，谱过流芳百世，但我今日相信了，这世上没有一份爱可以春华秋实。

那些与爱有关或者无关的记忆呀，早已经随风飘逝了。我不想过多地涉足别人的是与非，但我相信每个人都有自己的选择，无论对与错，都将是人生的开始与序幕，唯有某些爱的墓志铭，雕刻在时光里，任凭岁月检阅与洗涤，渐渐地失去本色，忘却自我，连风儿也不曾叹息过。

# 找一趟回18岁的班车

18岁那年的夏天，正值自己生命里的黄金季节，我没有将高三的功课放在眼里，更没有将父母的责骂放在心头。虽然父亲信誓旦旦地告诉我：我四年后的前程他早已经为我铺好，只等一张毕业证书而已。而我则将所有的一切誓言扔进南小希的目光里，她淡定的神气告诉我，我们会成为现代版的爱情经典。

我花了整整一周的时间准备一封写给南小希的信件，我们互相支持对方的选择。

信件刚刚落到南小希的手中，便被她身为纪委书记的父亲擎在手心里，然后她的身体被紧紧锁在那个炎热的夏季里。不仅如此，她的父亲通知了我的父亲，以前途相要挟，我的父亲如履薄冰。

我找了一把锤头，冒死敲开了她家的大门。在此之前，是我对父亲的一番苦谏，在毫无效果的情况下，我对守在房边的父亲施了安眠药，才侥幸逃脱。

就在那个可怕的夏季里，当我的锤头震开她家疲惫不堪的大门时，我们暗下了一条毒计：私奔。

一切如梦般缠绵，就连墙头的知了也无助地叫嚷着属于自己的青春年华。

我与南小希没有准备任何盘缠，将自己掷身于荒无人烟的大漠上。我们坐了一天一夜的火车，并且摆脱了一群羚羊的纠缠，才来到这里。

手无缚鸡之力的我受尽了折磨，我们没有粮食吃，只好揪路边的野草充饥，好不容易才找到了一只受累的黄鸡，却因为南小希的惺惺相惜而放生。后来，我们干脆成了野人，与鲁滨孙没有任何区别。开始时的浪漫远走高飞，没有了温饱，何谈爱情，我们搂在一起等待奇迹的发生。

南小希颤抖的身体告诉我她得了重病，我背着她一直爬了三天三夜，才找到一位牧民。牧民会医，给南小希施了针以后，她才勉强苏醒。可是，她却忘记了过去的一切，与我形同陌路，说我是个坏人，让我赶紧离开此地。

我说我如何能够丢得下你，早知现在，何必当初？！我给她讲过去的故事，讲她的父亲如何大公无私，如何与我的父亲过不去。我说我的父亲如今正接受纪委的调查呢；我们的故事如今已像双刃剑，伤害了至少四位老人。

说到痛处，我潸然泪下，她用手替我揩眼泪，可就是不肯认我，只是肯远远地让我看着她，将一记永远的痛恨留在我年轻的生存空间上。

半个月后，我与她协商准备回家。这是最痛快的一个决定了，她想也没想便答应了。她只是忘记了所有与爱情有关的记忆，她竟然想家，想自己的生身父母。在她的天空里，我干脆成了一只孤单的雄鹰。

我下定了决心，爱情忘记了，可以重新开始。我给她介绍了所有我们之间发生过的故事，包括那封受尽折磨的信件，如今正被她的父亲当成一个重要的罪证，在爱的天平上接受时间的洗礼。

当我们刚刚接近居住的小城时，就被警察发现了，我和她被带进警察局里。接下来的几天时间里，她受到了特殊的照顾，而我则被要求彻底交代如何拐卖南小希的细节。

当我的父亲来看我时，我看到了父亲的头顶繁花落尽的苍凉。父亲如今已经成为一介草民，他所能够做的，只是来看看自己的儿子，施尽最后一点父子间的亲情。

半个月后，我回到了家里。父亲告诉我是南小希给作的证，不然，我要被剥夺至少三年以上的自由。

我们的爱情故事也逐渐落下了帷幕，南小希据说害了一场病，谢绝所有人的看望，包括自己的父母。我没有勇气去看望她，更别说去收拾自己只有半壁江山的爱情。我不想再让父亲受到伤害，父亲为了我，已经丢尽了颜面，如今只能在一所学校里当老师。

时间陡然一转，二十年时间沧桑而过，这件往事也淡漠在我的记忆深处。

那天，过大街，突然间看到一个熟悉的身影，南小希肥胖的身体闪现在我的眼帘里。我并没有追踪她的目光，而是急匆匆赶往前方。

在一个路口拐弯时，却被一个人拽住了身体，南小希站在我的面前，大大咧咧地挽了我的胳膊，差点没有让我大半辈子的理智丧失殆尽。

相好的，好不容易找到你了。只一句话，那个18岁的年月扑面而至，却又渐行渐远。

她说她刚刚离婚，父亲作的主，对方是个大款，现在生活非常不幸福。她说好难忘记那段私奔的岁月，因为只有那段时间里，她才属于自己。

她向我哭诉了自己的不幸，包括父亲如何入的监狱，母亲如何服毒自杀。如今，自己孑然一身，爱情一贫如洗。

她没有唤醒我残缺不全的爱情，虽然我也是孤身一人面对着生活的雨雪冰霜，我所期盼的那个18岁恐怕再也无法到来。

那一场与爱无关的战争，没有胜利者，我因此也倾尽了所有的底牌，包括我的父亲为此丢官罢职，从此郁郁寡欢。我更没有告诉南小希，那一场毫无结果的私奔与她的无端失忆折磨了我大半辈子时光。现在看来，她的确聪慧过人，因为她以自己的短暂失忆将我们的爱情消灭在摇篮里，从此再无江湖风月，更何谈天荒地老！

好想找一趟回18岁的班车，我会告诉南小希，我们签个爱情和约吧，不要伤害彼此的家人，不要两败俱伤。爱本来就是两个人的事情，何必牵扯那么多的瓜田李下。爱情和约上，只有两条：要么好，要么散。这样，简单得像风，像雨，更像烟火人间。

# 双城爱

她用了三年的时间伺机潜伏，终于找到了他们爱情间隙的突破点。

她几乎用了前半生的时间爱一个有妇之夫，又用了三年的时间进入他所在的公司装模作样，而在华丽的眸子背后，是她每日每夜的苦心煎熬。

有一个爱她的男子，是她的大学同学，却因为种种不快与地域的间隔而告吹。离婚，她是试探了无数次以后的决绝。双城生活，如何可以保全彼此的约定？难道电话与短信会令爱情风生水起？！笑话，没有肌肤之触，更无肩头上的哭泣，谁会相信这样堂而皇之的爱情？

一个意外的相遇，她遇到了唐亮，自己的少年同学。心事如潮，爱情如雷般翻滚，她好想伏在他的肩膀上将自己哀怨了多少年的青春倾诉出来。一个袅娜如花的女子，早已经雀占鸠巢，傲雪，是她的名字。

好歹遇到了一个中意的，却早已经尘埃落定！难道年少时果然不懂爱情，难道只有经历过世间雨雪风霜后才会显现一个男人的镇定与成熟？

不管对方接不接受，稀里糊涂地，便爱上了唐亮。

欣喜却意外传来。唐亮与傲雪，一直过着双城生活，他们约法三章：不要孩子，彼此奋斗，半年见一次面，只是为了养家，为了过上理想的优质生活。

她眼前一亮，想起了自己曾经信誓旦旦的危机爱情，怎么可能将爱情进行到底？劳燕分飞，天各一方，相隔着几百公里路程，电话一个劲地打，网络一个劲地聊，如何能够亲眼掌握彼此的动向？

她十分盼望这个激动人心的时刻，她希望傲雪能够在异地爱上另外一个男人，她同时更希望通过自己的努力哪怕是身体的付出，得到唐亮的垂青。

爱一个人，通常不需要理由，有时候，就是为了一种补偿、一种争取，一种心理上的满足罢了。

唐亮喜欢加班，工作多的缘故，不折不扣的那种工作狂，兴许是为了奖金，更多的是一种寂寞后的萧条，回家又如何？岁月清冷，倒不如躲在工作室里夺取最后一丝残温。

她通过多层关系，接近了唐亮，做了她的秘书，看她故作镇定，但倒水时，手却有些微微颤抖。母亲曾经说过：这是爱一个人的前兆。

机会是找出来的，长期的耳鬓厮磨，没有用半年时间，他们便无话不谈了。她伺机了解他的爱情原则，包括他是否有一个可怕的婚姻。

他谈的却是家境的艰辛，生活的不易，他们这种爱情生活的煎熬。他通常会对她道：你年轻，不懂。

谁说我不懂？你缺少关心，傲雪就不能为了你辞去工作吗？如果是我，我做得到。她找了个机会将爱的誓言和盘托出。

无可无不可的，唐亮头一遭与她喝了酒，酒后人事不省，酩酊大醉，醒来后，居然发现躺在一张床上。不需要哭泣，更不需要吵闹，他们什么也没有做，她最清楚。

却突然间传来了唐亮与傲雪分手的消息。不需要理由，长期分居，彼此无法照顾对方，爱有些生分了，恐怕这就是一个基本的理由。

她哭得一塌糊涂的，醉后笑红尘捉弄人。

正大光明地，开始狂追唐亮，欣喜的是，傲雪她只见过一面，她不过来向唐亮问责。显然，她是个开明的女子。

这一点，加剧了她爱情闹剧的激烈程度。

公司中到处是他们两人相爱的消息。唐亮不解释，也不接受她的爱，他依然喜欢加班至深夜，依然喜欢在QQ上狂聊。只是，他保持着自己优质的生活规律，再邀请他时，他则是故作镇定，不推诿也不就范。

从各个角度得知，唐亮与傲雪依然保持着某种默契的联系。这怎么可能，不是说好分手了吗？她终于暗下决心，想去找傲雪摊牌。

她执着地到了异城，在一家不起眼的小公司，见到了已经身为主管的傲雪。她到了傲雪的住处，寒微得要命，每顿方便面的坚持，只是保持着一颗奋斗不歇的心。

就这些，她冷笑，两个女子坐在一起，她说明了来意，让她别再纠缠唐亮，他们已经相爱了。

梅花一般冷艳的女子，笑不露齿，涵养优然：谁说我们分手了，我们只是分居，为了未来的家。

怎么可能？就算是分居，双城生活，你不害怕他出墙？她握好了最后一张底牌，那晚他们躺在一块儿的照片，这通常是一个女子的撒手锏。

给你讲我们的故事吧。我们分居5年，我做过老师，当过学徒工；曾经在某个深夜回家时，遇袭差点失了性命。而唐亮，从一个小工人做起，后来成了业务员，天南海北地跑，胃不好却拼命地喝酒，直到现在成了公司的副总。我们想买一座大房子，想过优雅的都市生活，可不奋斗行吗？我也怕有外人插足，我们有约，不能背叛对方，如果连爱都不信了，我们还能信什么呢？所以说，无论你如何讲述，我都会认真倾听。你爱唐亮，证明他有魅力，我不会怪罪任何人。我也相信，有些爱，只需踏踏实实地做，不需要天荒地老地讲。

她突然间感到自己的奢想如此卑微、自私，就像童年吹过的泡泡，虽然有过光辉夺目，但一瞬间便化为乌有。她离开时，撕碎了那几张照片，将它们扔在风中雨中。

她离职了，不是因为傲雪的几句话。她在某个瞬间想到了依然在异城等待自己的前夫，他像他们一样，有抱负，苦命挣钱，每天将自己掷在都市的空间里折腾，无爱，更没有关怀。

她在箱子最深处找到了与他的离婚证书，她想明白了：有些爱情，不需要疲倦地演给外人看，更不以贫富为衡量标准，只需要认真踏实地去做。